Rei Davi

Rei Davi

Thomas Nelson Brasil

Thomas Nelson
BRASIL®
Rio de Janeiro, 2016

Copyright © 2016 por Thomas Nelson Brasil

PUBLISHER	Omar de Souza
EDITORES	Aldo Menezes e Samuel Coto
COORDENAÇÃO DE PRODUÇÃO	Thalita Ramalho
ROTEIRO ORIGINAL	Vívian de Oliveira (escrita com Altenir Silva, Camilo Pellegrini, Emílio Boechat e Maria Claudia Oliveira, e pesquisa e consultoria de Carla Piske e Maurício Santos)
ADAPTAÇÃO E EDIÇÃO DE ROTEIRO	Danilo Di Giorgi
PREPARAÇÃO DE TEXTO	Luiz Werneck Maia
REVISÃO	Sônia Lula
DIAGRAMAÇÃO	Luciana Di Iorio
CAPA	Wesley Mendonça

As posições doutrinárias e teológicas desta obra são de responsabilidade de seus roteiristas e colaboradores diretos, não refletindo necessariamente a posição da Thomas Nelson Brasil, da HarperCollins Christian Publishing ou de sua equipe editorial.

Este livro é um romance, uma obra de ficção. Embora seja baseado no relato bíblico e histórico dos livros de 1Samuel, 2Samuel, 1Reis e 1Crônicas, que narram a história do rei Davi e o seu reinado de quarenta anos sobre o povo de Israel, este livro não deve ser confundido com a Bíblia Sagrada. O uso da liberdade literária é um recurso para tentar contar e recontar os relatos bíblicos, preenchendo com a imaginação aquilo que a Bíblia não explicita.

CIP-BRASIL. CATALOGAÇÃO NA PUBLICAÇÃO
SINDICATO NACIONAL DOS EDITORES DE LIVROS, RJ

D518

Rei Davi - A história romanceada da saga do monarca mais influente da história de Israel; roteiro Vivian de Oliveira. - 1. ed. - Rio de Janeiro : Thomas Nelson Brasil, 2016.

240 p. : il. ; 23 cm.

ISBN 978.85.7860.819-4

1. Rei Davi (Telenovela). 2. Televisão - Programas. I. Oliveira, Vivian de.

CDD: 791.456

CDU: 621.397

Thomas Nelson Brasil é uma marca licenciada à Vida Melhor Editora S.A.
Todos os direitos reservados à Vida Melhor Editora S.A.
Rua Nova Jerusalém, 345 — Bonsucesso
Rio de Janeiro - RJ - CEP 21042-235
Tel.: (21) 3882-8200 - Fax: (21) 3882-8212 / 3882-8313
www.thomasnelson.com.br

UM

Surge um novo rei

Por volta do ano 1250 a.C, os hebreus estavam finalmente de volta à Palestina, após um longo período de escravidão no Egito. Foram 40 anos de travessia pelo deserto sob a liderança de Moisés. Ao regressarem, no entanto, encontraram Canaã habitada por outros povos, como os filisteus, sírios, edomitas, amalequitas e moabitas, o que ocasionou intermináveis guerras pela posse dos territórios que compreendiam a Terra Prometida.

Mais de 200 anos haviam se passado. Nesse período, Israel se dividira em doze tribos e o povo de Deus passou a lutar não apenas contra nações inimigas, mas também entre si. Cansados de tantos conflitos, os hebreus imploravam a Deus por um rei que fosse capaz de unir todas as tribos hebreias em uma só nação.

O profeta Samuel era um homem muito sábio, já de idade avançada. Ele dedicava sua vida à oração e vivia na Escola de Profetas de Israel, uma fortaleza no alto de uma montanha da Galileia, onde homens de Deus estudavam as Escrituras e permaneciam em oração. Atendendo às preces do povo israelita, o Senhor ordenou a Samuel que ungisse Saul, líder da tribo de Benjamim, como o primeiro rei de Israel.

Deus prometeu abençoar Saul enquanto ele seguisse seus caminhos, mas Saul não se mostrou à altura da responsabilidade que assumira. Não demorou muito para se inebriar com o poder e agir conforme seus impulsos, e não mais de acordo com a vontade de Deus.

O tempo passou, as tribos continuaram desunidas e brigando entre si. Nossa saga começa trinta anos após a coroação de Saul. Seu primogênito, Jônatas, que era o herdeiro natural ao trono, acabara de casar-se com Selima, uma estrangeira, a quem muito amava. Por amor, ela concordara em abrir mão do culto a seus deuses e adorar apenas ao Deus de Israel, mas sua sogra, a rainha Ainoã, não aprovava a união. Ela tentara impedir o casamento, no entanto não encontrou apoio em Saul, que respeitava a vontade de seu filho mais velho.

Entre os filhos de Saul também estavam Esbaal, o caçula, e as duas filhas mais novas, Mical e Merabe. A necessidade constante de guerrear obrigava o rei Saul, sua família e seus soldados a viverem como um povo nômade, em acampamentos que ocupavam vastas áreas do deserto.

Na tenda do rei Saul, Eliã, um dos principais líderes do exército real, estava travando uma dura discussão com o monarca a respeito de seu descaso com a tribo de Naftali. Eliã defendia o envio urgente de tropas para ajudar nas guerras enfrentadas por aquele povo contra seus inimigos, mas Saul se recusava a ajudar, por problemas no recolhimento de impostos na região. Abner, o general de Saul, acompanhava a discussão.

— Não interessa se eles se recusam a pagar os impostos! Se suas terras continuarem sendo invadidas, o povo de Naftali vai passar fome. O rei não pode ficar restrito aos cuidados com a tribo de Benjamim. Precisa ver o que está acontecendo em todo Israel!

— Eliã, isso não é maneira de falar com o rei! — repreendeu Abner.

— É destes impostos que você julga abusivos que sai o seu pagamento e dos outros soldados. Nós acabamos de vencer os filisteus, mesmo em desvantagem. Isso não é defender o meu povo? — disse Saul, sentado em seu trono.

— Israel precisa crescer. Precisa de ferreiros, de material para trabalhar na terra. Não podemos ficar nas mãos dos ferreiros filisteus. Vencemos a batalha, mas o senhor não levou para o combate a Arca da Aliança, desagradando a Deus, e continuamos rendidos. Não temos rotas comerciais. Cada tribo faz o que bem entende. As leis não estão sendo cumpridas! Isso é defender o povo?

— Não preciso de agitadores como você, rapaz! Se não consegue reconhecer o valor do seu rei, não é mais bem-vindo no meu exército! Fora daqui! — retrucou Saul.

— Nem a Deus o senhor ouve mais!

Eliã saiu pisando firme. Chegando à sua tenda, orientou sua filha adolescente, a bela Bate-Seba, a preparar-se para a partida. Abner aproximou-se.

— O que foi aquilo, Eliã? Ficou louco de enfrentar o rei e dizer o que ele tem que fazer?

— Não dá mais, Abner. Briguei com minha família por causa do rei. Meu pai, Aitofel, tinha razão, ele nunca achou que Saul seria um bom governante.

Surge um novo rei

— Não seja injusto!

— Essa é a verdade. Não posso mais compactuar com isso.

— Por favor, tente esfriar a cabeça. Você é um dos meus melhores soldados. Nós precisamos de você.

— E Israel continua precisando de um rei!

Em poucas horas Eliã deixou o acampamento com Bate-Seba, no único cavalo que possuíam. Foi em direção ao povoado de Giloh, onde estavam sua esposa, Laís, e seu pai, Aitofel.

★★★

Não muito longe do acampamento real, em uma casa humilde encravada nas montanhas rochosas nas redondezas de Belém, vivia Davi, um adolescente de traços finos e baixa estatura, mas de grande coragem e integridade. Era o mais novo de uma prole de nove filhos de Jessé e Edna. Seus três irmãos mais velhos, Eliabe, Abinadabe e Samá, eram guerreiros do exército do rei Saul, o que enchia Jessé de orgulho. Seu neto Joabe também se alistara, e era um dos escudeiros do rei.

Davi era responsável por cuidar do rebanho de ovelhas de Jessé, função que cumpria com grande valor e responsabilidade. O rapaz passava grande parte do tempo pelas planícies e montanhas da região em busca de bons pastos para os animais. Muitas vezes permanecia vários dias longe de casa e enfrentava muitos perigos. Certa vez, ainda criança, matou um leão que tentara atacar as ovelhas. Em outra ocasião, seu oponente foi um grande urso marrom. Em ambas oportunidades contava apenas com seu cajado e orou fervorosamente a Deus para que conseguisse vencer os desafios, que só foram superados devido à milagrosa intervenção divina. O Senhor se agradava muito de Davi devido a seu coração puro, seu espírito reto e sua fé inabalável nos desígnios de Deus.

Davi também tinha dons artísticos. O som de sua harpa encantava quem a escutasse, e com ela compunha canções que acompanhavam os lindos versos que escrevia em adoração ao Senhor. Mas Jessé não reconhecia o valor de Davi. Homem rude, não compreendia seus dotes artísticos e o considerava inferior aos irmãos guerreiros. Davi se entristecia com a situação e com o desprezo do pai, mas amava Jessé e aceitava a situação sem revolta.

★★★

Naquela tarde, a casa de Davi estava em festa, com o retorno dos filhos guerreiros após mais uma vitória contra os filisteus. Não era permitido que Davi participasse da celebração, por isso o jovem ajudava sua mãe a garantir que os irmãos estivessem bem servidos.

— Não poderia ter orgulho maior do que ver meus filhos lutando por Israel! Você, então, Eliabe! É o sonho realizado de qualquer pai! Um guerreiro forte e corajoso! Mas filho, me diga: é verdade que Saul anda ignorando as ordens de Deus?

— Conversa do povo que não tem mais o que fazer! Saul não quis levar a Arca da Aliança na guerra, mas isso não quer dizer que...

— Saul não levou a Arca para a guerra? — interrompeu Davi, impressionado, parando por um instante de servir os irmãos.

— Davi! Já disse para não incomodar seu irmão! Anda, vá logo levar as ovelhas para o pasto antes que anoiteça! — esbravejou Jessé.

Davi saiu de casa entristecido, seguido pela mãe.

— Davi! Você esqueceu a sacola com sua harpa, meu filho.

— Obrigado, mãe. Meu pai chama minha harpa de "porcaria".

— Não ligue pro seu pai, ele é um homem rude e não entende a beleza que sai deste instrumento. E muito menos os versos lindos que saem do seu coração, meu querido. Você é um poeta, meu filho, um artista. Se Deus lhe deu esse dom, não deixe que ninguém o tire de você.

★★★

No dia seguinte, Davi estava pastoreando as ovelhas em uma vasta planície quando ouviu alguém gritando por socorro. Deparou-se com um cavalo que vinha em sua direção, sobre o qual estava uma jovem sendo raptada. Era Bate-Seba, filha de Eliã. Da garupa, um homem com a face coberta conduzia as rédeas.

Davi usou sua funda para lançar uma pedra na cabeça do cavalo que, com o susto, empinou, derrubando o raptor. Antes que o homem pegasse a espada, o rapaz golpeou-lhe o rosto com o cajado, deixando-o desacordado. A jovem ainda conseguiu segurar-se no pescoço do animal, mas perdeu o equilíbrio após um novo salto. Ia cair no chão quando foi interceptada por Davi, que a segurou nos braços antes da queda. A belíssima adolescente e Davi trocaram um olhar intenso, interrompido por um grito de alerta da moça, quando viu o saqueador chegando por trás de Davi com a espada em punho e prestes a executá-lo. Não havia tempo para o rapaz defender-se, no entanto Eliã aproximou-se por trás e esfaqueou o malfeitor antes que este pudesse matar Davi.

— Obrigado por salvar minha filha! — disse Eliã, aliviado e ofegante — Fomos atacados por quatro saqueadores. Lutei com três e consegui matá-los, mas este roubou meu cavalo e Bate-Seba. Devo a vida da minha filha a você, rapaz! Como é o seu nome?

— Davi, senhor.

O rapaz não olhava para Eliã quando respondeu a pergunta. Ele e Bate-Seba estavam encantados um com o outro e não conseguiam desviar os olhares. Eliã percebeu e ficou um pouco incomodado.

—Vamos, Bate-Seba.

Eliã colocou a filha sobre o cavalo e o conduziu enquanto seguiu viagem a pé. A paisagem do deserto foi aos poucos fazendo desaparecer dos olhos de Davi a imagem da linda jovem. Bate-Seba continuou olhando para trás até que Davi se tornou um ponto na imensidão.

★★★

Um ano se passou. Certa dia, Davi terminava de almoçar com sua mãe quando seu pai chegou em casa.

— Sabe, pai. Estava pensando. Agora que eu também já estou na idade de ir pra guerra, eu podia me juntar aos meus irmãos.

— Olha pra você, Davi. Pequeno desse jeito! Você não é como o Eliabe, o Abinadabe, o Samá! E depois, quem vai cuidar do meu rebanho?

— É, tem razão — respondeu o rapaz, disfarçando sua tristeza.

— Anda, vá buscar lenha.

Davi saiu. Edna defendeu o caçula.

—Davi pode ser pequeno, frágil, mas é um rapaz de muita coragem. Você não o ouviu falar do urso que matou pra defender as ovelhas? Isso sem contar no leão que ele enfrentou quando ainda era criança.

— E você acredita mesmo nessas histórias, Edna? Ora, por favor! — disse Jessé, rindo com deboche.

—Acredito. Claro que acredito!

Nesse momento, Davi aproximou-se com a lenha, mas não foi visto pelos pais.

— Tudo invenção, mulher! O Davi é limitado, sempre foi. Só serve para o pastoreio e olhe lá! — disse Jessé, para a tristeza do rapaz, que escutava tudo.

★★★

Na Escola de Profetas, Samuel seguia sua rotina de muitas horas diárias de oração. Certo dia, recebeu uma nova ordem de Deus: o rei Saul deveria atacar os amalequitas e matar todos os inimigos. As ordens do Senhor incluíam o local e o momento do ataque e determinavam que os hebreus não deveriam tomar posse de nenhum despojo de guerra; portanto, deveriam voltar de mãos vazias. O profeta foi até o acampamento de Saul e informou o soberano sobre as novas ordens do Deus dos exércitos para seu povo, com detalhes a respeito de como, onde e quando o ataque deveria ocorrer.

Conforme os planos de Deus, os soldados amalequitas foram pegos de surpresa quando retornavam de uma dura batalha, cansados e enfraquecidos. Liderados por Abner e Saul, e contando com a bravura de outros comandantes como Jônatas, Adriel, e Doegue, os israelitas conseguiram derrotar os inimigos e sofreram poucas baixas. Mas Saul, por interesses pessoais e contrariando as ordens de Deus, poupou a vida do rei Agague. O poderoso soberano de Amaleque oferecera em troca de sua vida uma aliança no governo dos muitos territórios por ele dominados e a partilha de suas riquezas. Saul também desobedeceu ao Senhor ao levar para o acampamento armas, alguns utensílios de valor e os melhores animais dos derrotados.

★★★

De volta ao acampamento, na festa de vitória da batalha, Saul discursava altivo, dizendo-se o grande responsável por todas as glórias da peleja, uma vez mais se esquecendo de Deus. Muitos soldados estavam bêbados e cambaleantes enquanto Jônatas observava tudo com olhar preocupado. Selima dançava alegre com outras mulheres e aproximou-se do marido.

— Por que você não está festejando a vitória de seu pai?

— Meu pai está cego, Selima. A coroa de Israel corrompeu a alma de Saul.

Mal terminou de dizer a frase, Jônatas viu o profeta Samuel chegando na penumbra da noite, com uma expressão grave e acompanhado de seu cajado. Aproximou-se.

— Como vai, senhor? É uma honra tê-lo em nosso acampamento!

Surge um novo rei

— Dessa vez, seu pai foi longe demais, Jônatas! — disse o profeta, caminhando resoluto em direção à tenda do rei. Entrou sem ser anunciado e flagrou Saul sentado no trono com a serva Rispa no colo, seminua.

— Mas que surpresa agradável! Que Deus o abençoe, profeta Samuel! — disse Saul, recompondo-se e fazendo sinal para que a mulher se retirasse.

— Deus ordenou que você exterminasse o povo de Amaleque e não ficasse com os animais! Por que você desobedeceu e fez o que era mau aos olhos do Senhor?

— Pelo contrário! Fiz o que Deus me pediu. Destruí todos os amalequitas. Trouxe apenas o rei Agague. E os soldados só pegaram o melhor dos despojos para oferecer ao Senhor em sacrifício.

— E você acha que Deus se agrada mais de oferendas e sacrifícios a que obedeçam sua palavra? A rebelião, meu caro Saul, é como o pecado da feitiçaria, e a obstinação é como a idolatria. E assim como você rejeitou a palavra do Senhor, ele também o rejeitou para que não seja mais rei — afirmou o profeta, virando-se para a saída.

— Não, por favor! Espere! — implorou Saul, ajoelhado aos pés de Samuel e agarrado a suas vestes — Pequei contra Deus. Eu me arrependo. Por favor, profeta! Honre-me diante do meu povo. Não me deixe passar essa vergonha!

— Saul, ouça bem. Teu reino perecerá. O Senhor já escolheu para si o novo rei de seu povo. Um homem segundo o coração de Deus.

Antes de partir, Samuel garantiu que a vontade de Deus fosse cumprida, executando o rei amalequita com suas próprias mãos.

De volta à Escola de Profetas, em oração, Samuel recebeu a orientação de ir a Belém, até a casa de Jessé. Um de seus filhos deveria ser ungido como o novo rei de Israel.

★★★

Jessé e Edna não podiam crer no que seus olhos viam: o profeta Samuel se aproximando de sua casa. A surpresa foi maior ainda quando este pediu para que reunissem seus filhos, pois um deles seria ungido rei de Israel. Davi era o único que não estava nas cercanias da casa: estava no pasto cuidando das ovelhas. Edna se prontificou a chamá-lo, mas Jessé disse que não seria necessário, pois não queria fazer o profeta esperar.

Um a um os filhos de Jessé foram apresentados a Samuel: Eliabe, Abinadabe, Samá, Natanael, Radai e Osen. A cada apresentação Samuel concentrava-se e ouvia as palavras do Senhor, mas nenhum dos seis era o escolhido.

— Acabaram-se os seus filhos? — perguntou o profeta.

— Ainda falta o mais moço, que está no pasto com as ovelhas.

— Pois então mande chamá-lo. Não começaremos o sacrifício sem ele!

O rosto de Samuel iluminou-se quando Davi entrou na casa. Ele aproximou-se do jovem.

— Você foi o escolhido, meu rapaz.

— Escolhido pra quê? Desculpe, profeta, mas o que está acontecendo? Por que mandaram me chamar?

— Deus escolheu você para ser o novo rei de Israel!

***

Toda a família acompanhou o sacrifício e a unção de Davi. Além de Samuel e Davi, Edna era a única pessoa realmente feliz com o acontecimento. Eliabe e seus outros irmãos corroíam-se de inveja, e Jessé estava atônito e abalado: esperava que o escolhido fosse Eliabe.

O cordeiro queimava na pedra do altar, enquanto Samuel derramava na cabeça de Davi o azeite que trouxera dentro de um chifre e fazia as orações do ritual.

— Se você for fiel ao Senhor, nosso Deus, e deixar que ele guie os seus passos, ele fará prosperar todos os seus caminhos. Não tenha medo. Enquanto você amar ao Senhor e fizer sua vontade, ele estará com você todos os dias da sua vida! O Senhor se agradou de você, Davi, porque seu coração é puro e seu espírito, reto!

O profeta partiu após a cerimônia, mas antes pediu para que todos guardassem segredo sobre o que acontecera, em nome da segurança de Davi e de toda a família. Saul certamente mataria todos se soubesse da unção de um novo rei.

— E quando essa profecia vai se cumprir, profeta? Quando Davi será rei? — perguntou Jessé.

— Tudo acontecerá no tempo certo. No tempo de Deus.

DOIS

A tormenta de Saul

As filhas do rei, Mical e Merabe, eram ambas jovens e muito belas, mas Mical era má e invejosa. Merabe namorava secretamente Adriel, um jovem e brilhante soldado, com quem já havia se deitado. Isso representava uma grande afronta ao rei e a vida deles estaria em risco se Saul tomasse conhecimento do fato. Mas Adriel tinha um bom dote para oferecer e eles pretendiam casar-se.

Certo dia, Mical flagrou o casal nu no leito de Merabe. Ardilosa, impôs como condição para seu silêncio que Merabe pusesse um fim no relacionamento e deixasse o caminho livre para que ela se casasse com Adriel.

★★★

A notícia de que Deus havia escolhido um novo rei para Israel deixara Saul atormentado. Ele começou a ter comportamentos estranhos, como que tomado por espíritos malignos. Era visto correndo pelo acampamento gritando. Saber quem era o novo escolhido e matá-lo sem piedade havia se tornado uma obsessão para ele, que alternava momentos de sanidade e de loucura. Tudo isso gerava insegurança entre os soldados.

Certo dia, durante um acesso de raiva dentro da tenda, Ainoã tomou coragem e o enfrentou.

— Pare com isso, Saul! Reaja! As pessoas já estão comentando. Ninguém quer um rei louco! Se isso continuar, vai perder o apoio das tribos. E sem as tribos não há reino!

— Cale-se! — gritou o rei, jogando objetos sobre ela e saindo da tenda gritando desgovernado.

— Deus não me abandonou! Eu fui escolhido! O profeta me ungiu! Saiam de mim, espíritos da perdição! — gritava enquanto se debatia. — Onde está esse homem, esse novo rei? Alguém sabe? Traidor de Israel!

Um dos soldados que observava a cena era Doegue, um dos mais leais e mais valentes guerreiros de Saul. Sua esposa, Allat, porém, havia sido expulsa do acampamento acusada de feitiçaria e de adorar deuses pagãos. Ela não se conformava com a pena que recebera nem com a distância do amado esposo, e vivia nas cavernas que rodeavam os acampamentos. Sempre que podia aproximava-se para ver Doegue, contra a vontade deste, mesmo sabendo que seria morta se fosse flagrada.

Naquela noite, Allat estava por ali e acabou sendo capturada por um sentinela. O soldado não sabia de quem se tratava e a estava interrogando quando a rainha aproximou-se.

— Deixe-a comigo, soldado, eu resolvo isso! — disse. — O que você está fazendo aqui, feiticeira maldita? — disse Ainoã depois que o sentinela afastou-se.

— Só queria falar com Doegue, mas já estou indo embora, senhora. Por favor, não me entregue ao rei Saul! Prometo que não volto nunca mais!

— Cure o meu marido, e você poderá voltar quando quiser. Ele está atormentado por maus espíritos e você deve saber de algum feitiço que espante esses seres malévolos. Afinal de contas, você quer ou não quer morar aqui novamente com o seu marido?

— Claro que sim! Quero muito!

— Então, ao trabalho! Só depende de você. Vamos ver do que você é capaz.

★★★

No dia seguinte, Allat iniciou o ritual do feitiço em um local próximo ao acampamento. Acendeu uma grande fogueira e ali iniciou seus cantos e sacrifícios aos deuses pagãos, quando foi flagrada por sentinelas. Ela tentou explicar que fazia aquilo pelo bem do rei e tentou conter os soldados que destruíam seus ídolos e oferendas. Na confusão, acabou caindo sobre a fogueira e sofreu queimaduras graves no rosto. Ainda assim foi amarrada e levada ao rei. Doegue ficou consternado ao ver sua esposa chegar ao acampamento naquelas condições, mas nada podia fazer. Saul aproximou-se.

— Eu já não tinha expulsado você daqui, feiticeira? — perguntou, enfurecido.

— Só queria espantar os espíritos malignos que atormentam o senhor!

— Não preciso da ajuda de uma pagã!

Muitas pessoas foram chegando por ali. Ainoã era uma delas.

— Diga ao rei o que me pediu, senhora! — disse Allat desesperada quando viu a rainha.

— Ficou louca? Eu não pedi nada! Se eu a tivesse visto aqui, já a teria expulsado!

Saul aproximou-se de Allat, que gemia de dor.

— Já a perdoei uma vez e avisei pra você não voltar! Mas me desobedeceu e me afrontou com sua presença, com seus feitiços, com sua idolatria. Agora será apedrejada até o último suspiro, como manda a lei!

Saul pegou a primeira pedra do chão e jogou com raiva em Allat, que estava amarrada e ajoelhada. Foi seguido por todo o povo que assistia à cena. Doegue testemunhava tudo com grande dor, mas impotente. Ela caiu após muitas pedradas, chorando e gritando, assustada. O povo, porém, não teve clemência. Allat permaneceu caída e inerte após as últimas pedras serem atiradas. Doegue aproximou-se, pegou a esposa no colo e a levou dali. Ele decidira realizar seu funeral na caverna onde ela morava. No caminho, porém, se deu conta de que ela ainda vivia. Em segredo, Doegue dedicou as semanas seguintes tratando das feridas de Allat e salvando sua vida.

★★★

Após o apedrejamento de Allat as crises de loucura de Saul se tornaram mais frequentes. Ele parecia sempre estar atormentado por espíritos malignos e já não confiava em ninguém. Como o novo ungido podia ser qualquer um, sentia-se permanentemente ameaçado. Muitos soldados já sabiam dos boatos de que Deus escolhera um novo soberano, mas ninguém sabia quem era, com exceção de Davi e de sua família. Muitos já consideravam que Saul tinha sido abandonado pelo Deus dos Exércitos.

Certa noite, Joabe lembrou-se da harpa de Davi e sugeriu a Jônatas que a música poderia acalmar o rei. Eliabe estava por ali e desaprovou a ideia, sabendo que o sobrinho pensara em Davi. Mas Jônatas concordou e autorizou Joabe a trazer um músico.

★★★

Todos na casa de Davi ficaram bastante preocupados quando Joabe chegou com a notícia de que o rei estava tendo acessos de loucura desde que recebera a notícia de que havia um novo ungido. A surpresa foi maior ainda quando Joabe disse que viera chamar Davi para tocar para Saul.

— Não sei se é uma boa ideia, Joabe — disse Edna.

— Por que não? Achei que vocês fossem ficar felizes.

— Agradeço por ter falado de mim, Joabe, mas acho melhor eu não ir. Gostaria muito de ajudar, mas não é prudente.

Eles não podiam contar a Joabe as razões de sua apreensão, e Davi percebeu que não tinha escolha. Negar a ordem do rei seria um risco ainda maior do que ir a seu encontro.

★★★

Era a primeira vez que Davi saía da região em que morava. Quando chegou ao acampamento, ficou maravilhado com o que viu: as armas e as armaduras, as tendas, as riquezas, as belas moças e toda a movimentação. Ele e Joabe caminhavam entre as pessoas quando Davi, distraído, esbarrou em Mical, e o cesto de frutas que a jovem carregava foi ao chão. O rapaz pediu desculpas e abaixou-se, solícito e humilde, para apanhar as frutas. Ela observou o desconhecido com atenção e ficou interessada. Gostara dele, mas suas roupas simples fizeram com que o tratasse com arrogância.

— É este o rapaz? — perguntou Jônatas a Joabe, ao aproximar-se assim que Mical se foi.

— Sim. Este é Davi – respondeu Joabe.

— Muito prazer. Eu sou Jônatas, filho do rei Saul.

— É uma honra poder ajudar, senhor.

— Obrigado. Venha comigo.

Dentro da tenda, Saul estava transtornado.

— E se existe outro, que rei é esse? Quem Deus quer colocar no meu lugar? Pode ser qualquer um! Pode ser Adriel, um grande guerreiro! Doegue daria um bom líder!

— Procurar um culpado não faz o menor sentido, senhor! — disse Abner.

— Como não? Algum intruso quer me roubar o poder, arrancar de mim, dos meus filhos, o direito de liderar o povo hebreu! Como espera que eu reaja? É alguém de perto. Algum dos melhores soldados! Abner! Claro! Só pode ser! É você, não é?

— Por favor, meu rei, tente ficar calmo!

A tormenta de Saul

Jônatas e Davi entraram na tenda. Saul viu a harpa não mão do jovem rapaz e entendeu que ele era o músico.

— Qual é o seu nome? — perguntou Saul.

— Eu me chamo Davi, senhor.

— Você sabe mesmo tocar essa harpa, rapaz?

— Aprendi com minha mãe, senhor. Espero que minha música agrade o rei.

— Então vamos, toque. Quero ouvir.

Davi começou a dedilhar o instrumento. O efeito da música foi imediato: logo a feição de Saul ficou mais serena. Davi começou a cantar os versos de um de seus salmos.

SENHOR, não me castigues na tua ira nem me disciplines no teu furor. Misericórdia, SENHOR, pois vou desfalecendo!

Todo o meu ser estremece.

Volta-te, SENHOR, e livra-me; salva-me por causa do teu amor leal.

Estou exausto de tanto gemer. De tanto chorar inundo de noite a minha cama; de lágrimas encharco o meu leito.

A música de Davi e as palavras que iam sendo ditas foram transformando o espírito de Saul, que se encheu de calma e paz. Nem parecia o mesmo homem que estava completamente desequilibrado minutos antes. Jônatas e Abner se entreolharam impressionados com a transformação do rei, agora sereno, quase feliz.

Ali perto, Mical ouvia encantada a música arrebatadora e doce que atravessava os tecidos que separavam as tendas. Estava incomodada e surpresa com o sentimento inesperado que invadia seu coração.

Quando Davi terminou de tocar, Saul sorriu satisfeito.

— Você cantou tudo o que eu estava sentindo, rapaz. Quem é o autor desses versos?

— Sou eu, senhor.

— Quer dizer que, além de tocar, também compõe salmos. É um artista!

— Como é bom ver o senhor sorrindo novamente, pai. Obrigado pelo bem que fez ao rei, Davi. Serei eternamente grato! — disse Jônatas.

— Não agradeça a mim. Agradeça a Deus. Foi ele quem confortou o seu pai através da minha música.

— O que você deseja em troca? Posso providenciar o que quiser por ter servido ao rei — perguntou Abner.

— Não desejo nada. Somente que o rei de Israel viva em paz.

— Se é assim, por favor, queira me acompanhar — disse Abner.

— Não, não. Ele fica — disse Saul — Não quero que você vá embora, Davi. O mau espírito que me atormentou pode voltar.

— Meu senhor, me perdoe, mas tenho as ovelhas do meu pai para cuidar.

— Seja meu escudeiro, Davi. Você vai tomar conta das minhas armas e me acompanhar durante as guerras.

Do lado de fora da tenda estavam Joabe e Eliabe, este último muito revoltado.

— Você não tinha nada que ter trazido o meu irmão.

— O rei está precisando de ajuda, Eliabe. Você mesmo já deveria ter falado de Davi antes. Sabe o quanto é talentoso.

— Um enxerido, isso sim! Mas ele vai ver só! Vou contar tudo ao rei!

— Contar o quê? Ficou louco!

— O Davi vai ter o que merece! Vou acabar com essa história agora mesmo! — disse Eliabe, entrando na tenda real de supetão.

— Meu rei, há algo que o senhor precisa saber.

— Como ousa entrar assim na minha tenda?

— Perdão, meu rei. Mas o senhor precisa saber que...

— Rei Saul! Venha ver uma coisa! É urgente! — disse Doegue, entrando esbaforido e interrompendo Eliabe — Os filisteus estão montando um acampamento do outro lado do vale!

— Malditos! — gritou Saul, saindo apressado, com Jônatas e Abner.

— Ficou maluco, Eliabe? — repreendeu Davi quando ficou a sós com o irmão mais velho.

— O rei tem direito de saber que o músico da harpa quer roubar seu trono!

— Não quero roubar nada e você sabe muito bem disso! Se o rei descobre que eu fui ungido pelo profeta Samuel, manda matar toda a nossa família! Nem você será poupado! É isso que você quer?

Eliabe calou, dando-se conta do erro que quase cometera.

★★★

A tormenta de Saul

Saul foi até a colina e ficou impressionado com a quantidade de soldados filisteus concentrados, preparando-se para a guerra.

— Eles parecem já estar acampados há alguns dias. Só não entendo por que esses malditos filisteus não atacaram até agora — disse Doegue.

Mal acabou de dizer a frase e Abner chamou a atenção de todos para um novo e imenso contingente de filisteus se aproximando no horizonte, mais ao longe.

— Entendeu agora? Tem mais tropas chegando. Eles estavam esperando reforços — disse Abner, preocupado.

— Reúna todos os soldados, Jônatas, e prepare uma estratégia de ataque para amanhã logo cedo. E você, Abner, monte um pelotão de vigília. Precisamos saber de todos os movimentos dos filisteus! Vamos expulsar esses malditos da nossa terra! — disse o rei, retornando ao acampamento ao lado do filho.

— Não vai ser fácil ir pra guerra dessa vez, Doegue. Os soldados estão com medo, perderam a confiança no rei — confessou Abner, angustiado, quando o rei se foi.

TRÊS
Davi contra Golias

Eliã conseguira um bom casamento para sua única e amada filha, Bate-Seba, que já havia completado quinze anos. Urias era um honrado hitita que havia se convertido ao Deus de Israel. O sumo sacerdote Aimeleque realizou a cerimônia, que foi simples e bela. Os mais atentos, porém, notaram algo de triste no olhar da noiva no dia do casamento. Bate-Seba nunca se esquecera do jovem que a salvara da morte certa quando fora raptada. O olhar de Davi permanecera no seu pensamento desde então. Urias era um bom homem, honrado, mas a imagem do pastor não lhe abandonava na sua rotina de dona de casa na cidade de Giloh, onde vivia com o marido. O que ela não sabia era que Davi também não esquecera aqueles belos olhos castanhos.

★★★

Abner e Doegue passaram a noite vigiando a movimentação no acampamento inimigo, conforme as ordens de Saul. O dia amanheceu no local onde os filisteus se concentravam para a batalha. Em sua tenda, o rei dos filisteus, Aquis, mostrava para os príncipes a enorme espada que havia encomendado aos seus habilidosos ferreiros para ser usada pelo gigante Golias. O rei Aquis era um homem forte, mas tinha dificuldade para segurá-la, dado seu tamanho descomunal.

— Nas mãos de Golias, um único golpe será mortal! — disse o rei, sorrindo, já prevendo a vitória.

— Ele ficará muito satisfeito, com certeza! Ninguém ousará enfrentar o maior e mais temível guerreiro filisteu! — disse um príncipe.

— Golias sozinho é capaz de esmagar um exército inteiro! Ele fará os soldados de Saul curvarem-se diante dos nossos deuses e serem nossos escravos! — comemorava Aquis, confiante.

Logo as tropas filisteias iniciaram a marcha em direção ao campo de batalha. Aquis à frente, em sua biga puxada por cavalos, e Golias ao seu lado, caminhando. A visão do gigante era assustadora. Sua armadura de bronze pesava sessenta quilos, e, além da enorme espada, carregava um escudo e uma lança nos ombros. Seu olhar cheirava à morte e seu porte físico intimidaria o mais valente guerreiro. Usava um capacete com chifres arredondados, também de bronze. Atrás deles, um exército numeroso e muito bem armado.

— Quero a humilhação total do exército de Israel! Vamos provar de uma vez por todas que esse Deus a quem eles servem não tem poder algum sobre nós.

★★★

O exército israelita também estava prestes a iniciar sua marcha. Próximos à tenda das irmãs, Adriel e Merabe discutiam.

— Mas o que aconteceu? Até ontem estava tudo bem! Por que terminar tudo?

— Meus motivos não interessam.

— É outro homem? Você se apaixonou por outro?

— Quem você pensa que eu sou?

— Eu não aceito! Você já se deitou comigo! Já é minha mulher! Vou falar com o rei!

— Quer nos matar, Adriel?

— Mas, Merabe! Por que isso? Você está me escondendo alguma coisa. Não faz sentido! Me conte a verdade!

— Aceite, Adriel! Acabou! Eu não quero mais nada com você! — gritou, afastando-se e segurando o choro.

★★★

Os recentes acessos de loucura de Saul e os boatos segundo os quais Deus o havia abandonado e que existia um novo ungido abalavam o moral dos soldados, fazendo com que tivesse menos confiança entre os guerreiros. Quando chegaram ao campo de batalha, a visão do gigante Golias à frente do exército inimigo devastou o que ainda restava da autoconfiança da tropa.

— Meu Deus, é realmente um gigante. De onde ele saiu? — perguntou Saul.

—Veio de Gate. E é famoso por sua crueldade — respondeu Abner. — Eu achava que ele fosse apenas uma lenda, mas agora vejo que é bem real. Correm rumores de que venceu sozinho mais de um exército!

Saul olhou para trás e preocupou-se ao constatar as feições apavoradas dos soldados.

Aquis aproximou-se dos hebreus com sua biga.

— Por que estão em posição de guerra, servos de Saul? Rendam-se! Poupem-se da vergonha da derrota! Se querem mesmo enfrentar o poderoso exército filisteu, escolham um homem, um único homem, para lutar com o maior guerreiro que já existiu: o invencível Golias! Se ele derrotar o gigante, nós seremos seus escravos. Mas se Golias vencer, vocês serão nossos escravos e nos servirão para sempre!

Todos estavam amedrontados, com exceção de Davi, que ficara indignado com a provocação.

— Os soldados estão com medo, pai. Encarar o gigante é saltar na direção da morte — considerou Jônatas.

— É muita responsabilidade deixar na mão de um único homem a liberdade de todo o nosso povo — disse Abner.

—Alguém tem que se oferecer! Vamos oferecer uma recompensa ao guerreiro que nos livrar dessa abominação! Diga aos soldados que aquele que matar esse gigante receberá minha filha como esposa e que sua família não mais pagará impostos!

Abner reuniu os soldados e fez o anúncio. Mas ainda assim todos permaneciam calados. Alguns soldados estavam fugindo com medo.

— Malditos! Covardes! — bradou o rei.

Davi aproximou-se de Jônatas.

—Alguém precisa livrar Israel dessa afronta! Quem é esse filisteu pra desafiar o exército do Deus vivo? Eu me ofereço para enfrentar Golias.

Jônatas ficou atônito com a coragem do rapaz e foi até Saul informá-lo de que o pequeno Davi era o único que havia se oferecido para o combate. O rei mandou chamar o rapaz.

— Obrigado pelas palavras encorajadoras, Davi. Jônatas me contou. A valentia dos meus soldados parece que se esvaiu.

— Ninguém deve ficar com o coração abatido por causa desse filisteu. Eu matarei o gigante.

Davi contra Golias

— Não pode lutar contra esse gigante, Davi — disse Jônatas. — Você é muito novo, não sabe nem usar a espada, e ele é um guerreiro experiente.

— Já enfrentei muitos perigos, senhor. Sozinho, livrei um cordeiro da boca de um leão e o matei. Não só um leão como também um urso. E este incircunciso que afrontou o exército do Deus vivo será como um deles!

— Difícil acreditar que você vai vencer um gigante — disse Abner.

— E por que não? Se Deus me livrou das garras de um urso e de um leão, me livrará também das mãos desse filisteu.

— Está bem — disse Saul. — Que o Senhor seja contigo, Davi!

Saul então ofereceu sua melhor armadura, seu capacete e sua espada para Davi. Quando o jovem tentou colocar as peças e manejar a espada, percebeu que aquilo tudo seria um estorvo.

— Nunca usei uma armadura e não sei empunhar uma espada, senhor. Não posso lutar com isso — disse.

Abaixou-se e pegou no chão cinco pedras lisas e as colocou no seu alforje.

— Já tenho o que preciso. Estou pronto — disse, com confiança, empunhando sua funda, para o espanto de todos.

— Estamos perdidos — lamentou Abner.

Enquanto Davi se dirigia para o campo de batalha, Jônatas ainda tentou convencer o pai a desistir da ideia.

— Pai, por favor, impeça esse rapaz de cometer essa loucura! Lutar contra esse gigante, e ainda mais sem arma, é suicídio.

— Não podemos deixar essas afrontas do gigante sem resposta, Jônatas!

— Davi não tem experiência. Ele vai morrer! Quem vai tocar harpa para o senhor? Quem vai acalmar o espírito do rei?

— Se Davi morrer, não vou mais precisar de músico. Todos nós morreremos com ele. É certo que o rei Aquis virá com toda fúria pra cima do nosso exército.

— Então, é melhor que eu vá enfrentar esse gigante.

— De jeito nenhum! Já está feito, Jônatas!

Davi passava confiante por entre os soldados incrédulos a caminho do combate.

Os filisteus ainda não tinham visto a aproximação de Davi. Um príncipe inimigo começou a provocar novamente.

— Ninguém? Não há guerreiros desse lado? Nem um único homem disposto a lutar? Onde está a honra de vocês, hebreus? Onde está o tão falado Deus de Israel?

Surge então Davi, com suas roupas de pastor, com sua baixa estatura, com seu cajado e alforje. Ele caminhou até o centro do campo, onde estava Golias.

— Golias é por acaso algum cachorro pra você vir lutar com esse pedaço de pau? Que Baal Zebu o amaldiçoe, hebreu! — continuou a bradar o príncipe do exército inimigo.

—Vocês desafiaram o Deus de Israel, e aqui estou.

— Chegue mais perto, e Golias dará sua carne às aves do céu e às bestas-feras do campo.

— Você vem contra mim com espada, lança e escudo. Eu, porém, vou contra você em nome do Senhor, a quem vocês têm afrontado — disse Davi, olhando firmemente nos assustadores olhos de Golias — Hoje mesmo o Senhor o entregará nas minhas mãos. Vou feri-lo, tirar sua cabeça. E toda a terra saberá que há Deus em Israel.

— Não existe homem nem deus pra deter Golias! E muito menos deus pra livrar você! Que sua morte sirva de exemplo para o seu povo. Hoje Israel se curvará diante dos filisteus! E vocês serão nossos escravos para sempre! — bradou o príncipe filisteu.

Os hebreus estavam tensos, já antevendo a derrota certa. Aquis e os filisteus vibravam, com deboche, na certeza da vitória.

Golias partiu para cima de Davi com fúria. Dois golpes de espada, dos quais Davi se esquivou com agilidade, tomando novamente alguma distância do seu oponente. Golias então jogou sua lança com uma força estupenda, mas o jovem novamente mostrou grande agilidade, conseguindo desaviar-se a tempo. Quando caiu, seu alforje se abriu e as pedras rolaram pelo chão do deserto. Davi abaixou-se e, sem perder de vista os olhos do adversário, tateou até encontrar uma delas. Golias começou a correr na direção do oponente, impiedoso. Não havia mais tempo a perder: Davi rapidamente colocou a pedra na funda, girou-a por três vezes no ar e a atirou na direção da cabeça de Golias.

— Meu Deus, me ajude! Honra o teu servo! — gritou enquanto girava a funda.

A pedra acertou exatamente o centro da testa do gigante, logo acima do nariz, onde seu capacete não o protegia, e ficou encravada entre seus olhos.

Ouviu-se um som oco quando o imenso corpo de Golias tombou no chão seco, para assombro de todos e grande vibração do exército de Saul.

Davi rapidamente correu até Golias, tomou-lhe a espada e, com grande dificuldade, ergueu-a ao lado do monstro caído. Soltando um urro, decepou a cabeça do adversário num só golpe, para o êxtase de todos os hebreus, com exceção de Eliabe.

— Essa vitória é do Senhor! Agora todos sabem que há Deus em Israel! — gritou, segurando a cabeça do gigante nas mãos, da qual escorria um sangue espesso.

Aquis se desesperou.

— Tropas! Recuar, rápido! Temos que sair daqui! Nossos deuses nos abandonaram. Fujam! Salvem-se!

Os soldados filisteus começaram a fugir apavorados, deixando armas e carros de guerra para trás, em um grande tumulto geral.

— Jônatas! Abner! Todos os soldados a postos! Acabem com eles! Quero esses filisteus mortos! — gritou Saul.

O ataque hebreu foi violento. Os filisteus que não conseguiram escapar foram mortos sem piedade.

QUATRO
Um novo herói

Davi voltou para o acampamento carregado nos braços dos guerreiros, com a cabeça de Golias nas mãos, como um troféu. Saul vinha à frente, muito orgulhoso e feliz, segurando a espada do gigante.

— O exército de Israel venceu os filisteus! Deus não nos abandonou! Eu sou o ungido do Senhor! — gritava Saul, em êxtase. Aproximou-se então de Davi.

— Davi, Deus o colocou na minha vida porque ainda confia em mim! Você honrou o nome de Israel, o meu exército, e salvou o meu trono.

— Fico feliz por ter ajudado, meu rei. Fiz apenas minha obrigação.

— A partir de hoje você será um filho pra mim. Terá um lugar em minha mesa assim como todos os meus filhos. Tenho certeza de que você ainda trará muitas alegrias ao meu reino!

— Que assim seja, e que Deus esteja sempre ao nosso lado!

Eliabe, Abner e Adriel estavam entre os poucos que não sorriam. A inveja do sucesso de Davi corroía suas almas. Jônatas aproximou-se de Davi.

— Agora você é um dos nossos! — disse, abraçando o rapaz. Ele tirou sua capa, sua armadura, seu arco, sua espada e seu cinto, e estendeu-os a Davi.

— Eu os ofereço como prova de meus sentimentos por você.

— Mas eu não tenho nada pra oferecer em troca, a não ser minha eterna amizade.

— Pois saiba que esta é mais valiosa que a maior das riquezas do mundo.

Abner e Adriel, incomodados e invejosos, aproximaram-se.

— Quem diria! O pastor de ovelhas virou guerreiro e ainda vai se casar com a filha do rei! — disse Abner.

Adriel mordia-se de ciúmes.

— Ela está por aí? — perguntou Davi, curioso.

— Eu tenho duas irmãs — respondeu Jônatas, apontando na direção delas — Mas meu pai deve ter prometido Merabe, a mais velha, aquela de amarelo.

— Como ela é linda! — disse Davi.

Mical percebeu todo o movimento e se enfureceu. Puxou a irmã para dentro da tenda.

—Você não pode se casar com Davi!

— Como assim, Mical?

— Acontece que não quero mais Adriel!

— Não quer? Mas ontem mesmo…

— Mudei de ideia, já disse! Pode ficar com Adriel! Agora eu quero Davi! Eu é que vou me casar com ele!

— Ah, espera aí! Você é uma invejosa, isso sim! Você quer tudo o que é meu!

—Você não vai se casar com Davi!

—Vou! Claro que vou!

— Isso é o que vamos ver!

★★★

Naquela noite Davi foi conduzido à sua nova tenda. Ter sua própria tenda era uma distinção reservada a poucos. Quando ficou a sós, Davi ajoelhou-se e orou em agradecimento a Deus. Joabe chegou sem ser percebido.

— Obrigado, meu Deus, pela vitória sobre Golias. Eu não teria conseguido nada sem a sua intervenção. O Senhor sabe que eu não pedi pra ser rei. Mas, se o Senhor escolheu me ungir, conduza meu caminho para que, um dia, eu seja digno dessa tarefa tão importante.

— Então você é o novo ungido? — perguntou Joabe, assustando Davi.

— Joabe, você precisa me prometer que não vai contar isso a ninguém! — disse, erguendo-se aflito.

— Fique calmo, Davi. Seu segredo está seguro comigo. Quem diria! Eu estou diante do novo ungido de Deus!

— Por isso que eu não queria vir tocar pro rei, entendeu?

—Você vê o que está acontecendo, Davi? Deus o colocou perto do rei pra que aprenda com ele.

— Agora eu percebo isso. E, ao mesmo tempo, Deus está me usando para acalmar o espírito de Saul.

—Você tem uma missão muito difícil pela frente, Davi!

★★★

Saul enviou Abner até a Escola de Profetas para presentear Samuel com a espada de Golias. O profeta, a princípio, não entendeu o significado do presente.

— Por que o rei me envia uma espada?

— Ela pertencia ao gigante Golias, profeta, o mais forte guerreiro dos filisteus.

— Já ouvi falar. Golias, de Gate.

— Exatamente. Os filisteus foram derrotados pelo nosso exército e Golias, que era considerado invencível, foi morto! Uma prova de que Deus está com o rei Saul.

— Foi o próprio Saul que matou Golias? — perguntou Samuel, contemplando a bela arma.

— Não! — disse Abner, constrangido — Foi um rapaz, um pastor de ovelhas chamado Davi!

Samuel sorriu sutilmente, compreendendo os desígnios de Deus.

★★★

Jônatas e Davi tornaram-se grandes amigos. O primogênito de Saul era um exímio guerreiro e aos poucos foi ensinando o rapaz a lutar. No início faltavam-lhe força e habilidade com as armas, mas Davi era muito dedicado aos treinos e também muito talentoso. Com o tempo, um grande guerreiro foi sendo forjado.

Mais de dez anos haviam se passado desde a morte de Golias. Davi, então com 28 anos, se transformara em um comandante habilidoso e de grande força física. Havia sido condecorado pelo rei como um dos chefes de tropa e se tornara conhecido como invencível nas guerras. Seu nome, que já ganhara notoriedade instantânea quando da morte de Golias, se tornava cada vez mais conhecido entre as tribos hebreias. Seu temperamento humilde e bondoso conquistava a todos, e o povo acreditava que ele contava com a proteção de Deus, o que lhe garantia vitórias brilhantes e espetaculares em todas as batalhas de que participava. Isso tudo só reforçava a inveja que Eliabe, Adriel e Abner sentiam dele.

Certa vez, o exército real passava pelo vilarejo de Giloh e era saudado pela população. Jônatas, Saul e Davi vinham à frente em seus cavalos. O povo se acotovelava para ver o lendário Davi e entoava cânticos de exaltação ao jovem herói. Bate-Seba, que vivia nessa localidade, correu para a rua ao saber da presença de Davi. A jovem contava com 25 anos e o tempo a tornara ainda mais bela.

— Bate-seba, volte pra casa! — disse sua mãe, Laís, correndo atrás da filha.

— Qual é o problema, mãe? Só quero ver!

— Seu marido não vai gostar! Venha, vamos entrar — disse, puxando-a pelo braço.

—Ah, mãe, me deixe! Quando vou ter outra oportunidade de ver o famoso Davi novamente? Ele é um herói! Olha como as pessoas o amam!

Laís acabou cedendo. Ela também queria ver os guerreiros.

— Davi já me salvou uma vez, mãe. Não está lembrada?

— Ele é que não deve se lembrar. Isso faz tanto tempo!

— Mas eu nunca vou me esquecer — sussurrou para si mesma, com olhar apaixonado.

Davi, Jônatas e Saul desceram dos cavalos e subiram na varanda de uma das construções de pedra para saudar o povo.

— Obrigado! Que Deus esteja sempre com vocês! — disse Davi, humilde e um pouco encabulado.

As pessoas gritavam o nome de Davi em coro. Naquele instante Saul se deu conta pela primeira vez de que Davi era mais popular que ele, o que mexeu profundamente com seu brio. Lançou um olhar de ódio para o guerreiro, que nada percebeu. A ideia de que Davi estaria ofuscando sua glória e que sua fama era maior que a dele atormentou a mente de Saul durante toda a viagem de volta para casa.

Já em sua tenda, desabafou com Abner.

— Infelizmente acho que o senhor terá que se acostumar com isso, meu rei — disse Abner, envenenando ainda mais o espírito de Saul — A verdade é que o povo gosta cada vez mais de Davi. Ele tem sucesso em todas as batalhas que comanda! Onde quer que vá, se comporta com prudência e é amado por todos, até mesmo pelos servos.

— Pare de falar bem dele! Daqui a pouco só vai lhe faltar o reino pra se igualar a mim!

— Desculpe, meu rei. Mas é que dizem que Deus está com ele em tudo o que faz!

— Deus está com ele? Deus está com ele! Deus está com... — o olhar de Saul de repente se iluminou de loucura — É ele, Abner! Só pode ser! É Davi o novo ungido do Senhor! Ele quer tomar meu lugar! O maldito quer ser o rei de Israel! Ele quer usurpar meu reino! — esbravejou com ódio.

Saul caminhava cambaleante, derrubando alguns vasos.

— O senhor precisa se controlar!

—Você não percebe o que está acontecendo, Abner? Deus está me punindo e colocou Davi na minha vida pra me destruir! Mas eu acabo com ele antes que isso aconteça!

— Mas como pode ter certeza que Davi é o novo ungido do Senhor?

— A força que ele tem. A coragem. As proezas. Em tudo Davi é bem-sucedido! Ninguém é tão abençoado como esse rapaz. Agora faz sentido! Traidor!

Davi e Jônatas ouviram a balbúrdia e entraram na tenda. Viram Saul atirando copos, jarras e cestos de frutas longe.

— Meu pai está possuído! Toque sua harpa! — disse Jônatas.

Davi começou a dedilhar o instrumento, mas a música piorava o ânimo do rei, que se ajoelhou, tapando os ouvidos com as mãos.

— Pare com essa música! Eu não quero ouvi-la!

— Não pare, Davi, não pare! — disse Jônatas.

Alucinado, Saul levantou-se gritando, correu até um local onde havia armas de guerra empilhadas. Pegou uma lança e atirou-a na direção de Davi, que se desviou pouco antes de ser atingido. Saul atirou uma segunda lança e depois um punhal. Todos passaram perto de Davi com grande perigo, mas ele conseguiu esquivar-se. Abner e Jônatas seguraram o rei.

— Não faça isso, pai!

— Me soltem! Só há um rei em Israel, Davi! E esse rei sou eu!

Os homens seguraram Saul durante alguns minutos e aos poucos ele foi se acalmando.

— Por favor, saiam, deixem-me a sós com meu pai — disse Jônatas.

Saul afastou-se, perturbado, e sentou-se no chão. Começou a chorar como uma criança. Jônatas se aproximou.

— Que loucura foi essa, pai? Por que o senhor tentou matar Davi? Eu sei que o senhor estava lúcido!

— Davi quer me destruir! Por isso preciso matá-lo antes!

— Mas o que houve? O senhor amava Davi e o tinha como filho. Ele já provou tantas vezes ser fiel ao senhor! Como Davi poderia querer mal ao rei?

—Você acha mesmo?

Um novo herói

— Claro que sim! Por favor, pai, não cometa o pecado de derramar o sangue inocente de Davi.

— Meu Deus! Você tem razão, Jônatas! O que foi que eu fiz? Meu pobre e amado Davi! — Saul parecia realmente arrependido.

— Jure pra mim que nunca mais vai fazer mal a ele!

— Eu juro. Tão certo como vive o Senhor, Davi não morrerá. E como prova de que estou bem-intencionado, mande chamar Merabe. Vou dar a recompensa que prometi a ele.

★★★

Merabe foi pega de surpresa. Achava que o pai tinha mudado de ideia após tantos anos. Mical ouviu a conversa dela com Ainoã e intrometeu-se.

— Merabe não vai se casar com Davi!

— Como não? Merabe foi dada como prêmio ao rapaz! — disse a mãe.

— Mas ela não gosta dele. Não é mesmo, Merabe? Prefere Adriel. Sabe que já se deitou com ele, mãe?

— O quê?

— É mentira dela, mãe!

— Mentira? Vai negar que andou se esfregando com Adriel por aí? Aqui dentro da nossa tenda?

— Isso é verdade, Merabe? — perguntou Ainoã, chocada.

Merabe começou a chorar desesperada.

— É sim! — gritou Mical, vitoriosa — Eu mesma peguei os dois aqui no maior agarramento! Já faz tempo.

— Eu te odeio!

— Meu Deus! E agora? Como vai se casar com um se já se deitou com outro? Que vergonha! Imagina o escândalo se Davi descobre que a filha do rei não é mais virgem na noite de núpcias! Seu pai irá matá-la! — disse Ainoã, batendo na jovem.

— Eu tenho a solução — adiantou-se Mical — Convença papai a deixar Merabe se casar com Adriel. Ele prometeu uma filha a Davi, não prometeu? Então! Eu me caso com Davi!

— Depois nós vemos como resolver isso! Agora vá até a tenda que seu pai te espera, Merabe!

★★★

Davi também foi chamado de volta para a tenda de Saul, que lhe pediu perdão. Davi o desculpou e o rei disse que como prova do seu arrependimento cumpriria sua promessa, oferecendo sua filha em casamento.

— Será que mereço tamanha honra, senhor? — disse Davi, perplexo.

— Claro que sim. Merabe é sua recompensa por ter matado o gigante! Esse casamento já devia ter acontecido há muito tempo, mas por conta das guerras foi adiado. É uma honra para você também, não é minha filha?

— Sim, meu pai.

Davi ficou feliz, e Merabe estava conformada.

— Peço apenas que me prove que é um filho valente, e que guerreie as guerras do Senhor antes de se casar com ela.

— Mas isso não é justo! — interrompeu Jônatas — Davi já tem o direito de se casar com Merabe desde que matou Golias!

— Uma guerra a mais ou a menos não fará diferença! — disse o rei, com um sorriso maquiavélico.

CINCO

Duas armadilhas

Em poucos dias as tropas já estavam prontas para partir para a nova batalha contra os filisteus. Antes de Adriel unir-se ao batalhão, Merabe lhe contou as péssimas novidades: o pai cumprira a promessa de oferecê-la a Davi e Mical dissera para Ainoã que eles já haviam se deitado. Adriel sabia que a vida de ambos estaria em risco se essa informação chegasse aos ouvidos do rei.

Saul ficaria no acampamento. Antes de autorizar o início da marcha, chamou Abner e Doegue à sua tenda.

— Tenho um trabalho sigiloso pra vocês.

O ardiloso servo Ziba entrou trazendo vinho. Quando escutou essas palavras, escondeu-se, interessado na continuidade da conversa.

— Não quero que Davi volte desta guerra. E vocês vão se certificar disso pessoalmente.

— Acho que não entendi direito — afirmou Doegue — O senhor está pedindo para que Davi, o seu protegido, o herói dos israelitas...

—Você entendeu muito bem.

— Davi se transformou numa pessoa perigosa, Doegue. Ele quer ter mais poderes que o rei — disse Abner.

—Davi tem que morrer. Não pelas minhas mãos, mas pela espada dos filisteus.

— Pode contar comigo, meu rei — disse Abner.

— É uma honra cumprir uma missão do meu soberano — concordou Doegue.

★★★

Antes de partir, Jônatas despediu-se de Selima com especial carinho: ela finalmente estava esperando um filho, após muitos anos de espera. A gravidez, porém, não estava sendo fácil. Ela não era mais tão jovem e sentia dores, enjoos e tonturas constantes. Ainoã continuava fazendo tudo para atrapalhar a felicidade do casal e, assim que as tropas partiram, a rainha foi até a tenda de Selima destilar seu veneno.

— Está melhor?

— Sim, senhora. Difícil ficar quieta aqui na tenda, mas pelo menos não sinto mais nenhuma dor.

— Eu já sabia. O trigo que demora muito a florescer não dá bom pão. Você não vai ter esse filho, Selima. Melhor não se apegar a falsas esperanças. Eu conheço essa história. Já vi muitas assim quando era nova. Você vai ficar esse tempo sem trabalhar, meses à toa, pra nada. É possível que o bebê não esteja nem mais vivo aí dentro.

— Sei que meu filho está vivo. Ele se mexe dentro de mim.

— Pois que seja. Se chegar a nascer bem, se conseguir respirar o ar seco deste lugar, mesmo assim não vai durar três luas. Não vinga.

— Saia daqui! Saia já! — gritou Selima, levantando-se revoltada.

— Mas o que é isso? Enlouqueceu?

— Fora da minha tenda! Guarde seu veneno para as concubinas de Saul! Fora!

Ainoã saiu assustada. Selima demorou alguns minutos para se acalmar. Logo chegou sua criada Tirsa, que tinha sido avisada por Ziba sobre os planos malignos de Saul. Selima ficou ainda mais tensa quando Tirsa lhe contou o que ouvira. Sabia que Jônatas estava sempre perto de Davi nas batalhas e estaria em grave risco se a informação fosse verdadeira.

★★★

Davi comandava a dura guerra com maestria, sempre garantindo avanços do exército de Saul. Em uma das batalhas, Adriel foi ferido na perna e levado de volta ao acampamento. Quando Merabe viu seu amado chegando, implorou para a mãe interceder a Saul em seu favor. Na primeira oportunidade que teve, a rainha sondou o rei a respeito.

— Saul, Merabe está muito triste com este casamento com Davi. Ela disfarça bem porque não quer se indispor com você, mas ela gosta mesmo é do Adriel. O rapaz já estava planejando pedi-la em casamento quando você veio com essa promessa.

Duas armadilhas

—Adriel quer se casar com Merabe? Pois que seja! — respondeu o rei, rindo.

— Como assim?

— Diga a Merabe que ela pode se casar com Adriel, pode se casar com quem quiser! — Saul gargalhava de forma estranha.

— Mas e Davi?

— Davi não voltará da guerra!

— Por que diz isso?

— Ora, Ainoã! Por que você acha que o mandei pra guerra antes do casamento? Acha mesmo que queria Davi como genro? Quero que os filisteus acabem com ele! Pode dizer a Merabe que traga Adriel aqui para combinarmos esse casamento!

★★★

Muitas semanas se passaram. Certa tarde, um burburinho e gritos de vitória chamaram a atenção de Saul, que descansava na sua tenda. Quando saiu, viu Davi à frente da tropa, que retornava, sendo saudado por todos e puxando um cavalo que carregava Esbaal, filho caçula de Saul que havia participado pela primeira vez nas batalhas, ferido. Atrás deles, Abner e Doegue vinham de cabeça baixa. Jônatas não viu Selima por ali e perguntou a Tirsa pela esposa.

— A senhora está repousando um pouco. Ela tem sentido muito enjoo.

Em sua tenda, Jônatas encontrou a esposa dormindo serena. Saiu sem fazer barulho.

— Ela está dormindo — disse para Tirsa, na entrada da tenda.

— Graças a Deus! Minha senhora precisa descansar.

— Aconteceu alguma coisa enquanto estive fora?

— Sua esposa passou mal logo após sua partida. Desde então, não pôde mais deixar o leito. Tem que ficar de repouso absoluto para o bem da criança.

Tirsa percebeu o ar preocupado de Jônatas.

— Não se preocupe, senhor. Seu filho vai nascer em breve e tudo isso vai passar.

Jônatas viu Merabe e Adriel passando abraçados a distância.

— O que Merabe está fazendo com Adriel, Tirsa?

— Eles se casaram, senhor.

— Como?

★★★

Abner e Doegue entraram na tenda de Saul. Ainoã estava com o rei.

— Imprestáveis! Meus dois soldados mais valorosos são dois inúteis! — esbravejou Saul.

— Tentamos de tudo, senhor — disse Doegue.

— Então por que Davi ainda respira? Por que seu corpo não ficou lá na lama dos escombros?

— Ele sempre vence, senhor. Por mais que o jogássemos aos filisteus, ele sempre conseguia escapar — afirmou Abner.

— Ordenei que ele não voltasse! Vocês desobedeceram a seu rei! E ele ainda voltou como herói, pois salvou a vida daquele inútil do Esbaal.

Jônatas entrou furioso.

— O senhor deu sua palavra! Como pôde ter casado Merabe com outro, se já tinha prometido sua mão a Davi?

— Ah! Eu me confundi! Achei que Davi tivesse morrido na guerra!

— Mas não morreu! E agora todos vão achar que o rei dos hebreus não tem palavra, não tem honra!

— Não! Isso não pode acontecer! — exclamou Saul, preocupado.

— Existe uma saída, Saul! — disse Ainoã — Mical é tão bela quanto Merabe e gosta de Davi.

— Gosta?

— Ela é apaixonada pelo rapaz! Se o rei entregar sua outra filha ao guerreiro que matou Golias, sua palavra continuará sendo respeitada!

— Perfeito! Então está resolvido.

★★★

Davi já havia recebido a notícia do casamento de Merabe e estava deprimido em sua tenda, sendo consolado por Joabe. Eliabe acabara de sair e fizera o possível para humilhá-lo, dizendo que o rei havia dado Merabe a Adriel porque Davi não tinha dotes nem posição para se casar com uma nobre, e que o rei não o queria na família. Abner entrou.

— O rei Saul manda dizer que oferece a mão de sua filha Mical a você como pagamento de sua promessa.

— Não mereço me casar com ela — disse Davi depois de refletir por um instante, farejando algo errado no ar.

— Como não? — espantou-se Joabe.

Duas armadilhas

— Eliabe tem razão, não tenho como pagar o dote. Saul entregou Merabe a Adriel porque não me deseja em sua família.

— Está enganado, Davi! O rei Saul tem muita afeição por você e todos os seus servos o amam. Consinta em ser genro do rei! — disse Abner.

Davi foi até Saul e manteve sua postura: não seria digno de se casar com Mical por não possuir um dote.

— Muito bem, Davi. Mais uma vez você prova ser um homem digno. Em lugar do dote quero que me traga até amanhã cem prepúcios filisteus.

— Pois, muito bem! Assim eu aceito! É justo! Trarei os cem prepúcios e me tornarei de bom grado marido de Mical!

Davi reuniu o exército e anunciou o ataque naquela mesma noite.

★★★

Quando Jônatas contou para Selima as condições que Saul impusera a Davi para realizar o casamento, ela resolveu dizer ao marido o que ouvira de Tirsa semanas antes.

— Mas, Selima, por que não me contou isso logo que cheguei da batalha?!

— Vi que Davi estava vivo e achei que fosse apenas boato. Não queria que você brigasse à toa com seu pai. Mas com essa história de exigir algo por Mical, não sei. Parece que Saul quer mesmo que Davi morra pela espada dos filisteus.

— E agora meu pai usou Mical para jogar Davi em mais uma armadilha! Você tinha que ter me contado!

— Me perdoe, eu... Se Davi morrer, vou me sentir culpada!

Ela ficou nervosa, teve um mal súbito e por pouco não desmaiou. Tirsa chegou trazendo água.

— Não quero que você se aborreça, meu amor. Você não tem culpa de nada. Eu vou tirar essa história a limpo, e você, por favor, descanse! Tirsa, cuide dela e não a deixe fazer esforço!

Assim que Jônatas deixou a tenda, Selima sentiu uma forte dor no ventre. Ao levantar a coberta, viu a cama cheia de sangue e explodiu em lágrimas. Havia perdido o bebê.

★★★

Os filisteus estavam acampados nas proximidades de um vale nas redondezas do acampamento. Davi decidiu atacá-los naquela noite mesmo, com a estratégia de pegá-los de surpresa e sem tempo para reação. E assim se deu. Com Deus uma vez mais guiando seus passos, ele comandou seu exército em mais uma jornada vitoriosa e heroica. Os filisteus não esperavam por um novo ataque no meio da madrugada, poucas horas depois do fim da última batalha. As trevas da noite serviram para confundir ainda mais os inimigos, que sofreram outra derrota esmagadora, dessa vez com a humilhação adicional de terem seus soldados circuncidados — uma prática exclusivamente hebreia — depois de mortos.

★★★

Jônatas chegou na tenda para cobrar explicações do pai. Mal começara a falar e foi interrompido pela entrada de Davi exibindo um saco do qual pingava sangue inimigo.

— O rei me pediu cem prepúcios! Aqui estão duzentos! Honrei o exército de Israel! Agora o rei deve honrar sua palavra e me entregar a mão de sua filha!

A notícia de mais um grande feito de Davi correu rápido.

★★★

As semanas passaram velozes em meio aos preparativos para o grande casamento, que aconteceria em Gibeá. A grande noite chegara e Saul, enquanto se preparava para a cerimônia ao lado de Abner, Doegue e Esbaal, transparecia seu mal-estar com a ideia de entregar a filha a Davi.

— O senhor me perdoe a franqueza, mas deve ao menos disfarçar o ódio que sente pelo noivo — aconselhou Abner.

— Melhor seria ir ao enterro de Mical do que entregar sua mão a Davi. Promessas! Promessas que nos enredam até nos sufocar! Mas eu ainda tenho um assunto para tratar com vocês antes da partirmos. Esbaal, por favor, espere lá fora. O que vou falar é confidencial.

— Também sou um soldado do seu exército, pai. Deixe-me ficar! Sou seu filho, seu herdeiro. Quero me inteirar dos assuntos que dizem respeito ao futuro de Israel.

— Está bem. Mas essa conversa nunca aconteceu, você entendeu? Abner, Doegue, quero que matem Davi. Ainda hoje, depois da festa, na noite de núpcias. E desta vez não admito falhas. Enquanto o pastorzinho viver, meu reino está ameaçado. Livrem-se dele! Minha filha ficará viúva antes mesmo que a lua dê lugar ao sol! Posso contar com vocês?

— Pode contar comigo, meu rei. Como já disse, dou minha vida pelo senhor — disse Doegue.

— Um pedido seu é sagrado, rei Saul — assentiu Abner.

— Agradeço a vocês pela lealdade! Doegue, quero que fique para vigiar o acampamento. À noite, quando os noivos voltarem, Abner lhe dirá o que fazer.

SEIS

O casamento

O tempo de Samuel na Escola de Profetas havia se completado. O profeta fora orientado por Deus a sair novamente em peregrinação. Mas a saúde do ancião não estava boa. Seus ataques de tosse eram cada vez mais frequentes, e ultimamente vinham acompanhados de escarro com sangue.

— Por favor, fique até você se recuperar. Você não está em condições de viajar desse jeito, meu amigo — ponderou Aimeleque no momento da partida.

— Eu preciso ir, pois ainda tenho muitas cidades para visitar. Você sabe bem que eu não tenho parada fixa. Meu momento vai chegar, mais cedo ou mais tarde, Aimeleque. Eu prefiro que ele chegue quando estiver fazendo a vontade do nosso Deus. E a vontade dele é que eu agora parta. Eu já cumpri minha missão neste lugar. Fique com Deus, meu amigo.

★★★

Eliã sentia falta das batalhas, mas sua vida estava bem mais tranquila desde que havia deixado o exército de Saul e se estabelecido no povoado de Giloh. Vivia feliz ao lado da esposa Laís e do pai Aitofel. Também estava satisfeito com o casamento que arranjara para sua única filha, Bate-Seba. Urias era um homem honrado e trabalhador. Já a jovem não estava tão satisfeita. Urias era uma pessoa de bem, mas era um rude. Não dava a atenção e o carinho merecidos à tão bela e dedicada esposa.

Algumas horas antes do casamento de Davi, a família jantava na casa de Urias.

— O povo de Israel deve estar em festa com o casamento da princesa Mical com Davi! — comentou Laís.

O casamento

— Pois eu não vejo motivo algum para festejarmos — afirmou Aitofel — O rei Saul poderia vir aqui, pessoalmente, que eu jamais iria compactuar com esse disparate.

— Meu sogro, não acho prudente falar assim do rei.

— Que belo rei nós arrumamos! Em todos esses anos foi incapaz de unir as tribos de Israel!

— Mas Deus parece continuar ao lado dele, pois Saul segue vitorioso em todas as guerras que participa.

— Ora, minha mãe! — interviu Bate-Seba — Faz muito tempo que é Davi quem de fato comanda as tropas do rei.

— Tem toda a razão, filha — concordou Eliã — Se ainda dependêssemos de Saul, talvez os filisteus já nos tivessem feito de escravos.

— Davi, sim, parece abençoado por Deus — disse Urias.

— Um novo rei! É disso que precisamos — exclamou Bate-Seba.

★★★

O povo nunca tinha visto o pátio central de Gibeá tão iluminado, tão decorado, tão belo. Davi e Mical chegaram carregados em cadeiras enfeitadas, com vestes exuberantes. Os convidados jogavam flores nos noivos e todos cantavam e batiam palmas. Mas Jônatas estava apreensivo: percebera novamente um brilho estranho, de loucura, nos olhos de Saul. Os levitas Aimeleque e seu filho Abiatar já estavam a postos para consagrar a união sob a tenda ritual. Saul tomou a palavra.

— Meu coração está feliz! É com muita honra que concedo minha filha Mical a Davi, a quem reconheço como se fosse meu próprio filho. Eu o abençoo, Davi, e abençoo esta união.

Os noivos aproximaram-se do altar.

— Bendito és tu, Adonai, que santificaste a teu povo Israel com os ritos sagrados do matrimônio. Deus, concede a felicidade a estes bem-amados noivos, tal como o fizeste com o primeiro homem e sua esposa no jardim do Éden. Bendito és tu, Adonai, Deus nosso, Rei do universo, que criou o prazer e a alegria, o noivo e a noiva, júbilo e regozijo, deleite e prazer, amor e fraternidade, paz e harmonia — declarou Aimeleque.

Davi e Mical beberam o vinho consagrado pelo sumo sacerdote.

— A partir de hoje você, Mical, fica consagrada a mim de acordo com a Lei de Moisés e do povo de Israel — disse Davi.

— Eu sou do meu amado e o meu amado é meu — respondeu Mical.

Estavam oficialmente casados. A festa prosseguiu noite afora, com fartura poucas vezes vista. Jessé e Edna estavam radiantes, mas um pouco deslocados em meio a tanto luxo. Davi aproximou-se deles com a noiva.

— São meus pais, Mical. Este é o senhor Jessé e esta a doce senhora Edna.

— É uma grande honra conhecê-los — sorriu Mical, radiante de alegria.

— A honra é toda nossa! Ouvi falar muito de nossa futura nora, mas é ainda mais linda do que me disseram! — elogiou Jessé.

— Não temos grandes posses, Mical, mas somos uma família de muita fé. Em nossa casa será sempre recebida com todo amor, como nossa filha também! — disse Edna.

De longe, eles eram observados por Eliabe com um olhar cheio de inveja e ódio. Jônatas pediu a um homem de sua confiança para avisar Davi que estaria esperando por ele num local afastado da festa.

— Mandou me chamar, Jônatas? Aconteceu alguma coisa? — perguntou Davi quando chegou ao local.

— Não. Mas pode acontecer.

— Fala logo! Por que você está assim, tão nervoso?

— É o meu pai, Davi. Ele quer matá-lo!

— O quê? Mas que conversa é essa?

— É muito difícil pra mim, mas eu precisava contar a você. Fiz o meu pai jurar que não lhe faria mal, mas o rei anda muito atormentado. Não sei se posso confiar na palavra dele.

— Não pode ser, Jônatas. Seu pai acabou de me dar a sua irmã como esposa. Saul me trata como filho.

— Meu pai não está bem, Davi. Ele seria capaz de qualquer coisa para impedir que alguém ameace o seu reino.

— E eu sou uma ameaça por acaso?

— Meu pai vê o quanto você é adorado pelo povo. Vê como você é abençoado em tudo o que faz. Tome cuidado, por favor. Fique atento. Você não está mais seguro morando lá no acampamento. Talvez fosse melhor se esconder em outro lugar.

— Não posso. Meu lugar é aqui, ao lado do rei.

— Ele acha que você foi ungido por Samuel pra ser rei de Israel.

O casamento

— Ele acha isso? — perguntou, tentando disfarçar seu nervosismo — Jônatas, por favor, esqueça esse assunto. Volte pra festa. Eu vou voltar para o acampamento. Sua irmã está me esperando.

★★★

Doegue fazia a ronda do acampamento quando Allat surgiu, da penumbra. A feiticeira já não era mais aquela moça bela e bem cuidada. A queimadura na fogueira lhe deixara uma terrível cicatriz no rosto e ela envelhecera muito em poucos anos. Ainda assim conservava um pouco da linda mulher que fora um dia.

— Allat! Que susto! Quase a mato! O que você está fazendo aqui?

— Você não foi mais me ver. Fiquei com saudades!

— Pelo amor de Deus, saia daqui e não volte mais! Dessa vez não vou ter como livrá-la da morte!

— Ninguém vai me ver, Doegue. Eu sei que estão todos no casamento.

— Nem todos. Alguns servos ficaram. Posso me complicar por sua causa.

— Não me ama mais, não é mesmo?

— A gente não pode ficar junto, Allat! Quando é que você vai entender?

— Nunca! Não consigo mais passar meus dias sozinha naquela caverna.

— Foi você que escolheu esse caminho. Agora vai embora, por favor! Ou acabará morta!

— Talvez a morte seja melhor.

— Faça como preferir. Se quiser esse destino é só continuar aqui. Adeus, Allat!

Quando o soldado virou-se para partir, ela viu uma mancha branca em seu pescoço. Verificou outras manchas em seu peito.

— Você está cheio de manchas! Você foi amaldiçoado com a peste da lepra!

— Não pode ser! Tire isso de mim, Allat! Deve haver uma cura! Por Ishtar!

Eles ouvem os gritos de Abner chamando por ele. O momento chegara.

— O casamento já deve estar acabando. Eu tenho que ir! Suma daqui, Allat, antes que a peguem.

— Procure-me na caverna. Vou ver o que posso fazer.

Allat se foi e Doegue ficou ali, apavorado. Desenrolou a camisa para cobrir os braços e puxou o colarinho para esconder as manchas do pescoço.

★★★

A festa estava terminando. O soldado Paltiel estava bêbado e entornava mais um copo de vinho. Estava arrasado. Sempre fora apaixonado por Mical, e havia juntado durante muitos anos um bom dote para pedir sua mão ao rei.

— Paltiel, assim você vai acabar com o vinho da festa! — disse Adriel, ao lado do amigo.

— Eu quero acabar é com a minha vida! Nunca pensei que perder um amor fosse pior que perder uma batalha. Adriel, eu amo a Mical! Preferia me tornar escravo dos filisteus a vê-la consumar o matrimônio com aquele pastorzinho!

Saul passava ali por perto e ouviu a conversa. Aproximou-se.

— Paltiel, você disse que ama minha filha?

— Rei Saul, eu tenho certeza de que o vinho fala pelo meu amigo — defendeu Adriel — Paltiel não quis...

— Peço que me perdoe, meu rei.

— Eu ouvi muito bem! Mas sabe de uma coisa? Eu também gostaria muito de tê-lo como genro. Quem sabe isso ainda não acontece? — disse Saul, com um sorriso enigmático.

Foi-se, deixando os soldados atônitos. Mais à frente aproximou-se de Eliabe.

— Eliabe, certo? Você não é irmão de Davi?

— Sim, senhor. Em que posso servi-lo? — respondeu, assustado.

— Compareça à minha tenda depois da festa.

★★★

Selima havia voltado cedo da festa. Estava na sua tenda, acompanhada pela serva Tirsa.

— Tirsa, quero aproveitar que Jônatas saiu um pouco pra ter uma conversa séria com você.

— Fiz algo de errado, senhora?

— Claro que não. É um assunto difícil, mas você sabe há quantos anos estou tentando engravidar.

— Vai acontecer antes do que a senhora espera.

— Já não tenho mais tanta certeza. E não é justo com Jônatas — disse, começando a chorar — Quero oferecê-la, Tirsa. Quero que se deite com meu marido e dê um filho a ele.

— Mas, senhora!

O casamento

— São os costumes, Tirsa! É o certo a se fazer! Quero que você dê um filho a Jônatas no meu lugar.

— Ele a ama independente de terem um filho ou não!

— Um homem sem herdeiros não é nada. A linhagem de Jônatas não deve perecer.

— A senhora ainda é nova, não pode perder a fé. Lembre-se de Sara, senhora, que deu a Abraão um filho na velhice.

— A própria Sara ofereceu sua serva a Abraão antes disso.

— E elas se afastaram para sempre.

— Não vou mudar com você, Tirsa. Sou eu que estou pedindo!

— Senhora, espere um pouco mais. Clame a Deus! Até mesmo a mãe do profeta Samuel passou por isso. Quanto tempo Ana suplicou antes que Deus a agraciasse com um filho?

— Já supliquei tempo demais! Está decidido, Tirsa. Só preciso falar com Jônatas.

Jônatas entrou na tenda.

— O que está acontecendo aqui?

— Pode ir, Tirsa. Obrigada.

— O que foi, Selima? Por que você estava chorando?

— Quero que você se deite com a Tirsa! Ela vai lhe dar um filho por mim.

— Pare com isso, por favor! — respondeu, irritado — Se eu quero ter ou não outra mulher, essa é uma decisão minha!

***

De volta ao acampamento, Eliabe foi até a tenda de Saul. Ele estava muito nervoso.

— Muito bem-vindo, Eliabe — Saul falava com calma, de forma sorrateira. — Diga-me, seu irmão é o novo rei ungido por Samuel, não é mesmo?

— Davi é só um soldado como outro qualquer, senhor.

— Não. Não é como outro qualquer. E você sabe disso. Davi é especial. Ele é abençoado, Eliabe. Nunca perdeu uma batalha. Não tem medo de nada. Nenhum outro guerreiro de meu exército é como o seu irmão. Não concorda?

— Sim, é verdade — respondeu Eliabe, engolindo em seco.

— Então, me diga: é ele?

— Não sei dizer, me perdoe.

Saul aproximou-se. Falou docemente.

— Nunca faria nada contra sua família, meu rapaz. Nem contra você. E jamais, em tempo algum, tocaria num fio de cabelo de Davi. Ele é meu protegido, como um filho para mim. Você será colocado entre os meus mais bravos guerreiros, Eliabe. Saberei muito bem como recompensá-lo. Só precisa ser fiel ao rei. Davi é ou não o escolhido de Deus?

— Sim, ele é.

— Obrigado, Eliabe. Pode ir agora.

Saul ordenou a Abner e a Doegue que fossem até a tenda de Davi, tirassem-no do leito e o trouxessem até a tenda para ser executado por ele mesmo.

★★★

Davi e Mical estavam se amando pela primeira vez. Beijavam-se caminhando abraçados em direção à cama quando Davi tropeçou na bolsa com os pertences de Mical. Uma estátua da deusa Ishtar saltou da mala.

— O que é isso? — perguntou Davi, indignado.

— Só pode ser da Merabe! Deve ter vindo junto por engano quando trouxe minhas coisas.

— Não precisa mentir, Mical. Seu próprio pai condenou o culto a ídolos! Como pode afrontar o Senhor dessa forma?

— Juro que não estou mentindo! Jamais serviria a outro deus que não fosse o Deus de Israel!

— Está falando sério?

— Claro que sim! Estou tão chocada quanto você. Que horror! Tire isso daqui, por favor!

— Peça a Merabe pra não fazer mais isso — disse, jogando a estátua em um canto da tenda.

— Vou falar com ela. Só não conte ao meu pai, por favor. Ele é capaz de mandar chicotear minha irmã, pobrezinha.

— Pode deixar. Não vou perturbar o rei com isso. Ele já anda bastante atormentado.

— Agora que tal se a gente esquecesse essa história e continuasse de onde parou?

— Acho uma ótima ideia!

O casamento

Davi foi muito delicado com a noiva, que teve uma primeira experiência conjugal muito amorosa e carinhosa. Quando terminaram, Mical saiu para buscar água e percebeu uma movimentação estranha atrás da tenda. Aproximou-se e ouviu Abner e Doegue tramando o assassinato de Davi. Voltou apavorada e relatou o que ouvira ao marido. Davi vestiu-se e saiu rapidamente sem fazer barulho. Montou em seu cavalo e partiu em direção ao deserto. Lágrimas corriam de seus olhos.

Mical colocou a estátua de Ishtar no lugar de Davi e envolveu a cabeça do ídolo com pelo de cabra. Não demorou muito para que os dois assassinos entrassem na tenda. Aproximaram-se sorrateiramente do leito. Mical ia gritar quando foi contida por Doegue, que enfiou um pano em sua boca. Quando Abner tirou a coberta, deu-se conta de que haviam sido enganados.

Saul ficou ensandecido quando soube que Davi escapara. Mical mentiu, dizendo ao pai que Davi a ameaçara de morte, por isso o ajudara. Saul ordenou que Abner reunisse seus melhores homens para caçar Davi.

— Quero Davi vivo! Faço questão de derrubá-lo eu mesmo, com minha própria espada. Aí veremos quem é o ungido do Senhor! Mas sejam discretos. O pastor deve apenas sumir. Não quero o povo de Israel nas minhas costas, lamentando pelo fim de seu herói. Quanto a você, Mical, será dada a outro como esposa!

— Não, pai! Não faça isso! Meu marido é Davi!

— Não mais!

★★★

Abner chamou alguns guerreiros para caçar um traidor. Quando soube que o inimigo a ser capturado era Davi, Joabe se revoltou.

— Davi não é traidor! Isso é infâmia! Ele é um homem honrado, digno, que arriscou sua vida várias vezes pelo rei e por todos nós!

Eliabe, que estava ao lado de Joabe, não se manifestou.

— Mas ele quer usurpar o trono! — disse Abner.

— Não é verdade! Davi ama o rei Saul e sempre lhe foi fiel!

— Está enganado, Joabe! É um rebelde, falso, traiçoeiro! Vamos caçar Davi por toda parte! E se não obedecerem, serão tão rebeldes quanto ele!

— Pois então eu sou um rebelde! Se Saul é inimigo de Davi, aqui não é mais nosso lugar. Vamos, Eliabe — disse, fazendo menção de partir. Eliabe não se moveu.

— Eu vou ficar. Se Davi traiu o rei, mesmo sendo meu irmão, estou com Saul até o fim.

SETE

A fuga de Davi

Joabe foi até a tenda de Jônatas contar as péssimas novidades.

— Um bando de corrompidos! Eu já estava desconfiado. E meu pai é o pior de todos eles! Um homem que se diz rei, mas não tem palavra. Ele tinha me prometido que não machucaria Davi. Um rei oco por dentro, sem grandeza, só orgulho.

— Desculpem-me incomodar tão tarde, mas precisava contar ao senhor. Sei como considera Davi e que pode ajudá-lo. Eu também vou embora. Tenho o mesmo sangue do inimigo do rei e não posso permanecer em seu exército.

— Farei tudo que estiver ao meu alcance para ajudar Davi. Muito obrigado por ter me alertado.

Joabe partiu e Jônatas foi até a tenda de Mical, com quem obteve os detalhes de tudo que acontecera. De lá foi até a tenda real. Saul estava no trono, dedilhando a harpa de Davi com ar pensativo e triste.

— O senhor jurou que nunca faria mal a Davi! — disse, entrando abruptamente.

— E tenho cumprido meu juramento!

— Como tem cumprido se mandou soldados em sua tenda para matá-lo?

— Mas que acusações são essas, Jônatas?

— Diga se não é verdade, pai? Diga que não levantou sua mão contra ele?

— Claro que não! Mandei Abner chamar Davi para que tocasse harpa para mim, mas ele não estava mais lá.

— Mical me contou que o senhor chamou Davi de inimigo e soube também que mandou soldados para caçá-lo.

— Vê como preciso da música de Davi? Vivo atormentado, filho. Fiquei tão furioso que Davi não estava na tenda que jurei matá-lo, mas essa não é a intenção do meu coração. Por isso ordenei que os soldados fossem atrás dele para trazê-lo de volta ao acampamento. Quero Davi ao meu lado! Ele é como um filho pra mim, você sabe. Por favor, Jônatas. Vá atrás de Davi e peça para ele voltar. Ele é seu amigo, vai ouvi-lo. Esclareça esse mal-entendido.

— O senhor está mesmo sendo sincero, pai? Depois de tudo o que aconteceu... — Jônatas estava confuso.

— Acredite em mim, filho. Com Davi longe fico ainda mais angustiado, com medo que aquele espírito do mal volte a me possuir.

— E o que o senhor quer que eu diga a Davi?

— A verdade. O quanto eu estou arrependido. Que o amo sinceramente e que minha alma fica perturbada sem a sua música. Jônatas, meu amado, a lua nova se aproxima. Farei um grande almoço pra comemorar sua chegada. Gostaria que Davi sentasse ao meu lado, como sempre fez. Encontre Davi, filho. Traga-o de volta para mim.

Jônatas refletiu muito e acabou decidindo dar mais um voto de confiança ao pai. Partiu atrás do amigo antes do alvorecer.

★★★

Na sua fuga, Davi cavalgou por algumas horas, até que seu cavalo deu sinais de fadiga. Amarrou o animal próximo a uma queda d'água e caminhou em direção ao penhasco admirando o horizonte e a lua cheia que iluminava a noite. Levantou as mãos para o céu, muito triste, caiu de joelhos e começou a orar alguns de seus versos, banhando-se em lágrimas.

Escuta a minha oração, ó Deus, não ignores a minha súplica; ouve-me e responde-me! Os meus pensamentos me perturbam, e estou atordoado.

Se um inimigo me insultasse, eu poderia suportar; se um adversário se levantasse contra mim, eu poderia defender-me; mas logo você, meu colega, meu companheiro, meu amigo chegado

Eu, porém, clamo a Deus, e o Senhor me salvará. À tarde, pela manhã e ao meio-dia choro angustiado, e ele ouve a minha voz. Ele me guarda ileso na batalha, ainda que muitos estejam contra mim.

Abner e seus soldados localizaram o cavalo de Davi e viram de longe sua silhueta na beira do penhasco. Aproximaram-se lentamente. Davi não podia ouvir seus passos devido ao barulho da cachoeira. O Senhor, porém, o alertou em pensamento para olhar para trás. Quando virou-se, viu Abner prestes a lhe cortar a cabeça.

Saltou na escuridão e caiu na água. Nadou até a margem e ao sair do rio sentiu uma espada lhe tocar a nuca. Era Eliabe, que se adiantara aos homens e descera o penhasco por terra, imaginando que Davi tentaria escapar daquela forma.

— Meu irmão! Por que você me odeia tanto?

— Estou cumprindo ordens como um soldado do rei, não como seu irmão.

—Você sabe que nunca traí Saul.

— Quer usurpar o trono de Israel. Isso não é traição?

— Não quero trono algum. Sempre fui fiel ao rei. Não há acusação contra mim. Qual é minha culpa?

— Chega de conversa! Comandante Abner! Encontrei Davi! — gritou.

— Eles vão me matar, Eliabe! É isso que você quer?

Davi levantou-se e colocou a espada de Eliabe no centro de sua própria garganta.

— Por que não me mata você mesmo? Será coroado de glórias por Saul! Vamos, me mate! Será o predileto do rei! Não foi com isso que sempre sonhou?

Eliabe tremeu. Uma força maior que ele o impediu de executar o irmão. Abaixou a espada, permitindo que escapasse. Davi desapareceu na noite antes que os outros soldados se aproximassem.

★★★

No acampamento, Mical estava muito nervosa quando Ainoã entrou na sua tenda de forma abrupta.

— Explique o que aquele ídolo pagão estava fazendo nos seus aposentos, Mical! De Davi eu sei que não era.

— Explicar o quê? Explicar como salvei a vida do meu marido?

—Você precisa ter mais cuidado! O rei não pouparia nem mesmo a filha, se descobrisse que é idólatra. Você teve sorte que todos estavam tão preocupados com Davi que não a denunciaram pra Saul. Usar a estátua de uma deusa pagã para ajudar seu marido é pedir pra ser castigada!

Ainoã estava transtornada, andando de um lado para o outro da tenda.

— Mas na verdade foi melhor Davi ter fugido mesmo. Saul é um tolo! Mandar matar um herói. Assim, ele só complica ainda mais as coisas! Se Saul continuar agindo dessa maneira, cometendo erros em cima de erros, Davi não vai precisar de muito esforço para ficar no lugar dele!

★★★

Os soldados de Abner voltaram de mãos vazias na manhã seguinte, para desespero do rei.

— Não é possível que um único homem seja capaz de enganar meus melhores soldados!

— Davi é muito ágil, senhor — disse Abner.

— O problema é que Davi conhece todos os esconderijos da região e é experiente e astuto — justificou-se Paltiel.

— E vocês o que são? Um bando de fracos, de tolos! Davi ainda era criança e vocês já guerreavam! E agora ele é mais forte do que todos os meus soldados juntos! Estou cercado de incompetentes!

— Nenhum de nós conta com a proteção que Davi possui, senhor — disse Eliabe.

— O que foi que disse? — questionou Saul, indignado, aproximando-se do irmão de Davi.

— Davi é amigo de Deus.

— E desde quando Deus tem amigos? Não me interessa de quem Davi é amigo! Do rei, ele é inimigo mortal! E vai pagar muito caro por isso!

★★★

Naquela manhã, Doegue foi ao rio próximo ao acampamento tentar limpar as manchas que Allat havia detectado em seu corpo na véspera. Examinou seu reflexo na água, tirou a roupa e tentou, sem sucesso, lavar as manchas, esfregando-as com força. Estava enojado e desesperado. Tirsa e outras servas aproximaram-se do rio trazendo roupas para serem lavadas e viram Doegue na água. Quando chegaram perto, deram-se conta de que ele estava com lepra. Gritaram e saíram correndo em desespero.

Quando Doegue voltou, encontrou grande alvoroço no acampamento. Todos fugiam dele.

— Mas o que está acontecendo aqui? — disse Saul, saindo da tenda.

— Saul! Este soldado está com lepra! Livre-se dele antes que seja tarde demais! — disse Ainoã, enojada.

— Doegue? Leproso?

— Isso mesmo! As servas viram a pele podre na beira do rio!

Doegue estava muito assustado e tentou aproximar-se de Saul.

— Não é nada disso, eu posso explicar. São apenas algumas manchas.

A fuga de Davi

— Guardas! Não deixem Doegue se aproximar do rei! — ordenou Abner.

— Tirem esse amaldiçoado daqui! — gritou Ainoã.

Os soldados contiveram Doegue com lanças compridas, sem se aproximar.

— Não quero nem uma gota de sua saliva espalhada neste acampamento! Levem o imundo para a Escola de Profetas pra ser purificado! E que só saia de lá se for curado! Lamento muito, Doegue! — disse Saul.

— Eu vou ficar bom, meu rei. Farei tudo o que for preciso pra voltar com saúde.

— Não, você não volta mais pra cá. Adeus, Doegue.

— Senhor, não faça isso! Este acampamento é minha vida! Dê-me uma chance!

— Se for curado, traga-me Davi. Só assim, eu o receberei de volta. Agora levem este homem daqui!

★★★

Davi chegara a Giloh com o sol alto e andava pelas ruas com um capuz cobrindo seu rosto para não ser reconhecido. Caminhava olhando para trás com frequência em busca de possíveis perseguidores, quando esbarrou violentamente em Bate-Seba. A moça ia caindo no chão quando foi agilmente amparada por Davi. Eles ficaram muito próximos e cruzaram seus olhares por alguns segundos. Bate-Seba o reconheceu imediatamente. Já Davi ficou novamente encantado com aqueles olhos misteriosos acima do véu, mas não sabia serem os mesmos de que nunca esquecera, da adolescente que salvara tantos anos antes. Após breves instantes intensos nos quais ficaram imóveis, com Davi segurando Bate-Seba, ela saiu correndo num estalo. Ele ficou perdido por alguns segundos e acabou tentando correr atrás dela, encantado, mas a perdeu em meio à multidão. Caminhou mais um pouco, imerso nesse sentimento, quando tomou um grande susto ao sentir uma mão em seu ombro. Era Jônatas.

— Preciso falar com você.

— Como você me encontrou?

— Só um amigo tão próximo como eu seria capaz de prever seus passos.

—Você se arrisca vindo atrás de mim!

—Vim em nome de meu pai, Davi! O rei está arrependido! Sua alma está atormentada. Mas ele ainda o ama.

— Ele tentou me matar! Mical ouviu os soldados tramando contra mim!

— Foi tudo um mal-entendido. Meu pai só queria que você tocasse pra ele. Sua alma estava tão perturbada que, quando soube que você não estava lá, num ato de loucura, pediu que o matassem. Mas foi um desatino de um espírito atormentado.

— Não tenho certeza disso, Jônatas.

— Saul pediu que voltasse ao acampamento, Davi! O rei sente sua falta. Quer que você toque harpa para acalmar sua alma. Só você pode ajudar meu pai.

— Queria muito acreditar nisso.

—Você não será morto! Meu pai não faz nada sem antes me consultar! Por que me esconderia isso? Se Saul quisesse matar você, eu seria o primeiro a saber!

— Ele conhece muito bem a nossa amizade! Sabe que, se contar, você vai querer me proteger.

— Acredite. Também cheguei a duvidar de meu pai. Mas no fundo ele é um homem bom, Davi, e o ama muito. O rei jurou que não lhe faria mal, Davi! Ele pediu pra que eu viesse pessoalmente atrás de você e esclarecesse todo esse mal-entendido. Meu pai quer você na festa da lua nova, sentado à mesa ao lado dele.

— Preciso de uma prova de que Saul realmente está arrependido. Você volta pra almoçar com o seu pai e diz que você deixou que eu fosse a Belém me encontrar com minha família. Se o rei concordar, é sinal de que está em paz comigo. Mas, se Saul tiver algum plano de me matar neste almoço e for frustrado, tenho certeza que ficará furioso. E aí você saberá.

— Está bem. Que assim seja, meu amigo!

★★★

Mais tarde, Davi tinha sede e viu uma moça dando água para os cavalos. Aproximou-se e pediu um pouco. Quando ela se virou, viu que era a mesma mulher com quem esbarrara horas antes.

— Que sorte a minha encontrá-la de novo.

A muito custo Bate-Seba tentou disfarçar sua emoção, mas não conseguiu deixar de olhar diretamente nos olhos do rapaz. Ele tentou aproximar-se, agradecendo pela água e perguntando seu nome, quando Eliã e Aitofel chegaram já com as mãos nas espadas, alertas.

— Desculpe, senhores, parei apenas para pedir água à moça. Não se preocupem, sou um homem de bem.

— Mas se não é Davi, o herói de Israel! — sorriu Eliã, guardando sua arma.

— Me perdoem, mas não estou me lembrando de onde nos conhecemos.

—Você não nos conhece, mas Israel inteira já ouviu falar de suas proezas, Davi. De como Deus tem lhe abençoado — disse Aitofel, também sorrindo.

— É Deus quem tem olhado por mim!

—Você salvou minha filha das mãos de saqueadores, há muitos anos.

— Sim, claro. Agora me lembro.

— O que faz por essas terras?

— Uma jornada pessoal. Mas já estou de partida. Obrigado pela água, moça, e que Deus abençoe toda a sua família. Obrigado também aos senhores.

★★★

Quando Joabe abandonou o acampamento, foi diretamente para a casa dos avós — pois era filho de Zeruia, irmã de Davi — alertá-los do perigo a que estavam expostos. Contou sobre a traição de Eliabe, o que representou um duro golpe para seus pais, e falou sobre a necessidade de deixarem a casa o quanto antes, prevendo que Saul enviaria soldados para matá-los.

— E minhas ovelhas? Meu rebanho? Não posso sair por aí feito um criminoso.

— Joabe está certo, Jessé. Se Davi agora é inimigo do rei, eles virão atrás de nós.

— O Eliabe nunca permitiria que...

Antes que terminasse a frase, Adriel e Paltiel entraram violentamente, acompanhados de mais dois soldados. Joabe ainda tentou pegar sua arma, mas foi desarmado e rendido por Paltiel.

— Onde está Davi?

— Saia daqui, Paltiel! Davi não veio pra cá! — disse Joabe.

— Isso é um absurdo! Somos pessoas de bem! — gritou Jessé.

— Encontrem o traidor!

— Meu filho não é traidor! — gritou Edna, apavorada.

— Melhor a senhora se calar — disse Adriel, pegando Edna pelos cabelos.

— Vocês estão perdendo tempo, Davi não está nesta casa! Saiam daqui agora! — emendou Joabe.

— Pois muito bem! Onde ele está? Entreguem Davi e tudo ficará bem!

— Nós não sabemos! Eu também quero saber onde está meu filho! — disse Edna.

— Se a senhora estiver mentindo vai se arrepender, ouviu bem? — disse Adriel, puxando os cabelos dela com brutalidade.

— Nós vamos encontrar Davi, esteja onde estiver. Vamos embora, Adriel!

Antes de sair, os soldados jogaram tochas acesas pela casa e fecharam a porta. O fogo se alastrou rapidamente. Joabe tentou abrir a porta e as janelas, mas elas estavam travadas por fora. Todo esforço de Joabe era em vão e a fumaça e o calor estavam insuportáveis. Jessé gritava por socorro quando os quatro irmãos de Davi abriram as portas, ajudando todos a saírem a tempo. A casa foi rápida e totalmente consumida pelas chamas.

OITO

A caçada

O almoço em celebração à lua nova era, de fato, uma armadilha de Saul. Quando Jônatas chegou sozinho e disse que Davi fora a Belém encontrar sua família, o rei reagiu de forma violenta, jogando os pratos e copos longe, e levantou-se transtornado.

— Desgraçado! Agora eu sei que você passou para o lado de Davi! Enquanto ele viver você não será rei deste país. Vá agora e traga-o aqui! Davi deve morrer!

O rei atirou uma lança na direção de Jônatas, quase acertando o filho.

— Quer me matar também?

— Ficou louco, Saul? Afaste essa lança do meu filho! — gritou Ainoã, quando Saul corria em direção ao filho com uma segunda lança, sendo contido por Abner.

— Ele me traiu!

— O senhor está cego de ódio! Não conte mais comigo pra participar desta farsa! — disse Jônatas, saindo indignado.

★★★

Jônatas fez nova viagem a Giloh, onde se encontrou com Davi em um local previamente combinado.

—Você tinha razão, Davi. Agora ficou provado que o rei é seu inimigo.

— Mas a aliança entre nós não se abalou, Jônatas. Pelo menos não da minha parte.

— Nem da minha. Sei que não tem culpa de nada.

— Eu sempre serei bom pra você e para sua família.

— Mesmo quando o Senhor acabar com todos os inimigos de Davi? Eu pertenço à família de Saul, que deseja a sua morte.

— Mesmo assim. Juro a você fidelidade, meu amigo. E também não desejo nenhum mal a Saul.

— Que Deus vingue os inimigos de Davi!

— Que Deus vingue os inimigos de Jônatas!

Os dois se deram as mãos com força, selando o pacto.

— Antes de ir, Jônatas, eu preciso contar uma coisa.

— Eu já sei. Você é o homem que vai reinar em Israel no lugar do meu pai.

— O trono de Israel deveria ser seu um dia, Jônatas, não meu.

— Mas Deus escolheu você. E não poderia ter feito escolha melhor. Agora vá em paz, meu amigo, meu irmão! Firmamos diante do Senhor uma aliança eterna.

★★★

De volta ao acampamento, Jônatas começou a arrumar suas coisas para partir.

— Não vou ficar mais nem um dia aqui e compactuar com esta injustiça.

— Jônatas, você está sendo precipitado. Pra onde nós vamos? Sair assim no meio da noite? Pensa bem! Será que partir é mesmo a melhor solução? — ponderou Selima.

— Mas o que eu posso fazer? Não vou mais compactuar com os devaneios de meu pai!

— Prefere deixá-lo à mercê de seu ódio? Ficando, ao menos você é uma palavra de razão no meio de tanta bajulação e de interesses mesquinhos dos outros soldados. E depois, não é bom sair por aí comigo nesse estado.

— O que quer dizer?

— Eu estou grávida, Jônatas! Você vai ser pai!

— Meu amor! — disse, abraçando-a — Eu tinha certeza, Selima! Tinha certeza que um dia ainda teria um filho seu!

★★★

Davi caminhou em direção a Ramá para encontrar-se com Samuel. Durante a longa jornada, a lembrança dos encontros com Bate-Seba não saía do seu pensamento. Sua beleza ímpar, sua delicadeza e sorriso lhe acalentavam a solidão. Após alguns dias, avistou finalmente o profeta ensinando um grupo ao ar livre. Mais tarde sentaram-se para conversar.

— Não há como manter a paz com Saul. Ele já sabe que você foi escolhido para ocupar o seu lugar.

— Por que tem de ser assim, profeta?

— Você está sendo preparado, Davi. Todas essas lutas e provações farão de você o rei que Deus precisa para o seu povo.

— Às vezes me sinto tão desamparado, como se Deus tivesse se esquecido da minha dor. Mas logo me lembro das suas infinitas misericórdias, de como ele me livrou de tantas aflições. Ele tem sido o meu socorro, a minha força.

— O Senhor sempre estará com você em todos os seus caminhos. Basta apenas que permaneça fiel e não se corrompa como fez Saul.

Samuel começou a tossir fortemente.

— O senhor está bem?

— A mim me restam poucos dias, meu filho.

— Não viverá para ver cumprida a profecia de que um dia serei rei?

— Deus já está preparando um novo profeta para guiá-lo na sua jornada, Davi. No tempo certo, ele se apresentará.

★★★

Bem perto dali, Saul se aproximava com seus melhores guerreiros. Alguns dos soldados tinham visto Davi indo na direção de Ramá, mas não tinham conseguido capturá-lo.

— Os homens tentaram chegar até Davi, mas não puderam — disse Esbaal.

— Como assim?

— Não sei explicar. Eles simplesmente foram embora.

— Acho que foi a oração dos profetas — opinou Abner.

— Deus mudou o coração dos soldados, pai.

— Ninguém teve coragem de fazer nada contra o meu irmão — afirmou Eliabe.

— Isso é algum tipo de escárnio com seu rei?

— Senhor, acredite em nós! É a verdade! Deus interferiu de alguma forma — afirmou Abner.

— Basta! Covardes! — gritou Saul, irado —Vou sozinho, bando de incompetentes.

Saul desembainhou sua espada, subiu em seu cavalo e galopou em direção do local onde Davi e Samuel conversavam, perto dali. Samuel sentiu uma forte pontada no peito e gemeu de dor.

— O que foi, profeta? O que o senhor está sentindo?

— Vá embora, Davi! Você precisa fugir!

— Mas o que houve?

— Vá, meu filho! Antes que seja tarde! Fuja, Davi!

— Não posso deixar o senhor. Saul vai matá-lo por ter me ajudado.

— Minha vida está nas mãos de Deus! Agora você, Davi, precisa se salvar pra cumprir os propósitos dele! Vá e não olhe para trás!

Davi fugiu quando Saul já estava visível no horizonte. Ele se aproximou, desceu do cavalo com a espada nas mãos, caminhando na direção de Samuel com ódio no olhar. O profeta virou-se para ele, confiante, e levantou as mãos para o céu.

— Senhor, eu lhe peço, acalme o coração cheio de ódio de Saul. Proteja o teu servo Davi. Só o Senhor pode livrá-lo.

Como que tocado por anjos, Saul largou sua espada no chão e a expressão de ódio em seu semblante desapareceu, dando lugar a um ar sereno, feliz. Ajoelhou-se e olhou para o céu.

— Grande Deus de Israel, eis aqui teu servo!

Samuel partiu satisfeito, e os demais soldados aproximam-se de Saul, tentando tirá-lo daquele transe.

— Uns sobem, outros caem em batalha, outros tombam na barra de suas estolas e no chão devem permanecer — disse, olhando para Abner.

Em seguida, tirou sua túnica, ficando quase nu, ficando somente com o tecido que cobria suas genitais. Deitou-se e adormeceu como uma criança. Os soldados levaram Saul de volta ao acampamento.

★★★

Na sua tenda, Merabe e Adriel discutiam.

— Ele é um traidor, Merabe! Será tão difícil entender?

— Salvar nosso povo da espada inimiga? Lutar contra os filisteus é traição, por acaso?

— Ele quer tomar o lugar de Saul! Você prefere ter Davi como rei?

— Qualquer um é melhor líder do que o alucinado do meu pai. Estamos sendo guiados por um rei demente.

— Repete o que acabou de dizer, Merabe! — gritou, irado.

— Qualquer um...

A frase foi interrompida por violento tapa desferido por Adriel no rosto da esposa com as costas da mão.

— Saul está fazendo isso tudo por você, ingrata, por todos do teu sangue.

— O maior ingrato é ele mesmo. Meu pai está se afastando de Deus. E você junto com ele — disse Merabe, atônita, contendo o choro, orgulhosa.

— Cale a boca! Não vou mais ouvir. Mesmo sendo filha do rei, você é mulher. Minha mulher! Ponha-se no seu lugar.

★★★

Davi foi até a Escola de Profetas falar com Aimeleque.

— Sacerdote, preciso da sua ajuda.

— Por que veio só? Algum problema?

— Estou cumprindo ordens do rei Saul — mentiu. — Ele não quer que ninguém saiba o motivo da minha vinda. Deixei meus soldados esperando por mim em outro lugar. Estou viajando há dias e não tenho o que comer, sacerdote. Também estou sem arma. Saí com tanta pressa que...

Aimeleque percebeu que Davi estava mentindo, entendeu qual era a situação e sorriu para ele.

— Sei o quanto é um rapaz especial, Davi. Não precisa ter medo nem mentir. Vou lhe dar o que precisa.

— Perdoe-me, senhor. Agradeço muito sua ajuda.

Aimeleque ausentou-se por alguns minutos e retornou com a espada de Golias e um saco contendo alguns pães.

— É a única arma que tenho aqui. Pode levar. Ela é realmente sua, por direito. Foi você quem a conquistou.

Enquanto Davi pegava a arma e os pães, viu, por trás de Aimeleque, Doegue passando, acompanhado por Abiatar. Doegue também viu Davi.

— O que Davi está fazendo aqui? — perguntou Doegue.

— Não sei dizer.

— Preciso ir até lá.

— De maneira alguma. Você está separado. Não pode entrar em contato com ninguém.

Abiatar conduziu Doegue com alguma dificuldade para fora da sala.

— Obrigado, senhor Aimeleque! Agora preciso partir! — disse Davi, aflito.

— Mas já? Não quer participar comigo do sacrifício?

— Outro dia, sacerdote! Até mais ver!

Davi saiu correndo o mais rápido que pôde. Queria ganhar o máximo de terreno possível antes da chegada da noite. Doegue tentava desvencilhar-se de Abiatar para ir atrás de Davi, explicando que se tratava de uma ordem do rei. Diante da negativa, acabou escapando, agredindo Abiatar e outros levitas que tentaram impedi-lo.

★★★

Em uma estrada próxima a Belém, Jessé e sua família caminhavam em fuga, na esperança de encontrar Davi. Tinham pouca comida e pouca água, estavam sujos e com roupas rasgadas em função do incêndio, quando viram um grupo de homens caminhando a pé na direção deles carregando foices, enxadas e instrumentos agrícolas.

— Quem são esses? — perguntou Edna.

— Espero que esses viajantes venham em paz — respondeu Jessé.

— Mas não é o que parece — opinou Joabe, pegando a única arma que possuíam: uma pequena faca escondida sob a sela do burro que carregava Edna. Os seus irmãos também se armaram de instrumentos agrícolas e cajados.

— Não queremos lutar. Também somos fiéis ao Deus de Israel. Estamos à procura de Davi, o verdadeiro ungido de Deus! — disse um dos homens, aproximando-se.

— É meu filho! Somos a família dele! — disse Jessé.

— É uma grande honra conhecer a família do nosso futuro rei! Saul cometeu muitas injustiças contra ele. Dizem que muitos homens estão como nós procurando por ele para segui-lo. Saul não ama mais seu povo e Davi é nossa única esperança. Precisamos de um novo líder.

—Vocês têm alguma ideia de onde meu filho está? — perguntou Jessé.

— Corre o boato de que ele passou por Ramá e estava indo na direção da Escola de Profetas. Estamos fazendo o mesmo percurso. Mais homens estão percorrendo toda a terra de Israel em busca de seu paradeiro. Se quiserem, podem vir conosco.

—Vamos sim! Obrigado! Tenho fé que encontraremos Davi antes de Saul.

★★★

A caçada

Eliabe ouvira uma conversa entre Abner e Paltiel. Eles falavam sobre o sucesso da operação na casa dos pais de Davi.

— O que você fizeram com os meus pais?

— Fizemos o que precisava ser feito — respondeu Paltiel.

— Apenas obedecemos às ordens do rei. Ou você acha que daríamos a chance de seus pais acobertarem a fuga de um traidor? — completou Abner.

— O rei Saul me prometeu que não ia fazer mal nenhum à minha família! Ele não podia ter...

— Meça suas palavras, Eliabe! Não ouse insinuar que o rei Saul não cumpre suas promessas. Ou você está com o rei, ou está contra ele! — disse Abner.

Pouco depois eles foram chamados para a tenda de Saul. Eliabe a muito custo continha seu transtorno com o que acabara de saber.

— Abner, quero que você reúna os melhores soldados para se juntarem a nós na caçada a Davi.

— Mais cedo ou mais tarde encontraremos Davi, senhor. Já avisamos todas as tribos que ele é nosso inimigo. Qualquer aliado que cruzar com ele tem a obrigação de matar esse traidor — disse Abner.

— Que todos saibam, então! O que me trouxer a cabeça do impostor será coberto de riquezas!

— Gostaria de lembrar ao rei a promessa que me fez — adiantou-se Eliabe — O senhor garantiu que não ia fazer mal à minha família e os seus soldados incendiaram a minha casa e mataram meus pais.

— Nem sabia disso! Controle melhor os seus soldados, Abner!

— Tem mais, senhor...

— Eliabe! Já chega! — disse Abner.

— Perdoe, senhor! — disse Eliabe, dobrando um dos joelhos em sinal de reverência — Mas o rei disse que ia me fazer chefe de tropa e...

— Ora, Eliabe! Acha mesmo que tem condições? Você não chega aos pés de Davi. É um guerreiro no máximo mediano. Você escolheu trair sua família e o seu irmão! Agora arque com as consequências! Tudo o que aconteceu com eles é culpa sua!

— Mas senhor, eu...

Enfurecido, num ímpeto, Saul trespassou a nuca de Eliabe, que caiu morto instantaneamente.

— Não gosto de ser cobrado! Quanto a você, Paltiel, será meu genro. Ainda hoje.

— Obrigado, meu rei. Serei fiel ao senhor até a morte.

★★★

Mical ficou revoltada quando seu pai lhe revelou os planos de casamento.

—Você não manda mais em mim! Já sou casada com Davi! Ele é meu marido e meu único senhor!

— Mical, você está passando de todos os limites! Vai se casar com quem seu pai mandar! Ele é o rei, esqueceu? — afirmou Ainoã.

— Não vou deixar você me usar! Sei muito bem que você quer matar Davi porque tem inveja dele! Inveja!

— Cale essa boca! — gritou o rei, estapeando o rosto da filha —Você vai me obedecer ou então será banida para sempre deste acampamento!

— Escute seu pai, Mical! Você não vai querer virar prostituta por causa do Davi, não é mesmo?

— O que é melhor? Ser uma prostituta fiel ao marido ou alguém como você, que vive de intrigas?

Dessa vez foi Ainoã quem esbofeteou a filha.

— Eu odeio vocês! Odeio!

Mical saiu correndo, chorando.

— Eu vou falar com ela, Saul. Mical vai se casar com Paltiel, pode ficar tranquilo!

NOVE

O massacre

Saul discursava para os soldados, que se preparavam para dar início à caçada de Davi quando Doegue aproximou-se e tirou o manto que escondia seu rosto. Os guardas pessoais do rei sacaram suas armas e lanças, impedindo que se aproximasse de Saul.

— Doegue? Você devia estar com os sacerdotes! Tirem esse leproso daqui!

— Já fui purificado, senhor! Passei tempo demais naquele lugar! E trago notícias que agradarão ao rei. Eu encontrei Davi!

— Esperem! Deixem o homem falar! E onde ele está?

— Foi pedir ajuda ao sacerdote Aimeleque, que deu a ele comida e a espada de Golias.

— Levitas traidores! Querem tirar o meu reino e dá-lo a Davi! Os sacerdotes se acham intocáveis? Protegidos do Senhor? Nós vamos ver. Todos para Nobe, agora!

★★★

Após a saída dos soldados para Nobe, Ziba aproveitou que a tenda de Saul estava desguarnecida e entrou para roubar os despojos de guerra armazenados ali. Colocava joias, anéis, pulseiras, colares, pequenas facas e copos de ouro dentro de um saco quando Tirsa entrou.

— Ziba? Esses despojos de guerra não são pra você. Saul vai dividir essa riqueza com todos os soldados.

— Aqueles malditos acabam ficando com tudo.

— E isso lhe dá o direto de roubar?

— Abaixa essa voz! Quem está roubando aqui?

—Achei que você fosse um homem bom, Ziba — disse Tirsa, decepcionada.

— Eu não roubei nada, está me ouvindo? Ninguém vai acreditar em você. Vou avisar só uma vez. Não ouse se meter comigo! — asseverou, ameaçador.

★★★

Quando chegou à Escola de Profetas, Saul ordenou que todos os oitenta e cinco sacerdotes se reunissem no templo. Os levitas foram posicionando-se em fileiras, entoando um canto ritual, vestidos de branco. Todos aparentavam tranquilidade, com exceção de Abiatar, o mais jovem entre eles. Aimeleque e Abiatar estavam à frente de todos, próximos a Saul.

— Abiatar, se alguma coisa me acontecer, procure Davi. Ele vai lhe dar abrigo — sussurrou Aimeleque.

— Por que o senhor está falando assim, pai? O que pode acontecer?

Aimeleque não teve tempo de responder. Foi interrompido por Saul.

— Estão todos aqui? — perguntou o rei.

— Sim, meu rei, como o senhor pediu — respondeu Aimeleque.

— Pois, muito bem. Agora me diga, sacerdote. Por que você e Davi conspiraram contra mim, contra o meu reino?

— Jamais conspirei contra o senhor.

— Não deu a Davi pão e espada? Não consultou Deus a favor dele para que o traidor se levantasse contra mim e me armasse ciladas?

— E quem entre todos os seus servos é tão fiel como Davi, o genro do rei? Não é ele, Davi, chefe da sua guarda pessoal e honrado na sua casa?

— Davi se tornou meu pior inimigo. Não sabia que ele era um traidor quando o acolheu entre estas paredes?

— Não, senhor. Não julgue mal a este seu servo. Nem eu, nem minha família, nem os outros sacerdotes sabiam que Davi não era mais seu protegido.

— Agora já sabe que Davi é meu inimigo. Diga, então, para onde foi o traidor?

— Não sei onde está Davi. Nenhum de nós tem conhecimento de seu paradeiro.

— Eu sou paciente, Aimeleque. Eu lhe darei mais uma chance de tentar se lembrar. Pense bem.

O massacre

— Minhas palavras não mudarão, senhor. Serão as mesmas quantas vezes me mandar repetir. Não sei onde está Davi.

— Por acaso não tem medo? Acha que o linho branco de sua bata o protege? Pensa que a estola sacerdotal vai poupá-lo do fio da espada? — gritou, furioso.

— Ao contrário de muitos, somos fiéis à vontade de Deus. Se ele quiser que pereçamos, assim seja.

— Pois, muito bem! Que seja a morte, então.

— O quê? Não! Por favor! Piedade! — desesperou-se Abiatar.

— Cale-se, filho.

—Você morrerá, Aimeleque. Você e todos aqui!

Todos na sala ficaram em choque. Os soldados não sabiam o que fazer.

—Vamos! Matem os sacerdotes do Senhor! Porque eles também estão de mãos dadas com Davi e conspiram contra o meu trono!

Nenhum soldado se mexeu. Um silêncio perturbador invadiu a sala. Não pareciam sequer respirar.

— E então? Matem todos! Paltiel? — gritou Saul, enfurecido.

— Meu rei, são homens de Deus! — disse Paltiel.

— Não podemos estender as mãos contra os sacerdotes do Senhor — afirmou Adriel.

— Serão vocês traidores também?

— Doegue! Você nunca teve medo de nada! Faça o que tem que ser feito!

Doegue ficou tenso, mas também não se moveu.

— O que está esperando? A quem vai obedecer? Eu sou o seu rei e ordeno: mate estes traidores!

Doegue desembainhou a espada devagar. Seu olhar era de medo. Avançou lentamente na direção de Aimeleque, que calmamente retirou a estola sacerdotal e começou a recitar serenamente um trecho do Salmo 7. Abiatar tremia e gemia, apavorado.

— O meu escudo está nas mãos de Deus, que salva o reto de coração. [...] Quem gera a maldade, concebe sofrimento e dá à luz a desilusão. Quem cava um buraco e o aprofunda cairá nessa armadilha que fez. Sua maldade se voltará contra ele; sua violência cairá sobre a sua própria cabeça. Darei graças ao SENHOR por sua justiça; ao nome do SENHOR Altíssimo cantarei louvores...

A oração do sacerdote foi interrompida quando a espada de Doegue trespassou seu abdômen.

— Pai! Não! — gritou Abiatar.

Irritado com o grito, Doegue feriu o jovem levita na perna, que caiu no chão contorcendo-se de dor. Saul assistia a tudo sorrindo, sádico.

— Isso, Doegue! Mate os inimigos do rei!

Um a um, lentamente, Doegue matou os levitas, atravessando seus corpos com a espada, em uma espécie de ritual macabro. Os sacerdotes seguiam cantando hinos de louvor, serenos, conformados. Em meio à carnificina, Abiatar, caído com a perna ferida, percebeu que estava sendo dado como morto. Arrastou-se lentamente para fora, levando a estola sacerdotal que estava ao lado do corpo de Aimeleque.

O rapaz fugiu pelo deserto. Caminhava de forma lenta, penosa e dolorida.

★★★

Dois homens juntaram-se à caravana que buscava por Davi, que agora contava com cerca de 20 homens, incluindo Jessé e sua família. Os novatos traziam a notícia de que Davi fora visto caminhando em direção à Caverna de Adulão. Seguiram para lá e encontraram-no sentado em frente a uma pequena fogueira assando uma ave.

— Meu filho! Meu amado Davi! — disse Edna, correndo para abraçá-lo.

— Até que enfim o encontramos! — comemorou Jessé.

— Joabe! Mãe! Pai! Meus irmãos! Que surpresa encontrar todos vocês!

Todos se abraçaram emocionados. Jessé e Edna explicaram tudo que se passara desde que a casa foi incendiada.

— E o Eliabe?

— Eliabe não veio.

— Aconteceu alguma coisa com o meu irmão?

— Ele preferiu ficar do lado do rei, meu filho.

Davi sorriu triste.

— Você tem sido muito valente, Davi. Deus vai honrá-lo — disse Joabe, procurando animá-lo.

— Parece que o Senhor não faz fácil a vida de um rei — comentou Jessé.

O massacre

— Eu sei. Saul está sofrendo muito.

— Estou falando de você, Davi. Estou muito orgulhoso de você.

Os olhos de Davi encheram-se de lágrimas. Nunca tinha recebido o reconhecimento do pai como naquele momento. Eles trocaram um forte abraço. Toda a família se emocionou. Os homens que assistiam a tudo de longe se aproximaram. Um deles tomou a palavra.

— Senhor, queremos oferecer nossa vida e nossa força ao rei Davi, o novo líder do povo de Israel — disse, ajoelhando-se — Permita que sejamos seus soldados, senhor! É nossa única esperança! Somos apenas os primeiros! Atrás de nós chegarão muitos outros.

— Vocês são muito bem-vindos! Mas saibam que nosso caminho será cheio de obstáculos. Se desejam me seguir, que assim seja. Mas todos deverão lutar por Israel e seguir as leis do Senhor!

— Vida longa a Davi! — bradou Joabe, seguido por vivas de todos os presentes.

★★★

A notícia da chacina dos sacerdotes chocou até mesmo os mais fiéis seguidores de Saul e abalou a todos no acampamento. Jônatas mais uma vez travou uma séria discussão com seu pai. O assassinato em massa foi razão também para mais um caso de violência de Adriel contra Merabe, após ela cobrá-lo por não ter impedido o massacre. Merabe dessa vez ficou com marcas da agressão no rosto.

Alguns dias se passaram. Em uma cerimônia simples, Mical e Paltiel acabaram se casando. Mas a noiva não permitiu que Paltiel a tocasse na noite de núpcias, assustando o novo marido com sua agressividade.

★★★

Abiatar já caminhava havia quase dois dias pelo deserto, com a ferida infeccionada, pouca água e sem comida. Tinha o olhar vidrado e delirava, tendo alucinações. Acabou desmaiando não muito distante do local onde estavam Davi e seus seguidores. Foi encontrado e levado até Davi, que providenciou para que ele fosse banhado, que tivesse seu ferimento limpo e fosse alimentado.

— O que aconteceu, afinal? — perguntou Davi ao jovem levita.

— Saul chegou com seus soldados, procurando por você! Como ninguém sabia onde estava, o rei mandou matar todos os sacerdotes!

— Meu Deus! Saul perdeu totalmente a razão!

— Ele precisa ser detido imediatamente! O reino de Israel corre um sério risco nas mãos desse demente! — disse Joabe.

— Nem sei como consegui escapar! Saul disse que merecíamos a morte porque esconderemos seu inimigo! Mas nem sabíamos que você era inimigo de Saul!

— Doegue deve ter dito a Saul que me viu lá!

— Foi Doegue sim. E foi ele quem levantou a espada para meu pai e todos os outros. É um milagre eu estar vivo, Davi. Um milagre de Deus, que me guiou até aqui.

— Agora fique comigo e não tenha medo, pois aqui você estará a salvo! Tome conta dele, Joabe. Cuide para que o sacerdote durma em paz.

Joabe amparou o levita. Quando Davi se viu sozinho, olhou para o alto, sentido, com lágrimas nos olhos.

— Perdão, meu Deus! Perdão! Eu causei a morte de todos esses sacerdotes!

★★★

Doegue chegou na entrada da caverna em que Allat vivia com o rosto e o corpo inteiramente cobertos, caminhando cambaleante, já sem forças. Gritou ainda o nome da mulher antes de desfalecer. Quando ela se aproximou e tirou os tecidos que cobriam seu corpo, ficou chocada com o que viu. A doença avançara muito rapidamente. Com dificuldade, carregou seu amado para dentro da caverna. Tratou dele com todo o carinho, limpou as feridas e usou seus unguentos com raízes, plantas e folhas. Ele descansou por muitas horas. Já recuperado, contou o que acontecera.

— Então, você ajuda o rei, mata os sacerdotes e ainda é renegado?

— Sempre fui leal, e acabei desta maneira.

— Não devia ter matado aqueles homens, Doegue. Profanar o que é sagrado traz sempre consequências muito sérias.

— De todo jeito, já estava condenado por esta maldita doença. E você não tem nojo de mim? Medo de tocar minhas feridas?

— Não. Eu vou cuidar de você, meu amor.

— Ainda me ama? Depois de tudo o que eu fiz pra você?

— Não mando no meu coração, Doegue. E meus deuses acabaram atendendo às minhas preces. Eles trouxeram você de volta pra mim. E eu sou muito grata.

— Grata por ter ao seu lado um leproso? Um homem à beira da morte? Eu não sou nem de perto aquele soldado valente que você conheceu, Allat.

— Isso não me interessa, agora. Só me importa que estejamos juntos.

DEZ

O adeus de Samuel

Muitos meses se passaram. A quantidade de homens que se alistava no exército de Davi crescia a cada dia. Passava dos quatrocentos. E muitos cidadãos comuns também ajudavam, doando riquezas, suprimentos, cavalos e armas. Cego, Saul só pensava na morte daquele que julgava ser seu rival, e assim, sem saber, colaborava com Davi ao abandonar o povo à própria sorte, gerando mais e mais descontentamento entre as tribos.

Certa noite, Abner trouxe a Saul a notícia de que espiões haviam localizado Davi e seus seguidores acampados no deserto de En-Gedi.

— Vamos reunir nossos melhores soldados. Os melhores não: todos os soldados de Israel. Dessa vez, o pastor de ovelhas não poderá escapar — disse o rei.

— Vamos precisar de todos mesmo. Parece que o número de seguidores de Davi cresceu muito nas últimas semanas. Muitos acreditam que Deus o conduz em suas batalhas. Inclusive alguns dos nossos soldados.

— Mas isso é um insulto ao rei ungido do Senhor! Deus não há de permitir que esse traidor triunfe contra minha ira! Vamos para lá agora mesmo. Amanhã pode ser tarde.

★★★

Saul e seus soldados marcharam durante aquela madrugada e todo o dia seguinte. Já era tarde quando encontraram uma caverna onde decidiram passar a noite. Um sentinela de Davi viu a movimentação e correu para o acampamento, que era próximo dali.

— Vou reunir nossos homens! Essa é a oportunidade perfeita para acabarmos com Saul! — disse Joabe, animado.

O adeus de Samuel

— Reunir uma tropa não é uma boa ideia — ponderou Davi.

— Mas nós podemos atacá-los de surpresa, enquanto dormem! Vamos! Esta noite mesmo você pode matar seu maior inimigo e tornar-se o novo rei de toda Israel!

—Vamos até lá sem alarde. Iremos apenas eu e você.

Não demorou muito para que chegassem à caverna, onde Saul e seus soldados dormiam um sono profundo. O local era parcamente iluminado por fogueiras acesas para espantar animais ferozes. Davi e Joabe entraram cautelosos e localizaram o rei dormindo, com sua espada fincada ao lado de sua cabeça.

— Este é o momento, Davi — sussurrou Joabe — Deus entregou Saul em suas mãos. Acabe logo com isso!

Davi pegou cuidadosamente a espada do rei, sem fazer barulho. Levantou lentamente a arma, na direção do abdômen de Saul. Permaneceu por alguns instantes nessa posição.

— Davi, está esperando o quê? Vamos, deixe que eu mesmo resolva isso!

—Você não vai fazer nada! Vamos embora! — sussurrou Davi, firme, saindo dali e levando consigo a espada.

Joabe chegou do lado de fora da caverna transtornado.

— Por que não matou Saul? Ele nunca perderia uma oportunidade dessas para acabar com você!

— Não posso atentar contra a vida de um homem que foi ungido por Deus. Não será por minhas mãos que Saul vai morrer.

— Desculpa, mas eu não vou permitir que o homem que quer destruí-lo e quase matou seus pais saia daqui com vida! Vou voltar lá e matar aquele miserável!

— Ninguém toca em Saul, Joabe! Ninguém! É uma ordem!

Davi disse essas palavras segurando o braço de Joabe e olhando firmemente nos seus olhos. Depois, caminhou até a entrada da caverna e gritou o nome de Abner.

— O que está fazendo? — perguntou Joabe, surpreso.

— Abner, está me ouvindo? — voltou a gritar —Você não é o melhor soldado de Israel? Então por que não protegeu seu líder?

Os gritos de Davi ecoavam nas paredes da caverna.

— Agora mesmo alguém foi até aí para matar Saul, e vocês não fizeram nada. Onde está a espada do rei?

Todos foram despertando assustados.

— Essa voz é de Davi! — afirmou o rei, ainda desnorteado e procurando por sua espada.

Todos os soldados dirigiram-se para fora da caverna, onde estavam Davi e Joabe.

— Soldados, em guarda! — ordenou Abner.

— Senhor, meu rei! Eu venho em paz! — disse Davi, calmo, aproximando-se de Saul. Curvou-se em reverência, com o rosto virado para o chão.

— E acham mesmo que o rei vai acreditar nessa conversa? — afirmou Abner.

— Ele está mentindo! É uma armadilha desse inimigo do rei! — gritou Adriel.

— Não sou e nunca fui inimigo de Saul.

— Se fosse, o rei já estaria morto — interferiu Joabe, também de espada em punho.

— Aqui está a sua espada, meu senhor — disse Davi, fincando a arma no chão — Por que o senhor acredita quando dizem que eu quero o seu mal? Hoje, Deus entregou o rei em minhas mãos e, mesmo sabendo que o senhor quer a minha morte, eu poupei a sua vida.

— Davi, meu filho!

Saul estava emocionado. Ajoelhou-se e começou a chorar. Os soldados abaixaram as armas.

— Meu filho, você é mais justo do que eu. Eu lhe desejei tanto mal, e você retribuiu com o perdão. Ninguém que encontra o seu inimigo o deixa sair a salvo. E, mesmo tendo o Senhor me colocado em suas mãos, você não me matou.

— Que filho pode desejar a morte do próprio pai?

— Agora eu compreendo por que Deus o escolheu para reinar sobre toda a nação de Israel, Davi. Seu coração é bom e será um rei justo com o seu povo.

Paltiel, Adriel e Abner, assistiam à cena atônitos e indignados.

— Assim como eu respeitei a sua vida, que Deus faça o mesmo comigo e me livre de todas as dificuldades!

— Que Deus o abençoe, meu filho! Tudo o que você fizer, prosperará! — disse Saul, levantando-se e dirigindo-se a seus homens — Nossa missão terminou. Vamos voltar pra casa.

Contrariados, os soldados seguiram o rei. Davi e Joabe partiram para a direção oposta. Após alguns segundos, Paltiel deixou o grupo e correu em direção a Davi.

O adeus de Samuel

— Mas o que esse traste ainda está fazendo aqui? — revoltou-se Joabe, sacando sua espada —Veio contar detalhes da maldade que fez à família de Davi?

— Só cumpri ordens do rei. O Eliabe que não tinha nada que...

— O que tem Eliabe?

— Saul matou o seu irmão.

Davi sentiu o duro golpe.

— Esse é o homem que você deixou sair com vida, Davi. Não tem misericórdia de ninguém — afirmou Joabe.

— Misericordioso é Deus somente! Era isso o que tinha para me dizer, Paltiel?

— Não. Queria falar sobre Mical. Ela agora é minha esposa. O próprio rei Saul fez questão do casamento. Mical está bem melhor agora. Ela é uma mulher maravilhosa, ardente. Completamente apaixonada por mim.

— Nesse caso, Paltiel, só posso lhe dar os parabéns e desejar que sejam muito felizes. — Davi disfarçou sua contrariedade — Agora, vá embora e mande lembranças a Mical.

★★★

Abner, Paltiel e Adriel voltaram para o acampamento indignados com a atitude de Saul. Não aceitavam que o rei tivesse desperdiçado a oportunidade de executar Davi.

— Quanto tempo ainda se passará até que Saul perceba que a única saída para garantir o seu reinado é que Davi seja morto? — indagou Adriel.

— Calma, homens — disse Abner — O rei recobrará a razão.

— Mas quando? Esqueceu que Saul fez as pazes com Davi?

— No momento certo, mostraremos ao rei o quanto o povo ama Davi, e Saul cairá em si. Tenho certeza que nenhum acordo resistirá à inveja que o rei tem desse pastor de ovelhas.

★★★

Na sua tenda, Mical continuava evitando ser tocada por Paltiel, que não conseguia vencer a esperteza e habilidade da esposa. Vingou-se contando a conversa que travara com Davi.

— Eu contei pra ele sobre nosso casamento e ele não disse nada! Nem perguntou por você. Davi já a esqueceu, Mical! Também com tantas esposas que ele tem agora.

— Davi se casou com outras?

— Com várias!

— Eu não me importo! — disse Mical, não deixando transparecer o choque.

Ela deixou Paltiel e foi até a tenda da irmã desabafar.

— Que ódio! Davi cheio de novas esposas! Mas isso não tem a menor importância! Eu sou a primeira esposa, sou filha de um rei! Tenho certeza que Davi vai voltar pra me buscar!

— Mical, cuidado pra não se decepcionar. Acho que você está se iludindo.

— Você não sabe o que fala!

Mical olhou com raiva para Merabe e percebeu que a irmã evitava olhar diretamente para ela.

— O que foi, Merabe?

— Nada.

— Olhe pra mim!

Mical se aproximou e puxou Merabe, fazendo a irmã virar-se. Só então viu um grande hematoma no seu rosto.

— Não acredito! Ele bateu em você de novo?

— Adriel não é o marido gentil que eu pensava.

— Até quando você vai aceitar essa violência? Você precisa contar para nosso pai.

— Por favor, minha irmã. Não torne minha dor ainda maior. Melhor deixar esse assunto como está.

★★★

Davi dirigiu-se para Ramá assim que recebeu a notícia de que o estado de saúde de Samuel havia piorado. Encontrou o profeta deitado, bastante debilitado.

— Davi! Que bom ver você!

— Vim assim que soube. Como está se sentindo?

— Em paz. Soube que agora você comanda seu próprio exército.

— Deus tem me guiado, mas não tem sido fácil.

— Deus nunca prometeu que seria. Ele prometeu que estaria contigo em todos os seus caminhos.

— Isso ele tem feito.

— Agora eu vejo que todos estes anos de lutas, tristezas, decepções, foram usados por Deus para moldá-lo. Você estava sendo preparado para ser o grande rei que Israel tanto precisa.

— O senhor não deve falar tanto. Poupe as suas forças.

— Não se preocupe comigo, Davi. Eu já cumpri minha missão. Posso partir com o espírito tranquilo. Deus me deu muitos dias aqui na Terra e sou grato por isso. Mas minha hora chegou. Agora só aguardo o momento de habitar a casa do Pai celestial e enfim descansar.

— E como eu vou ficar sem os seus conselhos? Como vai ficar o povo de Israel sem as suas sábias palavras? Deus não pode privar seu povo de um profeta como o senhor.

— Tudo será revelado a seu tempo. Em breve, Deus enviará outro profeta para ajudá-lo. Mas você tem a obrigação de preservar a sua vida, Davi. Você ainda tem uma grande missão para cumprir. E essa missão está apenas começando. E quanto a Saul, não confie nele. Saul está envenenado por sua própria vaidade e inveja. Um homem assim não controla seus próprios impulsos.

Samuel falava por um fio de voz, quase desfalecendo. Voltou a tossir. Davi começou a chorar.

— Não fique triste. Continue firme nos caminhos do Senhor. Ele jamais vai desamparará-lo enquanto você for fiel. Que Deus esteja com você, sempre.

Samuel fechou os olhos e morreu. Seu semblante transmitia paz e tranquilidade.

★★★

A mudança de Saul em relação a Davi durou pouco. Seu orgulho, vaidade e o veneno instilado por seus conselheiros mais próximos logo fizeram renascer nele a raiva pelo novo ungido. Ele conversava com Ainoã lamentando o fato de Jônatas ter abandonado suas funções no exército para trabalhar como carpinteiro do acampamento.

— O meu filho, que sempre esteve ao meu lado, também me abandonou. Tudo por culpa de Davi!

— Logo vai nascer o filho dele, nosso neto.

— E, mesmo assim, Jônatas parece nem se importar que um dia vai assumir o meu trono.

— Você ainda tem Esbaal.

— Não! Esbaal não tem pulso firme, não nasceu pra governar. Mal sabe segurar uma espada. Esse lugar é do Jônatas, apesar de tudo. O que não pode acontecer é o maldito Davi roubar o meu reino. Isso nunca!

— Pensei que tinha feito as pazes com ele.

— Eu fiz. Mas o trono de Israel nunca será de Davi!

★★★

Chegara finalmente o momento do parto de Selima. A bolsa estourou e as contrações já estavam intensas quando Tirsa começou seu trabalho como parteira, auxiliada por Ainoã, Merabe e Mical. Foram muitas horas de trabalho de parto, e ela perdeu muito sangue durante o processo. Jônatas não estava autorizado a entrar na tenda e aguardava ansioso do lado de fora. Ao final, o bebê nasceu forte e saudável.

— Um menino! Que maravilha! Todinho perfeito! Quer vê-lo, senhora?

— Por favor, Tirsa. Quero muito. Ele se chamará Mefibosete.

— Que significa "aquele que lhe tirou a vergonha de não ter filhos" — disse Ainoã, emocionada — Que viva por muitos anos! E muitas glórias cumulem a vida do neto de Saul!

A expressão alegre de Ainoã mudou quando viu mais sangue escorrendo pelo chão.

— O sangramento não parou! — cochichou no ouvido de Tirsa.

— Isso nunca aconteceu antes em nenhum parto. Tem alguma coisa errada — afirmou Tirsa, assustada.

Jônatas entrou na tenda e Selima deu sinais de que ia desmaiar.

— Tirsa, segura ele para mim. Os meus braços estão pesados.

Jônatas segurou a esposa nos braços, muito emocionado. Ela estava muito fraca, mas sorriu para ele, feliz. Passou a mão em seu rosto, quase desfalecendo.

— Cuide bem do nosso filho.

— Nós vamos cuidar dele juntos, meu amor. Vai ficar tudo bem. Você só está fraca, é natural — Jônatas estava apavorado.

— Deus me deu a maior das alegrias, Jônatas. Agora posso morrer em paz.

— Não! Você não pode morrer! Não faz sentido. Você pediu tanto a Deus por um filho.

— E ele me deu. Atendeu o meu maior desejo. Eu o amo, Jônatas! Amor da minha vida inteira!

Selima começou a desfalecer e fechou os olhos pela última vez. Jônatas não conseguia acreditar, e começou a sacudir Selima, chamando por seu nome.

— Selima! Olhe pra mim!

— É inútil, meu filho. Ela já não está mais entre nós.

— Não! Selima! Fale comigo, por favor! — dizia, chorando desesperado.

Tirsa também chorava, e aproximou-se com o bebê.

— O seu menino, Jônatas. Quer segurá-lo?

— Nasceu perfeito, meu irmão. Selima lhe deu o nome de Mefibosete — disse Mical.

— Ele matou minha mulher! — gritou Jônatas, levantando-se colérico, saindo da tenda, desnorteado.

ONZE
Abrigo no inimigo

A morte de Selima deixara Jônatas completamente catatônico. Durante dias não comeu, não dormiu, não trocou de roupa. Uma semana depois foi voltando a si, contando com a ajuda de Ainoã. Seu pai ficou muito triste com tudo que aconteceu, mas seu orgulho não permitiu que fosse abraçar o filho mesmo num momento tão difícil.

Já de volta a sua tenda, banhado e com as roupas trocadas, Jônatas manuseava melancolicamente algumas bijuterias e outros objetos pessoais de Selima quando Tirsa entrou carregando o bebê.

— O que pensa que está fazendo?

— Mefibosete está com frio, senhor. Está ventando um pouco. Vim buscar mais uma manta e...

— Fora! Fora daqui!

— Mas, senhor Jônatas...

— Está surda? É pra sair daqui, mulher! E leve esse bebê para bem longe! Onde nunca meus olhos o alcancem!

— Ele tem frio. É seu filho.

— Essa criança matou minha mulher!

— Foi uma fatalidade! Ele não tem culpa de nada!

— Fora, Tirsa! Já mandei sair!

O bebê chorava muito em meio à gritaria.

— Está bem, eu vou. Mas o senhor está cometendo uma grande injustiça.

★★★

Davi sabia que precisaria partir novamente em breve, pois Saul voltaria a persegui-lo e agora conhecia sua localização. Seu exército crescia a cada dia, e

Abrigo no inimigo

81

isso implicava administrar uma quantidade cada vez maior de recursos para manter todos alimentados, vestidos, abrigados e as famílias estáveis. Isso se tornava especialmente difícil em uma realidade que exigia estar constantemente em fuga.

Davi pedia um sinal divino sobre a atitude mais sábia a ser tomada e intuiu a possibilidade de buscar abrigo em território filisteu. Era um grande risco, uma vez que Davi era odiado pelo rei Aquis, a quem humilhara repetidas vezes no comando do exército de Saul. Seria uma manobra arriscada e seus assessores mais próximos tinham dúvidas quanto à sua pertinência. Ainda assim, direcionou seu exército para os portões de Gate, onde pediu para que anunciassem sua presença no palácio.

O soberano Aquis ficou muito surpreso quando recebeu a noticia. Sua primeira ideia foi aproveitar a oportunidade para atacar Davi e acabar com seu exército, mas foi aconselhado pelo príncipe Padi a recebê-lo.

— Por que não escutar o que ele tem a dizer? Pense bem. Davi é um grande guerreiro. E todos sabemos que ele não luta mais ao lado de Saul.

— Depois de hoje, ele não lutará mais ao lado de ninguém! Porque estará morto! Davi precisa pagar pela morte de Golias, de meus soldados!

— De qualquer modo, enfrentá-lo do lado de fora da cidade, em campo aberto, seria muito mais arriscado. Mais fácil seria atraí-lo para dentro de seus domínios, encurralar Davi.

— Faremos isso. Vamos atrair Davi para uma armadilha! Depois que ele e seus homens entrarem na cidade, desarmamos todos eles e então a vida de Davi estará em minhas mãos!

Assim foi feito. Os portões foram abertos e todos os soldados colocados em alerta máximo. Davi foi conduzido à sala do trono, onde chegou acompanhado apenas por Joabe e mais três soldados de confiança.

— Então, é mesmo verdade. Quando me disseram que o herói dos hebreus estava aqui, eu não acreditei.

—Viemos em paz.

— É muita coragem aparecer diante de mim depois de tudo o que você já fez contra meu exército.

— Não quero lutar contra o rei. Não vim até aqui para derramar o sangue dos filisteus. Vim com meus homens pedir sua proteção.

— Proteção? Mas é muita petulância! E por que eu protegeria o maior inimigo dos filisteus e seu pequeno exército particular?

— Não sou mais o maior inimigo dos filisteus. O rei de Israel me tem agora como inimigo. Coloco a mim e meus homens a serviço do rei Aquis. Prometo lutar as lutas de Aquis, ajudar o exército filisteu a derrotar seus inimigos. E tudo isso apenas em troca de abrigo.

Padi aproximou-se de Aquis.

— Agora, a proposta começa a ficar interessante. Com Davi do seu lado, senhor, o exército filisteu será invencível — sussurrou.

— Eu preciso de uma prova de que está mesmo dizendo a verdade, Davi. Quero que você e seus homens entreguem suas armas.

— Não podemos entregar nossas armas. Aquis vai matar você e a todos nós! — sussurrou Joabe.

— Homens, coloquem suas armas no chão — ordenou Davi, após alguns momentos tensos de silêncio.

Todos os soldados deixaram suas espadas, inclusive Davi.

— E, então, rei Aquis? Temos um acordo? Colocamos nossas armas no chão como pediu. Quer maior prova do que essa de que viemos em paz?

O rei vacilou por um instante. Padi aproximou-se mais uma vez.

— Senhor, sua decisão é soberana. Mas acho que Davi pode dar vitórias importantes ao nosso povo que farão o nome de Aquis ser festejado por várias gerações.

— Muito bem, Davi. Espero que você esteja mesmo dizendo a verdade.

— Prometo que não se arrependerá.

— Então, que você e seu povo fiquem aqui, em Gate.

— Perdão, rei Aquis. Mas por que seu servo habitaria a cidade real? Não acho que mereço a honra de morar na mesma cidade que o rei. Dê a mim e a meu povo abrigo em uma das cidades de seu país. Lá viveremos eu e minha gente.

— Que seja. Dou, então, a você e a seu povo a cidade de Ziclague. Lá vocês terão a minha proteção, enquanto lutarem as minhas guerras. Que a notícia se espalhe: Davi agora é servo do rei Aquis!

★★★

Crescia cada vez mais o número de homens que partiam de Giloh para unirem-se a Davi. Urias e Eliã estavam tentados com a ideia.

— E vocês estão preparados pra viver como fugitivos? — questionou Aitofel.

Abrigo no inimigo

— Por favor, não façam uma loucura dessas! Saul vai matar a todos! Se não teve misericórdia de homens santos como os sacerdotes, o que dirá de nós? — disse Laís.

— Saul é um fraco! Davi era quem mantinha o seu exército vivo! — afiançou Eliã.

— Mãe, o povo não pode viver para sempre assim, esquecido e sem esperança por conta do desprezo de Saul. Alguma coisa precisa ser feita! — afirmou Bate-Seba.

— Bate-Seba tem razão — disse Urias. Nunca fui soldado, mas posso aprender a manusear uma espada. E temos aqui o mais brilhante de todos os guerreiros: meu sogro!

— Estou mesmo sentindo falta de uma boa luta! — disse Eliã, abraçando o genro. — Depois que o profeta Samuel morreu, Israel nunca dependeu tanto de seu maior herói.

— É um fato que Saul no trono é o mesmo que nada. Já Davi, realmente parece ter a bênção de Deus. Não podemos mais ficar aqui, de braços cruzados, enquanto o futuro de nosso povo é decidido — disse Aitofel.

Estava decidido. Em poucos dias os três partiram, mas não tinham ideia de onde Davi estava. Escolheram caminhar para o norte e, após algumas horas, encontraram um viajante que disse ter visto Davi e seus soldados indo na direção de Ziclague.

★★★

O exército de Davi finalmente chegara em Ziclague, e foi recebido por Itai, o mestre local em metalurgia. Enquanto caminhavam pelas ruas em direção à oficina de Itai, repararam que muitos homens demonstravam incômodo com a presença dos israelitas.

— Muitos aqui perderam parentes e amigos em confrontos com Davi — explicou Itai — Mas a palavra do rei é o que conta. Aquis sabe o que é melhor pra nós. E ninguém vai ter coragem de desafiá-los.

— Impressionante o domínio que os filisteus têm da metalurgia — disse Davi, já na oficina, analisando o trabalho dos ferreiros — Para um hebreu, é muito difícil conseguir uma espada que não seja de despojos de uma guerra.

— Eu mesmo fiz a espada de Golias, com a qual você cortou a cabeça do lendário guerreiro. Afiada, precisa, imponente. E você só precisou de uma funda e uma pedra.

— Aquilo foi obra de Deus. Não fui eu, Itai.

— Interessante esse seu Deus, que ninguém vê, mas que parece abençoar tanto você e seu povo.

— Ele é um Deus fiel!

— Acho difícil depender de um só deus. Sirvo a vários deuses. E cada um me ajuda como pode.

— Pois o meu Deus me dá tudo que eu preciso. Ele é único e suficiente.

Itai começou a distribuir espadas para todos os soldados, que estavam radiantes, como crianças ganhando brinquedos novos.

— Acho que nunca segurei uma espada assim novinha em folha — disse Joabe, experimentando a arma no ar — Só de segurar eu já sinto a diferença.

— Cuidado! Essa lâmina é capaz de cortar um homem ao meio — alertou Itai.

— Muitos dos homens que estão aqui nunca sequer seguraram uma espada — comentou Davi.

— Pois esses dias acabaram. O rei Aquis faz questão que os homens de Davi lutem com o que ele tem de melhor a oferecer. Se com armas rudimentares vocês já eram vitoriosos, imaginem agora!

Eles saíram da oficina. Os soldados divertiam-se lutando com as espadas novas. Uma bela jovem passou, e Davi trocou com ela um olhar demorado.

— Quem é aquela moça? — perguntou Davi depois que ela se foi.

— Ela é estrangeira. É solteira e vive aqui com a família. Pelo jeito, outras coisas além da metalurgia interessam a Davi.

— Nem só de guerras é feita a vida de um soldado — disse Joabe, sorrindo.

O sorriso no rosto de Joabe se desfez quando ele percebeu ao longe um grupo de filisteus mal-encarados, olhando para Davi com desprezo e irritação.

— Pelo jeito não vai ser fácil nos sentirmos totalmente em casa por aqui.

— Precisamos conquistar a confiança dessas pessoas, Joabe.

— Eu sei. Mas enquanto isso todo cuidado é pouco, Davi.

★★★

No caminho de Ziclague, Eliã, Aitofel e Urias encontraram Abner e Adriel. Eliã e os dois soldados se reconheceram.

— Eliã fez muita falta quando deixou o exército de Israel. Era um guerreiro brilhante — afirmou Abner, mais simpático que de costume.

— E você, Abner? Ainda comanda as tropas de Saul?

— Não. Não luto mais pelo rei. Também desertei.

Adriel deixou transparecer um desconforto com a mentira. Aitofel e Eliã captaram algo estranho no ar.

— Estamos à procura de Davi para nos juntarmos ao seu exército. Vocês têm notícias dele? — perguntou Abner, dissimulando.

— Ouvimos dizer que ele está em Ziclague — respondeu Urias.

Recebeu um olhar repreendedor de Eliã e percebeu que falara demais.

— Ziclague? Mas é território filisteu — estranhou Adriel.

— Mas nunca se sabe. São apenas boatos. Nada certo — tentou consertar.

— Vocês sabem como o povo gosta de inventar, não é mesmo? — afirmou Eliã.

— O que Davi estaria fazendo em território inimigo? — perguntou Abner.

— Isso ninguém sabe. Se for mesmo verdade. Agora, precisamos seguir nosso caminho. Que Deus esteja com você! — disse Eliã, afastando-se.

— Que ele siga com vocês!

— Devia ter ficado quieto, Urias! — repreendeu Eliã após se distanciarem.

— Desculpem-me! Ele foi tão simpático que…

— Abner é uma cobra, não se pode confiar em nada que ele fala.

Após muitos dias de caminhada, os três finalmente chegaram a Ziclague, onde se apresentaram para o exército de Davi.

★★★

Jônatas continuava muito deprimido. Entrou na tenda e deparou-se com Mefibosete no berço e ficou irritado. Nem mesmo olhou para a criança e saiu gritando por Tirsa. Os gritos acordaram o bebê, que começou a chorar. Jônatas foi ficando cada vez mais impaciente, e gritava ainda mais alto pela serva. Saiu para buscá-la e não a encontrou. Quando voltou, a criança chorava a plenos pulmões.

— Onde ela se meteu? Pare de chorar!

Ele foi ficando desesperado, tapou os ouvidos e, num impulso, pegou a criança no colo pela primeira vez. Mefibosete parou de chorar no mesmo instante. Era também a primeira vez que ele olhava para o filho. O bebê sorriu e fez um som gracioso. A irritação de Jônatas deu lugar à emoção. Abraçou o filho com força e muito amor e começou a chorar copiosamente.

— Perdoa o papai, por favor! Você não tem culpa de nada! Eu o amo, filho!

Sem ser notada, Tirsa, que estava escondida no fundo da tenda, saiu devagarinho, limpando uma lágrima que escorria por seu rosto.

DOZE

Entre a cruz e a espada

A doçura e a inocência de Mefibosete encantavam a todos. Tirsa assumiu os deveres de mãe na criação do menino e contava com a ajuda das tias e da avó, que disputavam para ver quem paparicava mais o bebê, que era a alegria da família. Jônatas dedicava todo seu tempo livre ao filho.

Certa manhã, Jônatas brincava com ele no colo ao ar livre quando reparou que seu pai os observava de longe, com olhar triste. Flagrado por Jônatas, Saul ficou sem jeito, desviou o olhar rapidamente e entrou na tenda de cabeça baixa, deprimido. Caiu sobre algumas almofadas e começou a chorar copiosamente.

— Ó, meu Deus! O que foi que eu fiz da minha vida? Perdi tudo o que o Senhor me deu! Tudo!

— Pai! — disse Jônatas, que entrara sem que Saul percebesse.

O rei levantou-se rapidamente e limpou o rosto.

— O que você quer, Jônatas? — disse, altivo.

—Vim lhe pedir perdão.

— Perdão? Mas por quê? — Saul estava desconcertado.

— Porque eu o fiz sofrer, pai. Porque eu não estou ao seu lado. Mesmo não concordando com as suas atitudes, com suas decisões, quero lhe dizer que eu o amo muito. E sempre vou amar.

Jônatas aproximou-se.

— Este é o seu neto, Mefibosete.

— Sua mãe já tinha me trazido ele. É um meninão forte, bonito.

— Pede a bênção para o vovô Saul, meu filho — brincou Jônatas, levantando a mão do bebê, que deu um sorriso engraçado. Os dois riram e Saul abraçou o filho com força e amor.

— Eu é que preciso ser perdoado, Jônatas! Me perdoa! Mefibosete! Que Deus o abençoe, meu neto!

As lágrimas selaram a reaproximação entre pai e filho.

★★★

Cerca de cinco anos se passaram.

Merabe já tinha dois filhos, um de dois anos e outro recém-nascido. Ela estava amamentando quando Mical chegou.

— Mas que criança mais faminta!

— Não há leite que chegue! — concordou Merabe.

— Também vou ter muitos filhos de Davi.

— Até quando vai esperar por Davi, Mical?

— Ele vai voltar pra me buscar. Eu sei.

— Já se passaram cinco anos, e ele não voltou. Esqueça esse homem! Ele é inimigo de nosso pai. E Paltiel a ama tanto!

— É um bobo. Não suporto aquele homem!

— Ele não lhe cobra um filho?

— Paltiel que ouse!

— Você não acha que pode ter alguma coisa errada? Depois de todos estes anos.

— Meu primeiro filho será de Davi, Merabe. Quero que ele seja filho de um herói, não de um soldado qualquer!

★★★

Ali perto, na tenda de Saul, o rei estava conversando com Abner, nervoso e inconformado.

— Alguém tem que fazer Davi parar! Não é possível!

— Ele está cada vez mais poderoso, meu rei. Venceu muitas guerras para os filisteus. Expulsou os amalequitas, os gersuritas e tantos outros povos das nossas terras — afirmou Abner.

— E como é que o nosso povo ainda ama este homem? Um ordinário que se aliou ao nosso maior inimigo!

— Davi é esperto, senhor. Ele luta contra os inimigos dos filisteus, que também são os nossos inimigos. Com isso, Davi está livrando nosso povo da opressão.

— Maldito! Nós é que temos que defender o nosso povo. Não ele!

— É o que penso! Mas Davi sai sempre na frente, meu rei!

— Ele é um traidor! Está expandindo o território filisteu à nossa custa!

— Mesmo que Davi esteja sob as ordens dos filisteus, os hebreus ficam muito satisfeitos ao ver seus inimigos expulsos. Davi fica bem com o rei Aquis e com o nosso povo ao mesmo tempo.

— Isso tem que parar!

— Espero que me perdoe, mas é melhor esquecermos Davi. Não conseguimos pegá-lo depois de tantas tentativas, e agora ele está praticamente invencível!

— Cale essa boca, Abner! Nunca vou desistir de destruir Davi! Nem que seja a última coisa que eu faça!

Jônatas entrou na tenda a tempo de ouvir a última frase de Saul.

— Pensei que tinha parado com essa perseguição, pai. Pra que isso? Deixe Davi em paz!

— Só quando eu morrer!

★★★

Allat continuava cuidando de Doegue com amor e dedicação, na caverna onde viviam. O ex-soldado sobrevivera durante esses anos, mas estava cada vez mais debilitado e consumido pela lepra. Com seus unguentos, Allat conseguia diminuir o sofrimento do marido. Mais de uma vez Doegue desistira de viver, pedira que o matasse, mas Allat sempre tinha uma palavra de apoio nos momentos mais difíceis. Mas o sofrimento estava chegando ao fim. Deitado no seu colo, ele já estava cego e delirante.

— Allat? É você?

— Sim, meu amor, sou eu. Eu estou aqui, do seu lado.

— Miserável homem que sou! Logo eu, que era o maioral de Saul, o mais destemido dos soldados. Olha como vou terminar os meus dias. Meu corpo está podre, minhas feridas cheiram mal. Não consigo mais nem sentir minhas pernas.

— Fique quietinho, agora não é hora pra isso — Allat começou a chorar, desconsolada — O que vai ser da minha vida sem você? Você foi minha companhia todos esses anos.

— Um soldado não teme a morte; espera por ela. Mas, quando tem muito tempo pra pensar nisso, é um tormento. Estou cheio de pavor.

— Meu amor, agora você terá paz.

— Não, Allat! Para onde eu vou a dor será eterna.

Disse isso e parou de respirar, para o desespero de Allat.

★★★

A aliança entre Davi e Aquis rendia belos frutos. Além das vitórias militares, os hebreus estavam cuidando bem da cidade favorita do rei dos filisteus, que exibia prosperidade e abundância. Certo dia, Aquis solicitou a presença de Davi em Gate. Ele chegou à sala do trono acompanhado por Joabe.

— Davi, os resultados da aliança entre nós superam todas as minhas expectativas. Mas agora chegou o momento de você realmente provar a sua fidelidade ao seu rei. Soube que as tribos de Israel estão abandonadas e que Saul já não governa mais seu povo, que está refém de seus desatinos e caprichos. E aquelas terras são muito importantes para nós.

Davi e Joabe não estavam gostando do rumo da conversa, mas disfarçavam seu incômodo.

— É uma terra fértil, que nas mãos da pessoa certa valerá uma fortuna. Você ainda tem muito apego pelo seu povo, Davi?

— Tenho respeito. São minha gente.

— E o que sente por Saul?

— Ele foi como um pai para mim, mas agora me tem como seu maior inimigo.

— Saul nunca soube dar valor ao herói que você foi e ainda é. Não concorda, Joabe?

— Plenamente.

— Ele já governou tempo demais. Chegou a hora de Saul cair. E é por isso que eu preciso de você!

— O que o senhor deseja exatamente, rei Aquis?

— Quero que mate Saul e todos os hebreus. Milhares de filisteus estão se reunindo para guerrear contra Israel. Outros tantos estão a caminho! Quero que você e seus homens lutem ao meu lado.

— E quando será isso? — perguntou Joabe.

— Amanhã mesmo. Boa parte do meu exército já está próxima do acampamento de Saul. E nós partiremos logo ao alvorecer.

— Pode contar comigo, senhor. Estou aqui pra ajudar — disse Davi.

— Ótimo! Você fará a minha guarda pessoal, Davi. Nessa batalha e por toda a vida.

Joabe e Davi partiram ao encontro de alguns soldados que os esperavam do lado de fora dos portões de Gate, entre eles Urias, Aitofel e Eliã. Quando contou a eles a razão da audiência com o rei, ficaram apreensivos. Apesar da desaprovação de todos com o reinado de Saul, ninguém queria estar contra ele e os israelitas num campo de batalha.

— Eu não pude recusar — afirmou Davi.

— O que Davi podia fazer? Aquis nos mataria ali mesmo! — explicou Joabe.

— Quer dizer que vamos à guerra contra nosso próprio povo? — questionou Eliã.

— Não, claro que não! Vamos seguir com Aquis para a guerra mas, chegando lá, lutaremos ao lado de Saul e Jônatas. Essa estratégia é arriscada, mas não existe outra. Não posso dizer não a Aquis, mas também não posso trair Saul e Jônatas.

— Eu sabia que um dia Aquis cobraria um preço muito alto pela hospitalidade. Você sabe que morreremos todos, não sabe, Davi? — disse Eliã.

— Só Deus tem essa resposta.

— Quando Aquis perceber sua traição matará todos nós! — disse Urias.

— Que seja! Não tenho escolha, Urias! Joabe, envie um mensageiro até o acampamento de Saul. Eles precisam saber o que está acontecendo. Não posso permitir que sejam atacados sem que possam reagir.

★★★

No acampamento de Saul, Ainoã conversava em segredo com Abner.

— Quero que você treine Esbaal, transforme-o num grande guerreiro — pediu a rainha.

— É o que tenho tentado fazer durante as batalhas, mas confesso que sem muito sucesso. Por várias vezes tive que salvar sua vida. Esbaal não tem jeito pra isso. A disposição para a guerra é um dom.

— Pois trate de se empenhar mais. Eu quero que Esbaal esteja preparado pra assumir o trono de Israel.

— Esbaal? Rei?

Jônatas não quer saber do trono, acha que pertence a Davi. Com meu marido, não posso mais contar! E eu não vou permitir que a coroa saia da linhagem de Saul! Alguma coisa precisa ser feita. Esbaal é nossa única esperança!

Abner tinha uma missão ingrata nas mãos. Começou a treinar Esbaal, mas faltava no rapaz capacidade e vontade verdadeira de se tornar um bom soldado.

★★★

Davi foi até a oficina de Itai cuidar pessoalmente do arsenal que levaria na batalha do dia seguinte.

— Esta batalha é muito importante para o rei Aquis e todos os filisteus. Aumentei o nosso arsenal de guerra e separei o que temos de melhor pra esta grande luta. Amanhã será um dia glorioso na nossa história! — disse o mestre ferreiro.

Itai percebeu que Davi estava distante.

— Davi? Por acaso você ouviu alguma coisa que eu disse?

— Claro, Itai. Por que a pergunta?

— Tive a impressão que seu pensamento estava longe.

— É que já estou me concentrando. Costumo pensar nas estratégias de guerra, como se eu já estivesse no campo de batalha. Mas, com esse poderoso arsenal construído por você e seus homens, certamente não teremos problemas.

— Estou animado, Davi. Com essas armas, sua coragem e astúcia e o numeroso exército filisteu, Saul não terá a mínima chance. Vamos dizimar os hebreus, que já nos humilharam muito.

Davi silenciou e Itai percebeu que falara demais.

— Perdão, Davi. Sei que estamos falando do seu povo. Não quis ofendê-lo.

— Saul me deu as costas, Itai. Hoje sirvo a Aquis.

— Mas como se sente em enfrentar hebreus como você? Será a primeira vez, não?

— Pra você eu posso confessar. Preferia não participar desta guerra. Mas tenho que honrar meu compromisso com aquele que deu abrigo a mim e a meus homens.

Davi e Itai já estavam do lado de fora da oficina. Itai reparou em um egípcio de pele escura e roupas diferentes, que só tinha os olhos à mostra. Ele pretensamente olhava os produtos de um comerciante, mas olhava em volta, furtivo.

— Aquele homem ali. Que estranho. Nunca o vi por aqui. Olha como ele observa tudo e todos! Parece que está espionando!

Davi observou, também preocupado.

★★★

O momento da partida para a batalha chegou rápido.

— Abiatar, olhe pelas minhas esposas enquanto eu estiver fora. E tome conta delas, caso eu não retorne — pediu Davi.

— Davi, pense bem no que está fazendo. Não coloque sua vida em risco pra defender Saul. Ele pecou contra o Senhor e por isso Deus escolheu você para ser o próximo a reinar sobre Israel. Você tem obrigação de preservar a sua vida! — alertou o levita.

— Sei disso, sacerdote. Mas os filisteus têm muitos mais soldados e armas. Não posso ir para a guerra contra Saul e não fazer nada pra salvá-lo.

— Não há mais nada que você possa fazer por Saul. Ele se desviou dos caminhos do Senhor e por isso pagará o preço.

— Pois eu entrego mais uma vez a minha vida nas mãos de Deus. Que ele me guie por seus caminhos como sempre fez. Estou com o coração apertado, mas ainda tenho fé na intervenção divina. Estou esperando por um milagre, sacerdote.

★★★

A mensagem de Davi avisando do ataque iminente chegara até Saul.

— E por que eu devo confiar em Davi? Ele traiu seu povo. Juntou-se a Aquis, o rei que quer me destruir! Quem me garante que tudo isso não é uma armadilha? — questionou Saul.

— E o que o senhor pretende fazer? Se for verdade e não fizermos nada, seremos dizimados. A informação dá conta de que nunca houve um exército filisteu com tantos homens nem tão bem armado — disse Abner.

— E quando será isso?

— Amanhã. Se for verdade, é o nosso fim, meu rei. Não teremos tempo pra nos preparar.

— Não, eu não vou permitir! Ninguém vai tirar o meu reino! Tudo isso é culpa de Davi! Ele quer minha coroa e deve ter convencido Aquis a ajudá-lo!

— Não fale bobagem, pai! Davi não tem nada a ver com isso. O mensageiro disse que ele lutará ao nosso lado! — afirmou Jônatas.

— E você acreditou?

— Mas é claro que sim! Davi vai arriscar sua vida pra nos salvar, como fez tantas vezes.

— Ainda insiste em defender esse traidor!

— Davi nunca o traiu! Ele é um herói! Só fugiu daqui para não ser morto pelo senhor! Para não derramar sangue hebreu! Quando será que o senhor vai parar de ser teimoso e admitir que Davi o ama! Sempre o amou como a um pai! O senhor é que o traiu, o caçou como a um bandido! E mais: não seria preciso uma armadilha pra destruir nosso exército! Sem Davi ao nosso lado, nossas chances já são muito pequenas!

Saul silenciou. Parecia concordar com o filho.

— Abner, reúna todos os soldados.

— Senhor, muitos dos nossos homens deram baixa. Outros se uniram a Davi. Se o que o mensageiro disse for mesmo verdade, não temos a menor chance contra os filisteus. Será uma carnificina.

— É verdade! — disse Jônatas. — Querem uma prova? Milhares de filisteus já estão acampados aqui perto. Se ainda duvidam, vamos até lá! Vejam com seus próprios olhos!

Eles foram então até a colina de onde era possível ver o acampamento dos filisteus. Viram milhares de soldados acampados.

— Meu Deus! — exclamou Saul.

— Melhor seria que nos rendêssemos! — disse Abner.

— Isso nunca!

— Nós vamos morrer, meu rei! Não há como vencer!

— Não temos soldados suficientes para enfrentá-los, meu pai.

— Deus quer me destruir! — disse Saul, desesperado.

TREZE

Um sinal de Deus

Saul estava transtornado. Não conseguira alimentar-se naquele dia e pedia a Deus algum sinal que lhe revelasse o caminho a seguir. Deitou-se à tarde, buscando revelações em sonhos sobre a batalha iminente, mas não conseguiu nada senão pesadelos com visões atormentadoras e imagens desconexas. Acordou com a voz de Jônatas chamando por seu nome. O filho chegara acompanhado pelo sacerdote Zadoque, chamado a pedido de Saul. Era um homem de idade, alto, com barbas longas e olhar calmo.

— Preciso ouvir a voz de Deus, sacerdote! Por favor, peça ao Senhor uma direção! Ele deve ter alguma orientação para me dar.

Zadoque fez diversas tentativas. Concentrou-se em oração, usou as pedras sagradas Urim e Tumim, mas nada dava resultado. Deus não respondia sua pergunta sobre o que deveria fazer na batalha que se aproximava. Saul enxotou o sacerdote e chamou Abner e Paltiel a sua presença.

— Deus está em silêncio! Não temos condições de ir pra guerra sem algum sinal! Preciso de uma feiticeira!

—Você não pode estar falando sério, pai! — indignou-se Jônatas.

— Claro que estou falando sério! Digam onde posso encontrar alguém que seja capaz de falar com os mortos! De trazer o espírito do profeta Samuel de volta!

— Está louco, meu pai? Isso é pecado mortal! É contra as leis de Deus!

Paltiel havia estado recentemente com Allat. Fora até ela buscando uma poção que fizesse Mical apaixonar-se por ele. Hesitou por um instante, mas acabou falando.

— Eu sei onde existe uma. Allat mora em uma caverna em En-Dor, não muito longe daqui.

Saul decidiu partir para lá naquela mesma noite. Pediu ajuda de Ziba a fim de conseguir roupas velhas e surradas para ele, Abner e Paltiel, para que passassem despercebidos e ninguém desconfiasse que o rei de Israel queria consultar uma feiticeira. Partiram.

★★★

Momentos após a partida do rei em sua missão secreta, Merabe e Adriel iniciaram mais uma discussão ríspida.

— Por sua culpa, não pude acompanhar o rei Saul! — berrava Adriel.

— Mas nosso filho estava com febre, fiquei preocupada. Graças a Deus que já passou! Perdoe-me. Pensei que fosse piorar e queria que você ficasse aqui, pra me ajudar a cuidar do nosso filho.

— Teu problema é pensar demais, Merabe!

Merabe se aproximou dele, carinhosa, tocando-lhe o ombro.

— Eu o amo tanto!

— Deixe-me!

Adriel empurrou a esposa de forma tão violenta que ela caiu no chão.

— Maldito! — gritou, chorosa.

Merabe ia se levantar quando Adriel desferiu um chute em seu rosto.

— Respeite-me! Por tua causa não pude seguir com o rei — gritou.

★★★

Em Ziclague, aproximava-se a hora da partida de Davi e seus homens para o combate. Não bastasse a tensão já esperada antes de uma batalha com características tão especiais, Davi e Joabe pressentiam que a cidade estava sendo vigiada. Davi ordenou uma varredura cuidadosa por todos os cantos de Ziclague, mas nada foi detectado.

No momento da partida para a batalha, Davi e seu general voltaram a falar sobre o assunto.

— Percorremos todas as entradas e saídas, Davi, mas está tudo calmo. Deve ter sido apenas uma impressão nossa — disse Joabe.

— Não é o que sinto. Eu estou preocupado e sinto um aperto no peito, um sentimento de que algo muito ruim está para acontecer. Mas, enfim, é hora de partir. Precisamos estar em Gate antes do amanhecer.

Um sinal de Deus

— Que Deus o abençoe, Davi! — disse Abiatar — Joabe me contou sobre sua preocupação, mas fique tranquilo. Foi só uma impressão, não vai acontecer nada. Deus estará conosco.

★★★

A noite estava escura, sem lua e sem estrelas no céu do deserto sob o qual Saul, Abner e Paltiel caminhavam em busca da feiticeira. Paltiel guiava o pequeno grupo.

— Espero que não esteja fazendo o rei perder seu tempo, Paltiel. Difícil acreditar que Allat sobreviveu àquele apedrejamento — afirmou Abner.

— Ela está viva!

—Você parece ter bastante certeza — disse Abner, desconfiado.

— Foi o que me disseram — disfarçou Paltiel.

Em poucos minutos estavam na entrada da caverna.

— Esse lugar me dá calafrios. Como alguém pode viver aqui? — disse Saul entrando — Allat? Tem alguém aí?

— Quem chama por mim? — disse ela, assustada, surgindo do escuro, iluminada por uma candeia. A figura da feiticeira com seu rosto deformado os assustou.

— Somos apenas homens comuns, atrás dos poderes de uma feiticeira — disse Saul, alterando seu tom de voz naturalmente arrogante.

— E quem disse que eu sou uma feiticeira?

— Isso não importa. Só peço que nos ajude, por favor. Precisamos que faça contato com uma pessoa do mundo dos mortos.

— O que estão pensando? Isso por acaso é uma armadilha? Falar com os mortos é contra a lei! O rei Saul proibiu esse tipo de prática em todo o território de Israel! Serei morta, se ele souber que eu consultei os mortos!

— Ele não vai saber de nada. Confie em nós! Se falarmos qualquer coisa, também seremos punidos. Juro pelo Senhor que você não será castigada — prosseguiu o rei.

— Não entendo como homens tão maltrapilhos poderão recompensar o meu esforço.

A um sinal de Saul, Abner jogou na direção de Allat um pequeno saco contendo peças de ouro.

— Isso é tudo que tenho. Há muito tempo venho juntando. Por favor, nos ajude!

— E quem você quer que eu traga do mundo dos mortos? — perguntou a feiticeira, após hesitar um pouco.

— O profeta Samuel!

Allat preparou-se, entoando preces rituais e queimando ervas variadas em uma cumbuca de barro. Vários ídolos estavam espalhados em volta da fogueira. Após alguns instantes ela entrou em transe. De repente abriu os olhos, apavorada, falando com um tom de voz diferente.

— Por que me enganou? Você é o rei Saul! Isso é uma armadilha pra me matar!

— Não! Não é! Acredite em mim! Dou minha palavra de que não farei nenhum mal a você! Agora, por favor, concentre-se! Fale com o profeta Samuel! Diga que é Saul quem está aqui!

Ela obedeceu. Após algum tempo em transe, teve a primeira visão.

— Vejo um deus subindo da terra, envolto em uma capa.

— É o profeta! — exclamou Saul, prostrando-se com seu rosto em terra, reverente.

Da terra, envolto em uma luz prateada, surgiu o espírito do profeta. Apenas Saul e Allat conseguiam ver a aparição.

— Por que me incomoda, Saul? Por que razão me fez subir ao mundo dos vivos? — a voz de Samuel soava assustadora, como se ecoasse da terra.

— Estou muito angustiado, profeta! Os filisteus estão prestes a guerrear contra mim, e Deus me abandonou. Deus já não me responde, nem por meio dos profetas, nem por sonhos! Quero que o senhor me revele o que devo fazer!

— E por que acha que eu tenho as respostas se o próprio Deus o desamparou e o tem como inimigo? Tudo o que está acontecendo é consequência dos seus atos, Saul. Você desagradou a Deus, se desviou dos seus caminhos. Quando Deus lhe pediu para executar Agague, você agiu por vaidade e interesse próprio, esquecendo-se da lei do Senhor. E até hoje o povo sofre porque você não destruiu os amalequitas. E não foi só isso. Você continuou ignorando a vontade de Deus dia após dia. Não quis ouvir sua voz e fez o que era bom somente a seus olhos. Por isso, Saul, Deus tirou o reino de Israel da sua mão e o deu a Davi.

— Não! Ele não pode fazer isso!

Um sinal de Deus

— Já está feito!

— E o que vai acontecer amanhã na guerra contra os filisteus, profeta? Diga-me, por favor!

— O Senhor entregará você e Israel nas mãos dos filisteus.

— Não! Não pode ser verdade! Israel pertence ao Senhor. Ele tem que me ajudar.

— Israel não perecerá para sempre, mas será o seu fim, Saul. Amanhã, você e os seus filhos estarão comigo! — disse Samuel, desaparecendo em seguida.

Chocado com a revelação, Saul caiu no chão, tomado de grande medo, sem forças. Allat saiu do transe. Paltiel e Abner aproximaram-se do rei, preocupados, procurando reanimá-lo.

— Senhor, o que aconteceu?

— Deus me abandonou, Abner. Amanhã, os filisteus sairão vitoriosos.

O rei demorou algum tempo para recobrar as forças. Quando se sentiu melhor, ergueu-se.

—Vamos! Temos muitos assuntos urgentes pra tratar. Obrigado, Allat! Não comente o que houve aqui com ninguém! — disse Saul.

— O rei permite que eu continue vivendo aqui? Agora que sabe da minha existência eu...

Saul virou as costas e se foi, ignorando a pergunta de Allat. Ela ficou preocupada e sabia que corria grande risco a partir daquele momento. Decidiu partir naquela mesma noite.

★★★

No acampamento, Mical ficou revoltada quando viu o rosto da irmã novamente cheio de hematomas.

— Não acredito que ele a espancou de novo!

— A culpa foi minha, eu pedi para que ele ficasse comigo pra cuidar do nosso filho, e ele queria ter ido com papai e os outros!

— E isso é motivo pra espancar alguém? Você é louca! Se fosse eu já tinha mandado esse sujeito pro inferno há muito tempo! Isso não vai ficar assim, Merabe! Estou cansada de ver você apanhar sem reação!

Mical foi até Ziba.

— Quer ganhar uma boa quantidade de ouro, Ziba?

— Claro que sim! Ouro é sempre bem-vindo!

— Muito bem. Quero que você contrate uns homens para dar uma surra em Adriel. Quebre as pernas daquele infeliz! Se conseguir fazer isso, vai ser muito bem recompensado!

Mical estendeu um pesado colar de ouro, que provocou em Ziba um sorriso de cobiça.

— Claro, senhora. Eu cuido de tudo — disse, estendendo a mão para pegar a joia.

— Depois — disse Mical puxando o colar — Primeiro, faça o que pedi. Tem que ser hoje, Ziba! E que ninguém mencione o meu nome, ouviu bem?

— Pode deixar.

★★★

Adriel estava bêbado, divertindo-se com outros soldados em uma pequena festa em outro local do acampamento. Seduzia uma serva quando Ziba aproximou-se na penumbra, acompanhado por dois servos muito fortes que havia contratado para o serviço. Eles tinham os rostos cobertos por máscaras. Ao sinal de Ziba, que permaneceu escondido, os dois brutamontes arrancaram Adriel dos braços da mulher e o espancaram. Socos, chutes, tudo muito rápido e sem chances de defesa. Depois de alguns segundos os agressores se foram, deixando Adriel desfalecido e muito machucado. Mical observava tudo de longe, satisfeita e vingada.

★★★

Já era tarde e chegara a hora de todos recolherem-se em Ziclague. Com a saída do exército, tinham restado na cidade apenas profissionais como Itai e religiosos como Abiatar, além de mulheres, crianças e idosos.

Abiatar caminhava em direção ao acampamento quando se deu conta de uma movimentação estranha. De repente, um bando de amelequitas invadiu a cidade a cavalo, segurando tochas, desferindo golpes de espadas e atirando flechas na população. O desespero tomou conta de todos, as mulheres começaram a correr, crianças choravam, havia gritaria e pânico. O terror estava instalado.

O líder do grupo tomou a frente e afixou na entrada da rua do comércio um pedaço de couro de cabra com os dizeres "Morte aos aliados de Davi".

— Hoje, todos os amelequitas serão vingados! Davi não vai mais afrontar o nosso povo! Morte aos aliados de Davi! — gritava.

Um sinal de Deus

O que se seguiu foi uma carnificina dos homens e o sequestro das mulheres e crianças, entre elas as duas esposas de Davi e a esposa de Joabe. Itai reparou que um dos agressores era o egípcio de aparência peculiar que ele e Davi tinham visto espionando na véspera.

★★★

De volta ao acampamento após a missão secreta, Saul encontrou-se com Jônatas.

— O que aconteceu? Encontrou Allat?

— A feiticeira invocou o espírito do profeta Samuel.

— Que loucura! Mas como isso é possível? Os mortos não voltam para a terra dos vivos, meu pai, você sabe.

— Pois Samuel voltou. Ele estava ali, bem diante dos meus olhos.

— O senhor pode ter achado que viu.

— Não estou louco! — perdeu a paciência, gritando — Samuel falou comigo! Nós vamos morrer, Jônatas! Todos nós! Amanhã, Deus nos entregará nas mãos dos filisteus! É o fim, Jônatas! Nós seremos derrotados.

— Para com isso, pai. O senhor está impressionado. Não devia ter ido até lá.

— Eu poderia me render, mas os filisteus viriam pra cima de mim do mesmo jeito. Estamos perdidos, Jônatas. Não há saída!

— Já vencemos os filisteus outras vezes. Calma! Vamos enfrentar isso juntos! Eu vou lutar ao seu lado amanhã! Não esmoreça agora, meu pai, por favor!

— Não, você não vai! Você não pode ir, Jônatas! Se você for, vai morrer!

— Pois então, morrerei ao seu lado!

— Não! Você não entende! Sou um homem velho, farto de dias. Você é jovem, tem um filho pra cuidar, é o meu sucessor. Quero que fique no acampamento. Não suportaria a dor de ver a sua morte, meu filho muito amado.

Os dois se abraçaram, com muito medo.

CATORZE

O contra-ataque

A fixação de Bate-Seba em Davi preocupava sua mãe. Certo dia as duas estavam lavando roupas no rio em silêncio. A jovem pensava secretamente em Davi, sonhava com seu rosto e com seu corpo perto do dela, como fazia habitualmente. Em meio a esses pensamentos, aproximou-se da água e, ao invés do seu reflexo, viu o semblante de Davi, sorrindo.

— Davi! — disse em voz alta.

— Davi? Você chamou por Davi? — estranhou Laís.

— Não, mãe. Não falei. Impressão sua — respondeu, desconcertada, voltando a si.

— Eu ouvi muito bem!

— Só estava pensando na guerra. Fico preocupada com os nossos maridos lutando ao lado de Davi.

— Não era isso o que queria? Sempre apoiou seu avô Aitofel nessa loucura!

— E continuo achando que eles estão certos, mas fico preocupada.

— Pois devia estar preocupada com o seu marido e não com Davi. Se estava chamando por ele, é porque os seus pensamentos estavam longe de Urias!

— Não estava chamando ninguém!

— Escute, Bate-Seba! Não pense que sou tola! Eu percebo a forma como você fala desse homem. Aposto que gostaria muito mais de ser mulher de Davi do que de Urias.

— Quer saber? Gostaria sim! Claro que gostaria! — reagiu irritada. — Mas eu não pude escolher, não é mesmo? E continuo não podendo escolher agora! Vocês me obrigaram a me casar com Urias! O que eu posso fazer?

Bate-Seba saiu transtornada.

★★★

O contra-ataque

Davi e seus homens chegaram a Gate antes do amanhecer para unirem-se a Aquis, prontos para a batalha. Quando Davi chegou à sala de Aquis para apresentar-se, o rei e os príncipes estavam em conferência. Foi solicitado para que aguardasse do lado de fora. Após alguns minutos, Aquis veio ao encontro de Davi, desapontado.

— Os príncipes não confiam em você para lutar contra os hebreus, Davi.

— E por que não? Já não dei provas suficientes de minha honra e lealdade ao rei? — Davi esforçava-se para disfarçar o alívio que na verdade sentia.

— Eu sei disso, Davi. Mas os príncipes temem que você se una ao inimigo em meio ao combate, levado pelos sentimentos por seu povo. E que você use a oportunidade para se reconciliar com Saul.

— Não entendo o que eu fiz de errado para que não vá pelejar contra os inimigos do rei, meu senhor.

— Aos meus olhos, você é bom, Davi. É como um anjo de Deus. Nada tenho contra você. Mas não posso ir contra todos os príncipes filisteus. Não pude opor-me à decisão unânime de meus conselheiros.

Davi foi até seus aliados e deu a boa notícia.

— Foi Deus que os fez mudar de ideia! Mais uma vez o Senhor mostrou que está ao lado de Davi — comemorou Aitofel.

— Então, podemos retornar a Ziclague? — perguntou Joabe, sorrindo.

— Podemos, mas não é o que vamos fazer. Nada mudou, vamos todos para o acampamento de Saul, reforçar seu exército, como prometi a Jônatas.

— Essa batalha não é nossa, Davi. Se Deus nos livrou de seguirmos com Aquis, vamos ficar de fora dessa guerra — disse Joabe, angustiado.

— Não posso dar as costas para o nosso povo. Ainda mais sabendo que o exército de Israel está tão debilitado!

Mal terminou a frase e Itai surgiu cambaleante e ferido.

— Davi! Ainda bem que o encontrei! Os amalequitas invadiram Ziclague, levaram nossas mulheres, nossos filhos e colocaram fogo em tudo! Não tivemos nem chance de reagir! Vocês precisam voltar agora mesmo para lá!

★★★

No acampamento de Saul, estava quase tudo preparado para o início da marcha. Abner aproximou-se do rei.

— Senhor, desculpe-me pela pergunta, mas tem certeza mesmo que viu o profeta Samuel?

— Por que duvida disso?

— Porque nem eu nem Paltiel vimos.

— Não viram?

— Não, senhor. Com todo o respeito, será que não poderia ter sido tudo fruto da imaginação do rei?

— O que está insinuando, Abner? Acha que eu tive alguma alucinação? Pensa que enlouqueci?

— Não, absolutamente. Mas o senhor estava muito fraco, sem comer o dia todo. E Allat é uma feiticeira experiente. Pode ter usado o cheiro de alguma erva ou planta, somado ao seu cansaço físico.

— O que aconteceu foi muito real, Abner. Samuel estava lá, sim. Eu o vi e ouvi as coisas terríveis que ele me disse.

— Não estou questionando ou duvidando do rei. Só pensando numa outra possibilidade. Se tudo isso tiver sido uma ilusão, talvez ainda possamos vencer esta guerra.

— Será que foi tudo ilusão?

— Pode ter sido, claro!

— Tomara que você esteja certo, Abner.

★★★

Jônatas chamou seu filho para uma conversa.

— O seu pai vai se ausentar por um tempo. Eu e o seu avô vamos lutar numa guerra.

— Eu também quero lutar! Deixa-me ir com vocês!

— Se você for, quem vai cuidar deste acampamento? Eu preciso que você fique aqui com a Tirsa! Quando eu e o seu avô estivermos fora, você é o homem da família! E como homem da família, você precisa ser corajoso e obedecer a Tirsa. E o mais importante, filho: nunca perca a fé em nosso Deus. Aconteça o que acontecer, saiba que o Senhor tem um plano pra cada um de nós e ele nunca vai desampará-lo! Você consegue fazer isso pro seu pai?

— Consigo!

— Muito bem. Agora, me dá um abraço! Eu o amo muito, querido. E vou amá-lo pra sempre! Jônatas não conseguiu conter as lágrimas.

★★★

O contra-ataque

Todos estavam a postos para a partida, com exceção de Esbbal, que estava revoltado por não ter sido autorizado por Saul a acompanhar a tropa, atendendo a um pedido de Ainoã. Paltiel e Abner instigavam o ódio de Saul.

— Ao que parece, Davi não virá — disse Abner.

— Ele não havia prometido lutar do nosso lado? Na certa, se amedrontou e está do lado de Aquis e dos filisteus, aquele traidor — afirmou Paltiel.

— Chega dessa conversa. Não precisamos de Davi — cortou Saul.

— Pai, tome cuidado. Israel precisa de seu rei vivo — disse Merabe.

— Contem com nossas orações! Tenho certeza que Davi vai aparecer para ajudá-los — afirmou Mical.

— Não estou tão certo disso, filha. Vamos embora, homens.

— Esperem. Eu também vou — afirmou Jônatas, chegando de surpresa.

— Jônatas, acho que fui bem claro quando disse que não o queria no campo de batalha.

— Não importa nada do que me disse. Não vou deixar meu pai ir sozinho para a guerra.

— Jônatas, você é meu herdeiro, o futuro rei de Israel. Não posso deixar que minha semente se arrisque em uma batalha que...

— Eu estou do seu lado, pai — disse, segurando o pai pelo braço e o interrompendo. — Sempre estive. E vou lutar com você até o fim. Não me impeça de fazer isso, por todo o amor que você tem por mim.

Pai e filho trocaram um olhar de cumplicidade, onde o amor imenso entre eles transparecia claramente. Saul percebeu que não poderia impedir Jônatas, e assentiu.

— Homens, soldados de Israel, em marcha! Que Deus seja por nós!

Jônatas partiu com seu cavalo emparelhado ao do pai. Saul sentia-se feliz em ter o filho querido novamente ao seu lado em uma batalha após tantos anos.

★★★

Davi e seus homens encontraram Ziclague completamente destruída, em cinzas, com mortos e feridos espalhados pelas ruas. Entre as mulheres que haviam sido sequestradas estavam as duas esposas de Davi, Abigail e Jezreel, e a esposa de Joabe. Davi pediu a Eliã e a Urias que fossem até Giloh buscar ajuda para cuidar dos feridos. A desgraça fez renascer nos filisteus de Ziclague um antigo e já superado sentimento de ódio contra os israelitas.

—Você não é mais bem-vindo nesta cidade, Davi! É um hebreu traidor! Levaram nossas esposas e filhos por sua causa! — gritou um homem de idade.

Um grupo de filisteus formado por adolescentes e homens mais velhos começou a avançar perigosamente na direção de Davi, revoltados, com paus e pedras.

— Davi, fuja daqui! — alertou Joabe. Vá para o acampamento, rápido! Suma até esses homens se acalmarem!

— Davi não tem culpa de nada! — gritou Itai, tentando acalmar a horda — Pelo contrário, é nosso defensor! O inimigo não é Davi. São os amalequitas!

— Se Davi não existisse, os amalequitas não teriam vindo! Esta desgraça só aconteceu porque ele está aqui! Davi tem que morrer! É tudo culpa dele! Hebreu maldito! Acabem com ele! — gritava um ancião.

— Encontre Abiatar e peça para ele ir falar comigo! — disse Davi, antes de fugir a galope.

★★★

No acampamento, Davi encontrou-se com Abiatar. Ele estava duplamente angustiado. Por um lado sentia-se culpado pelo ataque a Ziclague, e por outro lamentava não estar ao lado de Saul na luta contra os filisteus.

— Mas foi você mesmo que pediu a Deus que o impedisse de ir a esta guerra! Foi atendido em suas preces!

— Eu sei, Abiatar. Mas mesmo assim me sinto como se estivesse traindo meu povo! Quando na verdade tudo o que faço aqui entre os filisteus é para proteger os hebreus!

— E Deus sabe disso, Davi! Deixe nas mãos dele a proteção a nosso povo. Ele sempre esteve ao nosso lado, não é mesmo?

—Você tem razão. Mas preciso consultar a Deus. Não sei o que fazer agora.

Abiatar pegou as pedras Urim e Tumim. Quando o sacerdote estava preparado, Davi concentrou-se e olhou em direção ao céu.

— Senhor, por favor, me envie sua palavra através destas pedras. Devo perseguir o bando de amalequitas que destruiu Ziclague?

Abiatar verificou que uma das pedras brilhara de forma esplêndida. Sorriu.

— Sim, o Senhor manda dizer que deve persegui-los. Você alcançará os inimigos e recuperará tudo o que lhe foi tomado. Estas são as palavras vindas do Senhor.

O contra-ataque

Cheio de ânimo e confiança, Davi reuniu seus homens no acampamento. Em poucas horas partia com seu exército no encalço dos amalequitas.

Itai e Abiatar ficaram em Ziclague para ajudar a socorrer as vítimas do ataque. O grupo emergencial incluía Bate-Seba e Laís, que foram trazidas pelos maridos para ajudar na retirada dos corpos, na realização de curativos e pequenas cirurgias de emergência.

★★★

Devido à surra que sofrera, Adriel não conseguira acompanhar Saul na batalha que seria travada. Merabe chorava enquanto cuidava de seus ferimentos, sem entender o que havia motivado aquilo. Sabia apenas que dois homens haviam atacado o marido.

Mical entrou na tenda e viu o cunhado desacordado.

— Ficou bem machucado mesmo, hein? — comentou com desprezo.

— Ai meu marido, coitado!

— Coitado? Bem feito, isso sim! Adriel mereceu apanhar!

— Espera aí! — disse Merabe, olhando bem nos olhos da irmã — Foi você, Mical? Foi você que mandou aqueles homens baterem no meu marido, não foi?

— E se tivesse sido?

— Sua bruxa! Você não podia ter feito isso!

— E você ainda briga comigo? É uma ingrata, mesmo! Devia era ficar satisfeita por ele ter tido o mesmo tratamento que dá a você!

— Isso é problema meu e dele! Você não tinha nada que se meter!

— Ah, Merabe! Vocês dois se merecem, sabia? Você deve é gostar de apanhar, isso sim!

— Sai daqui! Sai da minha tenda agora! Se não quem vai levar uma surra é você!

Mical saiu cuspindo fogo.

★★★

Ali perto, Ziba aproveitava a partida de Saul e dos soldados para roubar os tesouros dos despojos de guerra. Na tenda ao lado, Tirsa organizava seus pertences e os de Mefibosete, preparando-se para a eventualidade de uma fuga urgente.

—Vamos, Mefibosete. Ajude a Tirsa a guardar tudo. Precisamos estar preparados pra ir embora daqui.

— Nós vamos embora? Pra onde?

— Ainda não sei, querido. Mas vamos encontrar um lugar bem bonito, pode ficar tranquilo.

— E o papai? Ele não vai com a gente?

— O seu pai? Não sei. Mas vamos orar por ele, está bem assim? Pedir pra que Deus o proteja nesta guerra e o traga são e salvo. Mas, antes, precisamos terminar de guardar tudo.

★★★

Cerca de seiscentos homens acompanhavam Davi na caça aos amalequitas. Já marchavam havia algum tempo sob o sol escaldante sem sinal do destino dos inimigos. Joabe compartilhava com Davi sua apreensão pelo fato de que muitos homens estavam fatigados e prestes a desistir.

— Deus prometeu nos guiar. Não podemos desanimar, Joabe. Peça aos que estão mais cansados que fiquem aqui e guardem nossa bagagem. Os demais seguem conosco. Sem o peso das bagagens, seremos mais rápidos e cansaremos menos.

Aitofel aproximou-se trazendo na garupa do cavalo um homem quase morto que encontrara na estrada. Davi percebeu que era o mesmo homem egípcio que flagrara dias antes espionando em Ziclague. Pediu para que o alimentassem e lhe dessem água. Mais tarde, já recuperado, foi interrogado por Davi. Revelou ser um escravo de um amalequita e que fora abandonado por estar adoecido. Davi prometeu ao homem a liberdade se mostrasse a eles a localização do acampamento da horda invasora. O homem vacilou, com receio.

—Você deve saber muito bem do que eles são capazes. Esse mesmo povo que o abandonou pra morrer aqui na estrada levou nossas mulheres e filhos. Eles são cruéis, traiçoeiros e precisam pagar por isso. Diga onde eles estão acampados!

— Para depois me matar?

— Se me disser, não vou fazer nada contra você.

— Prometa pelo seu Deus.

— Está prometido! Você tem a minha palavra! Me leve até os amalequitas e será um homem livre.

Ele concordou. Caminharam mais algumas horas e chegaram ao esconderijo, num vale de difícil acesso. Do alto, viram as mulheres e crianças de Ziclague presas em jaulas. Algumas das mulheres estavam livres e eram beijadas à força pelos amalequitas, que estavam bêbados e fazendo grande algazarra.

Davi cumpriu sua promessa, libertando o egípcio. Ele e seus homens desceram até o local sem serem notados. A embriaguez dos inimigos e o fato de terem sido pegos de surpresa resultou num massacre. Pouquíssimas baixas foram registradas entre os homens de Davi e não houve sobreviventes entre os amalequitas. Todos os reféns foram resgatados com vida. No retorno para casa, o clima entre os soldados era de grande alegria e festa. Mas Davi parecia triste.

— O que foi, Davi? Acabamos com os amalequitas, resgatamos nossas mulheres. Você devia estar feliz! — estranhou Joabe.

— E estou. Mas não sei explicar, Joabe. De repente, senti um aperto no peito, parece que Deus está me avisando que algo muito ruim vai acontecer.

QUINZE

A vitória dos filisteus

Finalmente filisteus e hebreus estavam frente a frente no campo de batalha. A visão do exército filisteu, com seus milhares de guerreiros fortemente armados sobre bigas e cavalos, aguardando a ordem de ataque, era amedrontadora.

Do outro lado, o exército hebreu era inferior não apenas em número de combatentes, mas também em arsenal disponível. Desenhava-se uma carnificina horrenda.

— Meu Deus! Jamais vi um exército com tantos homens — disse Paltiel.

— Já derrotamos os filisteus antes, mesmo lutando em menor número.

— A diferença é que Davi não está mais ao nosso lado, não é verdade, Abner? — comentou Jônatas.

— Acreditou mesmo que Davi viria, Jônatas? — perguntou Saul.

— Se ele não veio, deve haver uma razão.

Do lado filisteu, Aquis exalava confiança.

— Destruam o exército de Israel. Vamos lavar a honra dos nossos irmãos mortos pelos malditos israelitas — bradou o rei inimigo.

— Não sei por que queria tanto que Davi viesse conosco. Vamos vencer esses porcos sem muito esforço — disse um dos príncipes filisteus.

A ordem de ataque foi dada, e as tropas avançaram ferozes. A bravura dos soldados israelitas era marcante, mas as baixas eram maiores entre os hebreus, que iam caindo sob a espada filisteia.

O destino realmente parecia estar traçado. Jônatas lutava como um leão, matando diversos inimigos, mas acabou cercado por seis deles. Conseguiu matar três, mas foi desarmado e, de joelhos, teve seu abdômen atravessado por uma espada. Saul viu o filho caindo e desesperou-se. Agachou, segurando a cabeça de Jônatas. Chorava como uma criança.

A vitória dos filisteus

— Pai, eu te amo. Não deixe que o ódio o destrua. Faça as pazes com Deus.

Deu o último suspiro e morreu.

— Não! Por quê? Por que, meu Deus?

Saul depositou o corpo do filho no chão com calma e ternura. Puxou a espada que estava fincada no abdômen dele. Olhando para o céu, colocou a espada no chão, de joelhos.

— É o meu reino que o Senhor deseja? Pois então, declaro livre o meu trono!

Disse isso e soltou o peso do corpo sobre a espada, cravando-a em seu próprio abdômen. Aquis viu Saul tombando.

— Saul está morto! O rei de Israel caiu! A vitória é nossa! Que Israel sinta, agora, o peso da espada dos filisteus! Que eles paguem por toda humilhação que já nos impuseram! Soldados, para o acampamento de Saul! Destruam tudo! Nossa vingança ainda não terminou!

O pânico tomou conta do acampamento quando Abner chegou gritando que Saul e Jônatas estavam mortos e que os filisteus estavam prestes a chegar. A única saída era a fuga para Gibeá. Abner ofereceu um cavalo a Ainoã, mas ela pediu para esperar. Queria ir até a tenda de Saul pegar os tesouros ali guardados. Não encontrou nada e desesperou-se. Ziba entrou na tenda.

— O que está fazendo aí? — perguntou o servo de forma rude.

— Ziba, ainda bem que você chegou! Me ajude aqui, não consigo encontrar o ouro! Onde Saul escondeu todos os nossos tesouros?

— Já guardei todo o ouro.

— Guardou! Ah, graças a Deus! Bom servo! Você será muito bem recompensado! Vamos logo, então!

—Vamos, não! Eu vou. Você fica.

Ziba sacou um punhal, que cravou no peito da rainha, e fugiu a cavalo.

Os filisteus haviam chegado. Adriel acordou com a tenda sendo invadida. Ele foi friamente assassinado e Merabe raptada. Mical ainda hesitou em subir na garupa do cavalo de Paltiel, na esperança de que Davi viesse buscá-la, mas acabou rendendo-se a seus apelos e fugiu com o marido.

Tirsa e Mefibosete corriam de mãos dadas, ofegantes em meio à destruição e ao pânico. Ela carregava consigo seus pertences em trouxas. O menino ficou sem fôlego e ela passou a carregá-lo no colo, atrapalhada com as trouxas e com o peso dele. Pedindo forças aos céus, tentava sair da linha de fogo e buscar um lugar mais afastado onde pudesse parar para respirar. Ziba passou por eles a cavalo, mas fingiu que não os viu. Tirsa chamou por ele, que negou ajuda. Tirsa apavorou-se ao ver um soldado filisteu se aproximando a cavalo. Jogou as trouxas no chão para correr mais depressa, levando apenas Mefibosete no colo. No desespero e com as pernas já fracas, ela acabou tropeçando e caindo com o menino. O cavalo filisteu passou por cima das pernas de Mefibosete, que urrou de dor e acabou desmaiando. Tirsa arrastou-se com a criança até um local mais afastado do acampamento, onde permaneceram escondidos atrás de uma tenda.

Algum tempo se passou. Os dois acabaram sendo esquecidos ali. O silêncio dominava o acampamento. Os soldados filisteus já haviam partido, e ouviam-se apenas os gemidos de algum sobrevivente entre os escombros.

Tirsa examinou com mais atenção as pernas da criança e constatou com pesar que estavam deformadas.

— Me perdoa, meu querido. Não podia ter deixado você cair. E agora, o que vai ser de você? O que vai ser de nós dois? Meu Deus, por favor, me ajuda! Não tenho água, não tenho comida. O menino está desmaiado de tanta dor. Como vou cuidar dele sozinha? Mande um anjo me socorrer, Senhor!

★★★

O retorno do exército de Davi a Ziclague foi glorioso. O povo da cidade recebeu a tropa com festa. Os homens emocionados, com lágrimas nos olhos, abraçavam suas mulheres e filhos resgatados. Vivas a Davi eram ouvidos por todos os lados.

— Povo de Ziclague! Deus me prometeu a vitória! E ele mais uma vez mostrou todo o seu poder e infinita bondade! Nada se perdeu, tudo foi recuperado. É a ele que vocês devem agradecer! — disse Davi.

Bate-Seba estava no meio da multidão, encantada com a imagem de Davi, que ficou surpreso ao vê-la quando seus olhares se cruzaram — e permaneceram ligados por mais tempo do que seria normal. Sempre atenta, Laís percebeu o flerte e ficou incomodada, mas distraiu-se com a aproximação de Eliã. Bate-Seba afastou-se da mãe e dirigiu-se para um local menos movimentado, para respirar e refazer-se da emoção de ter visto o herói. Estava ao mesmo tempo tensa e feliz, quando se virou instintivamente e se viu frente a frente com ele, que também se afastara da multidão procurando por ela. Davi sorriu.

— Desculpa, não queria assustá-la.

— Tudo bem.

— Não esperava encontrar você em Ziclague. E agora que eu a encontrei, não quero mais perdê-la de vista.

Eles trocavam olhares apaixonados quando Urias surgiu de repente, sem perceber o que estava acontecendo entre os dois.

— Ah, aí está você! — disse, enlaçando a cintura da esposa com o braço.

— Vocês já se conhecem?

— Mas é claro. Essa é minha esposa, Bate-Seba. Eu a trouxe para ajudar com os feridos.

— Ah, sim. Obrigado por sua ajuda, Bate-Seba.

— Foi um prazer.

Davi se afastou, arrasado.

★★★

Abiatar recebera em sonho uma instrução de Deus para fazer um pingente com as letras do nome de Davi para presenteá-lo. Foi até Itai pedir para que ele produzisse a peça em ouro.

— E por que isso? — perguntou o mestre em metalurgia.

— Não sei exatamente qual foi o propósito do sonho. Às vezes só vamos entender o que Deus indica muito tempo depois.

Itai começou a trabalhar no molde da peça, que continha as letras que compunham o nome de Davi em hebraico: dois triângulos um ao lado do outro. Quando despejou o ouro derretido no molde, as letras fundiram-se.

— Ah, não! Agora vou ter que começar tudo de novo e...

— Espere Itai! Veja só! — disse Abiatar, maravilhado.

Ele alertou Itai para o formato que a fusão tinha criado: uma estrela de seis pontas.

— Não tinha me dado conta disso! O nome de Davi forma uma estrela! A estrela de Davi!

Davi estava em sua tenda acompanhado por Joabe, ansioso por notícias da batalha dos filisteus contra Saul, quando Itai e Abiatar chegaram com o presente. Eles explicaram o que acontecera, o sonho e o acidente que fundiu as letras.

— Eu senti que deveria pedir a Itai para construir um símbolo, mas não sabia direito o que era.

— Queremos com isso agradecer em nome de todo o povo, tudo o que fez por nós — disse Itai.

— Eu não fiz nada. Deus me guiou. Foi ele quem fez através de mim.

— O povo está em festa, Davi. Que vitória! — comentou Abiatar.

— Vou começar a distribuir os despojos entre os soldados que lutaram conosco — disse Joabe.

— Dê também aos soldados que não lutaram.

— Mas por quê? Eles não se arriscaram, não enfrentaram os amalequitas. Não merecem participar das riquezas.

— Já imaginou lutar com uma bagagem como a nossa? Acha mesmo que seríamos vitoriosos com um peso daqueles nas costas?

Todos concordaram com Davi.

— Mande também despojos como agrado aos anciãos da tribo de Judá. Precisamos do apoio deles. São nossos irmãos.

Aitofel entrou na tenda, aflito. Tinha em mãos a coroa e o bracelete de Saul.

— Saul e Jônatas estão mortos!

Davi sentiu duramente o golpe. Baixou a cabeça.

— Saiam todos, por favor. Quero ficar sozinho.

Davi ficou por alguns instantes parado, refletindo, rememorando momentos vividos com Saul e Jônatas. Levantou-se e colocou a coroa e o bracelete com cuidado e zelo sobre a mesa e caiu de joelhos. Rasgou suas vestes, em luto. Chorava amargurado.

— Saul e Jônatas, meus amados. Tanto na vida como na morte, não se separaram! O arco de Jônatas era mortal e a espada de Saul nunca falhava. Eram mais ligeiros do que as águias, mais fortes do que os leões. Mulheres de Israel, chorem por Saul! Eu choro por você, meu irmão Jônatas.

★★★

Os hebreus sobreviventes da derrota contra os filisteus e do massacre no acampamento estavam agora vivendo protegidos em Gibeá. O trono de Israel estava vago. O único herdeiro vivo de Saul era Esbaal, que não tinha condições de assumir tal responsabilidade.

Por outro lado, Davi, o líder nato, havia sido ungido por Deus como rei de Israel. Mas entronizar Davi provocaria uma grande mudança em todo o esquema de poder estabelecido. Faria personagens até então centrais como Abner e Paltiel perderem influência.

Era neste cenário que Abner movimentava suas peças para que Esbaal fosse coroado o quanto antes. Ele sabia melhor do que ninguém da fraqueza do filho caçula de Saul, e já previa que teria o poder de decisões em suas mãos como principal assessor do futuro rei.

Abner discursava nas ruas de Gibeá.

— A culpa foi dele! Davi é um traidor! O que se pode esperar de um hebreu que se alia com o maior inimigo de nosso povo? Ele se uniu aos filisteus para matar o nosso rei! Esse homem quer usurpar o trono de Israel! Este, sim, é o legítimo herdeiro ao trono de Israel. Esbaal, filho do rei Saul. É ele quem deve reinar em seu lugar.

Alguns dos populares por ali apoiaram Abner; outros se dispersaram, pouco convencidos. Abner desceu do palanque e dirigiu-se a Paltiel.

— Convoque os anciãos líderes de todas as tribos, Paltiel. Quero esta cidade cheia amanhã. Só assim vamos conseguir a coroa para Esbaal.

★★★

Davi fora orientado por Deus a deixar Ziclague e dirigir-se para Hebrom, em Judá. Ele preferiu partir sem notificar o rei Aquis. Se o fizesse corria o risco de ele posicionar-se contra a decisão, o que criaria um impasse de difícil saída.

Davi partia seguido por centenas de aliados quando chegou a eles a notícia das manobras de Abner em Gibeá.

— Nós temos que ir pra lá impedir esse absurdo, Davi! — disse Joabe.

— Se Esbaal ainda vive, ele é o herdeiro! Não vamos impedir nada!

— Não se esqueça que Deus escolheu você para ser rei! — opinou Abiatar.

— Talvez ainda não tenha chegado a hora. Mas só há uma forma de descobrir isso. Vamos para Gibeá.

★★★

Eles chegaram em Gibeá no momento em que Abner discursava para os anciãos na praça central.

— Esbaal tem o sangue de Saul! É o seu sucessor natural. Herdeiro legítimo ao trono de Israel! Soldado hábil, valente, destemido! Leal às leis de Moisés e temente ao Senhor. Com o apoio de todas as tribos, este jovem...

A chegada de Davi e seu exército chamou a atenção de todos, impedindo que Abner continuasse falando. Ao lado de Davi, também sobre seus cavalos, estavam Aitofel e Joabe.

— Este é o homem que deve ser coroado — bradou Aitofel. — Ele não tem o sangue de Saul, mas foi ungido e escolhido pelo próprio Deus para ser o novo rei de Israel!

— Como você tem coragem de vir até aqui contar mentiras ao povo? — inquiriu Abner.

— Não é mentira e você sabe disso. Davi é o novo ungido do Senhor!

— Davi é um impostor! Enganou a todos! Quem garante que ele foi mesmo ungido? Por acaso você estava lá, Aitofel? Assistiu à unção?

— Não, não estava. Mas foi o próprio profeta Samuel quem ungiu Davi em nome de Deus!

— Isso é o que Davi diz! Alguém pode provar que isso realmente aconteceu?

— Ninguém tem que provar nada, Abner! — gritou Joabe, indignado. — Essa é a verdade! Ou você acha que qualquer um de nós ousaria mentir em nome do Senhor?

— Israel vê como Deus abençoa Davi em tudo o que faz! Davi derrotou um gigante quando ainda nem sabia usar uma espada. Venceu todos os nossos inimigos. Nunca perdeu uma guerra. Ainda quer mais provas? — perguntou Aitofel.

— Ele só fez o que fez porque tinha a proteção de Saul e Jônatas! Foram eles que ensinaram tudo a Davi!

Davi permanecia calado. Abiatar aproximou-se dele.

— Davi, defenda-se!

— Não quero brigar pelo trono, Abiatar — respondeu, com o tom de voz baixo.

— Mas Abner está conquistando o povo com essas acusações!

— Não me importo. Deus é meu único Senhor e só ele sabe quem deverá ser rei!

Abner aproveitava-se do silêncio de Davi e ia ganhando a adesão de um número cada vez maior de anciãos.

— Estão vendo? Davi está aí, parado, sem ter o que dizer! Porque mentiu em nome de Deus! Saul foi e sempre será o único e verdadeiro ungido do Senhor! E seu sucessor deve ser Esbaal, filho de Saul, sangue de seu sangue! — disse, cutucando Esbaal para que se manifestasse.

A vitória dos filisteus

— Em nome de Saul, meu pai, eu devo ser o rei! — disse Esbaal, inseguro.

— Viva Esbaal! Viva Esbaal! O verdadeiro rei de Israel! — gritou Paltiel, tentando ganhar adeptos.

Parte do povo clamava por Davi e parte por Esbaal. Davi então desceu de seu cavalo e caminhou até Esbaal. Tirou a coroa e o bracelete de Saul de uma sacola e estendeu para ele.

— Isso agora pertence a você, Esbaal. Honre a memória de seu pai. Que Deus seja contigo!

Esbaal agradeceu com um aceno e Davi deu as costas, partindo. Aitofel, Joabe, Eliã e Abiatar foram atrás dele.

— Davi! O que é isso?! Você acabou de entregar o trono!

— Eu já disse! Não vou brigar pelo reino de Israel! Não fui eu que escolhi ser rei. Deus sabe a hora certa para tudo!

— Estão vendo? Davi está fugindo, como sempre fez! — bradou Abner, vitorioso — Quem apoia Esbaal como rei que se manifeste agora!

Os anciãos líderes das tribos se manifestam a favor, em peso, com exceção do ancião da tribo de Judá.

— Viva o novo rei de Israel! — bradou Abner, vitorioso.

— Se Davi está pensando que vai me deixar, está muito enganado! — disse Mical, correndo atrás de Davi.

— Que loucura é essa? Você é minha mulher! — revoltou-se Paltiel, tentando segurá-la. Ela conseguiu desvencilhar-se.

— Davi! Eu sou filha de Saul, sua primeira esposa. A única coisa que você precisa pra reunir todas as tribos é voltar pra mim.

Mal terminou de falar e foi alcançada por Paltiel, que a segurou com mais força dessa vez.

Davi fez um aceno discreto com a cabeça e saiu.

— Me solta, Paltiel!

— Não solto. Você viu? Davi não liga pra você! Ele mal te olhou!

— Mas pode ter certeza que ele não vai se esquecer de mim tão cedo.

DEZESSEIS
Um reino dividido

Os soldados estavam inconformados com a atitude de Davi ao abrir mão da coroa. Achavam que ele deveria ter desmentido Abner e estavam prontos para guerrear por aquilo que consideravam um direito dele, o verdadeiro ungido. Era este o tom da conversa durante a noite em torno da fogueira, quando ele interveio de forma firme e decidida.

— Não vou lutar contra hebreus, nossos próprios irmãos de sangue, nosso próprio povo. O meu destino está nas mãos de Deus. Ele decidirá o tempo certo de eu me tornar rei. Não é com guerra nenhuma que quero me tornar rei. E proíbo vocês de tramarem contra eles.

★★★

No dia seguinte, o ancião líder da tribo de Judá foi até o acampamento em Hebrom transmitir a decisão de seu povo: queriam que Davi reinasse sobre sua tribo. O povo de Judá, que compunha uma das mais importantes tribos hebreias, não aceitava a decisão de Abner e acreditava que Davi era o ungido de Deus. A escolha de Judá significava, na prática, a cisão de Israel em dois reinos: um comandado por Esbaal e outro por Davi. Dessa forma, em poucos dias Davi era coroado rei de Judá. Em seguida foi a vez de Esbaal ser ungido rei de Israel.

Durante muitos anos, essa foi a configuração de poder entre os hebreus na Terra Prometida. Mesmo contra a vontade de Davi, nesse período aconteceram muitas lutas entre os hebreus dos dois reinos, numa sangrenta guerra civil. Também durante esses anos nasceram os primeiros filhos de Davi. De Abigail nasceu Amnon. Vieram depois Absalão e Tamar, filhos de Macaal.

Um reino dividido

A forma justa e equilibrada de governar de Davi foi conquistando mais e mais hebreus. Com o passar dos anos, a casa de Davi foi ficando cada vez mais forte e as tribos de Dã, Naftali, Efraim e Ruben também se aliaram ao rei de Judá. Com isso, a casa de Saul ficava cada vez mais fraca, como resultado da fraqueza de Esbaal, um rei manipulado pela ganância e habilidade política de Abner. E por mais que Abner se esforçasse para abafar suas irresponsabilidades e excessos, todos sabiam tratar-se de um rei sem comando, amante de festas, mulheres e bebidas e pouco afeito a grandes responsabilidades, incapaz de tomar decisões importantes. Muitos dos soldados fiéis a Abner estavam arrependidos de estarem do lado oposto ao de Davi.

Davi aguardava com sabedoria e paciência o momento em que, finalmente, unificaria todas as tribos e realizaria o antigo sonho de união entre todos os hebreus. Mas essa paciência não era compartilhada por seus assessores mais próximos. Ansiosos por ver a profecia de Samuel realizada, Aitofel, Eliã e Urias conspiravam em segredo pela queda de Esbaal. Sabiam que Abner se sentia cada vez mais enfraquecido e queriam aproveitar-se dessa fragilidade. Sem o conhecimento de Davi, Eliã foi até Gibeá para um encontro secreto com Abner.

—Você deve saber que muitas tribos já se aliaram a Davi — disse Eliã.

— O que importa é que Esbaal ainda conta com o apoio da maioria — rebateu o general.

— Por quanto tempo? Você deve saber que enquanto Davi se fortalece, Esbaal fica cada vez mais fraco. Ele não tem preparo para governar, Abner. No fundo você sabe que se aliou ao rei errado.

— E o que você quer de mim, Eliã? Seja direto — perguntou irritado.

— Davi precisa do apoio de todas as tribos para se tornar o único rei de Israel.

— Isso é problema de Davi, não meu.

—Você ainda tem muita influência sobre os líderes que estão com Esbaal. Pode convencê-los a se aliarem a Davi.

— E por que eu faria isso?

— Davi é generoso. Vai saber reconhecer o seu valor. Se você passar para o nosso lado terá o poder que tanto deseja e ficará seguro. Pense bem, Abner. Davi vai ser o único rei um dia, com ou sem o seu apoio. É melhor para você adiantar-se e escolher o lado certo. Não vai querer ser inimigo do rei de Israel, vai? Enfim, reflita com calma e depois me diga o que acha.

★★★

Enquanto Eliã e Abner conversavam do lado de fora da cidade, dentro dela acontecia uma festa em comemoração ao aniversário de reinado de Esbaal. Como de costume, o rei excedia-se na bebida e constrangia a todos com suas atitudes impróprias. Mical estava na tenda reservada aos nobres, lindamente ornada para a festa e observando Esbaal quando Paltiel chegou, abraçando a esposa.

— Faz tempo que não a vejo dançar.

— E nem vai ver tão cedo! Me solta! — reagiu Mical, desvencilhando-se.

— Mical, por favor! Me dê uma chance, pelo menos! Faz tanto tempo que a gente está casado e até agora nem um filho você me deu!

—Ainda bem. Não quero mesmo ter filhos seus!

— Por que não? Você é minha mulher, me deve pelo menos uma descendência digna! Precisamos nos deitar juntos mais vezes! Hoje, por exemplo, seria um bom momento...

— Pois eu já acho que nos deitamos muito! Muito mais do que eu gostaria! Já disse, me solte!

—Você sabia que todos já andam dizendo que você é seca por dentro?

— Não me importa o que os outros dizem! Não sou seca! O problema é com você, Paltiel! Tenho certeza que Davi já teria me dado uma porção de filhos!

Mical saiu dali, deixando Paltiel indignado. Foi até Esbaal, que vomitava num local mais afastado.

— Não acredito, Esbaal! O rei de Israel vomitando feito um menino que não sabe beber!

— É, acho que exagerei um pouco. Bem que o Abner me alertou, mas...

—Você precisa aprender a viver sem o Abner, Esbaal!

— Por quê? Abner me ajuda muito!

—Ajuda, nada! Abner só ajuda a si mesmo! Ou você acha que Israel inteiro não sabe que é ele que dá as ordens no reino e não você?

— Isso não é verdade! Abner me dá conselhos, mas as decisões são minhas!

— Impressionante como você é ingênuo! Só um tolo para não ver que Abner o manipula o tempo todo! Já pensou se Abner resolve tomar o poder? Se resolve matar você para roubar seu trono?

— Mas por que ele faria isso?

— Porque ele é ambicioso! Esbaal, você precisa se unir a Davi! Ele sim ama a nossa família, sempre amou nosso pai, sempre respeitou Jônatas. Você tem que se aliar a ele antes que Abner tome conta de tudo que é nosso!

Um reino dividido

— Mas eu não posso me aliar a Davi! Nós dois queremos ser reis e um dos dois vai ter que ceder!

— É o que estou dizendo! Você deve ceder. Ou então se prepare para enfrentar Abner. Ele é um traidor, Esbaal!

—Você acha mesmo?

—Tenho certeza.

★★★

"Quem vai governar esta terra? Faça uma aliança comigo e eu o ajudarei a ser rei de todo Israel". Davi surpreendeu-se quando ouviu o recado enviado por Abner por um mensageiro, dentro de sua tenda. Mas não percebeu o olhar secreto e cúmplice nem o sutil sorriso que Aitofel e Eliã trocaram naquele momento.

— É uma proposta a se considerar, Davi — opinou Aitofel — Com o apoio de Abner, todas as tribos vão se aliar a você.

Após debater a questão com Aitofel e Eliã, Davi mandou chamar o mensageiro para dar sua resposta.

— Diga ao seu general que eu aceito fazer uma aliança com ele, mas com uma condição: Quero minha esposa Mical de volta.

Abner entendeu a estratégia de Davi. Sabia que ao lado da filha de Saul ficaria ainda mais fácil para ele garantir o trono.

— É justo querer a mulher de volta — disse o soldado Recabe, assessor de Abner.

— O senhor está certo ao apoiar Davi, general. Ele é o escolhido de Deus! Erramos muito ao apoiar Esbaal — disse Baaná, irmão de Recabe.

—Vocês têm razão. Eu pequei! Pequei contra Deus! Pequei contra um ungido do Senhor! — disse Abner, simulando arrependimento. — Fui ingênuo achando que Esbaal deveria suceder Saul, porque era seu filho! Mas agora sei que é Davi quem deve reinar!

— Mas, enquanto Esbaal viver, Davi jamais será rei! — lamentou Recabe.

— Exatamente, enquanto ele viver. Mas, se alguma coisa acontecer com ele...

— General, não está pensando em…

— Já errei muito, Baaná. Não quero mais atrapalhar os planos de Deus. Se esse é o único jeito, não serei eu quem vai se colocar contra os desígnios divinos.

— Mas isso traria condenação para nós! Matar o rei! Não, não podemos fazer isso! Está dizendo que temos que trair o rei?

— Estou dizendo que temos que fazer justiça! Fazer cumprir a vontade Deus! Essa é a única maneira de colocarmos a coroa na cabeça de Davi. Façam isso não por mim, não por vocês, mas por Israel!

Abner convenceu, então, a Recabe e a Baaná que matassem Esbaal em ocasião oportuna. Em seguida, foi até o rei apresentar o pedido de Davi de ter Mical de volta. Apesar da revolta de Paltiel, Esbaal acabou concordando, influenciado por Abner e pela própria Mical, que partiria em poucos dias para se encontrar com Davi. Seu sonho finalmente se tornava realidade.

★★★

Joabe, que não havia participado da conspiração armada por Aitofel, Eliã e Urias, não aprovava qualquer aliança com Abner. Ficou indignado quando recebeu as notícias.

— Acho que o Davi está se arriscando muito.

— Joabe, Davi tem sabedoria e domina muito bem as estratégias de guerras — ponderou Urias. — Se ele aceitou esse acordo, é porque está enxergando vantagens que nós ainda não estamos vendo. O Abner jamais vai conseguir enganá-lo.

— Não sei, não. O Abner é capaz de tudo; ele é sujo e traiçoeiro. Eu não vou deixar esse acordo entre eles ir para frente.

Eles perceberam um alvoroço entre os soldados. Era Itai, que chegava ao acampamento muito ferido, já quase sem forças. Foi acolhido e colocado sob cuidados. Alguns dias depois, ele já estava mais recuperado. Davi foi vê-lo.

— Fico muito feliz de saber que você está se recuperando, meu amigo.

— Obrigado, Davi, por sua acolhida.

— Agora me conte, quem fez isso?

— Foi o rei Aquis. Ele quer se vingar de você. Até hoje ele não o perdoa, Davi, por ter ido embora sem avisar, por ter levado as armas. Acha que você o traiu.

— Não, eu jamais faria isso! Mas eu tinha que deixar Ziclague. Tive receio que ele não permitisse.

— Eu sei. Falei tudo isso para ele, mas o rei não me ouviu. Durante todos estes anos, Aquis vem se preparando para acabar com você. Está cego de ódio. Eu tive que fugir porque ele quer me matar. Acha que eu o protejo.

— Mas de que forma Aquis vem se preparando?

— Formando um exército poderoso para atacá-lo de surpresa.

★★★

Após a tragédia que deformou as pernas de Mefibosete, ele e Tirsa consegui-ram sobreviver à custa de esmolas e do corpo de Tirsa, vivendo em diferentes povoados do reino de Israel, sempre entre mendigos e prostitutas. O amor que ela sentia pelo menino, agora já um rapazinho de 12 anos, superava toda e qualquer dor. O destino de Ziba não tinha sido muito melhor. Logo após fugir do acampamento com o tesouro de Saul, foi roubado e voltou à miséria. Sobrevivera nos últimos anos à custa de roubos e pequenos golpes. Nunca mais tinha visto Tirsa.

Muitos anos haviam se passado. Certo dia, ele caminhava pelas ruas de Giloh quando viu um menino aleijado mendigando, recebendo uma peça de bronze. Adiantou-se e, antes que o mendigo guardasse o metal, arrancou a peça de sua mão e correu. Ele se atrapalhou em meio aos passantes e acabou sendo alcançado por uma mulher. Era Tirsa.

— Devolve o bronze! Ziba? — surpreendeu-se.

Ziba, contrariado, entregou a peça metálica.

— Melhor assim.

—Você está bem diferente, Tirsa.

—Você também mudou muito. Só sua ganância continua a mesma. Ima-gina, como pode ter coragem de roubar Mefibosete?

— Aquele ali é Mefibosete? Mas o que aconteceu?

Ela contou o que se passara durante a tentativa de fuga do acampamento.

— E você abandonou a sua vida para ficar cuidando desse traste?

— Não fale dele assim!

— É um estropiado. Não serve para nada — disse, olhando com desprezo para o menino preso ao chão.

— Cale-se! Eu não vou permitir que você continue insultando Mefibosete! Eu não me arrependo de nada! Ele é tudo para mim! E eu prometi a Jônatas que cuidaria dele como se fosse meu!

— Já entendi. Pode ficar calma, não vou mais falar dele. É você que me interessa! — disse, medindo-a com volúpia.

— O que você quer de mim?

— Fora as esmolas do menino, o que você tem feito para sobreviver? — perguntou com malícia.

— Eu? Bom, eu...

— Os anos difíceis de sua vida não foram suficientes para apagar sua beleza, Tirsa. Você deve estar sobrevivendo dela, não é mesmo?

— Não, quer dizer, não lhe interessa...

— Eu acho que posso ajudá-la. Eu conheço muitos homens de posses e tenho como lhe arrumar encontros bem lucrativos. É claro que você vai me pagar uma parte desses lucros.

Sem muita escolha, Tirsa acabou concordando, e passou a ter em Ziba um cafetão. Mas o acordo entre eles não durou muito tempo. As recorrentes humilhações que Ziba impunha a Mefibosete fizeram com que Tirsa abrisse mão dos ganhos que ele lhe proporcionava.

Certo dia, Tirsa e o rapaz conversavam enquanto comiam.

— Tirsa, o Ziba sempre fala que eu atrapalho a sua vida.

— Não liga para o que ele diz. O Ziba sempre foi um homem sem coração, que só pensa nele mesmo e não se importa em explorar os outros. Ele, sim, é um traste. Muito diferente de você, meu querido, que tem um coração puro, uma alma boa. Você é muito especial.

— Eu não sou especial. Por minha culpa minha mãe morreu.

— Não foi culpa sua.

— O Ziba está certo. Eu devia ir embora, eu só atrapalho.

— Não diga uma coisa dessas! Nunca! Se você for embora, o que vai ser de mim? Quem me fará companhia? Você nunca me atrapalha, Mefibosete. Sabe por quê? Porque todos os dias você me dá uma boa razão para acordar, para seguir em frente. Agora, pare de pensar bobagens. E esqueça aquele Ziba. Vamos é pedir a Deus para nunca mais vermos aquele homem na nossa frente!

DEZESSETE

Um só rei

O momento pelo qual Mical aguardara por tantos anos havia finalmente ocorrido. Chegara ao acampamento de Davi para assumir seu lugar de primeira esposa. O rei levantou-se do trono quando a viu entrando na sua tenda.

— Mical! Quanto tempo!

Ela aproximou-se caminhando lentamente, com olhar enigmático. Quando estavam frente a frente, desferiu um sonoro tapa no seu rosto.

— Isso é por você não ter me buscado antes! — falou, com ódio no olhar.

— Ia querer mesmo viver como fugitiva ao meu lado? E depois, Mical, soube que você se casou com outro homem.

— Porque fui obrigada. Mas isso não interessa. Sou sua primeira esposa, Davi. Salvei sua vida. Nunca se esqueça disso.

— É claro que não vou me esquecer. Preciso de você ao meu lado, Mical.

Davi se aproximou e fez um carinho em seu rosto. Ela afastou-se, altiva.

— Eu sei. Sou a filha de Saul. Mas você precisa mais de mim do que eu de você. Portanto, para me ter como mulher, vai ser quando eu quiser. E agora eu não quero.

Disse isso e saiu, em pose arrogante.

★★★

No dia seguinte pela manhã as duas outras esposas de Davi, Abigail e Maaca, foram até a tenda de Mical dar-lhe as boas-vindas. Foram muito simpáticas, e Mical tentava disfarçar a raiva que sentia delas.

— Davi sempre foi louco por mim! Ele matou duzentos filisteus só para agradar meu pai e se casar comigo! — contava vantagem.

— Nosso marido é mesmo muito corajoso. Fiquei tão feliz quando ele me escolheu como esposa — disse Abigail, encantada.

— Ele é tão gentil, carinhoso, é diferente dos outros homens — observou Maaca.

— Mas vocês sabem que a primeira esposa tem mais direitos, não sabem? — alfinetou Mical.

— Depende. Você tem filhos de Davi?

— Não! Ainda não. Quer dizer, não tivemos tempo para isso. Mas logo darei muitos filhos a ele.

— Eu já lhe dei dois — disse Maaca. — Absalão é a criança mais linda que já vi.

Mical estava enciumada. Uma serva aproximou-se com um pote de sopa fervente.

— Pedi para trazer uma sopa para você. Você não comeu nada desde que chegou, deve estar com fome. Cuidado que está quente — alertou Abigail.

Ardilosamente, Mical fingiu distração e virou a sopa fumegante em cima de Maaca, que gritou de dor e foi acudida pelas outras mulheres.

— Que desastrada que eu sou! Coitadinha! Esbarrei sem querer na sopa! Ah, eu nunca vou me perdoar! — disse, dissimulada.

★★★

Naquela tarde, Abner chegou ao acampamento de Davi acompanhado por seus homens de confiança.

— Já conversei com os representantes das tribos. Estão todos dispostos a apoiar você — disse ele.

— Isso é bom. Mas e Esbaal? Não quero fazer nada contra a vontade dele — ponderou Davi.

— Ele está de acordo com tudo. Para falar a verdade, Esbaal está até aliviado em passar a responsabilidade para você — mentiu.

— Então temos um bom motivo para festejar! Vamos celebrar esta aliança com um banquete.

Abner foi levado para uma tenda para descansar. À noite, todos se encontraram para comemorar a aliança.

—Você tem certeza que temos o apoio de todos? Ouvi dizer que algumas tribos ainda apoiam Esbaal — comentou Aitofel durante o jantar.

— Mas Esbaal apoia Davi, então tudo é uma questão de tempo! — respondeu Abner, sorridente e dissimulado.

— Esbaal me apoia mesmo, Abner?

— Claro! Todos nós sabemos que o filho de Saul não tem fibra para governar nosso povo, que ele jamais conseguiria unificar as tribos. Ele também sabe disso.

— Não quero que nada de mau aconteça a Esbaal, ouviu bem, Abner? Se houver qualquer resistência da parte dele, eu não vou reagir. Nem você! Nem ninguém! — disse, dirigindo-se aos seus homens de confiança. — Só assumo o trono de Israel quando Esbaal concordar pacificamente.

— Então estamos combinados! Os anciãos líderes das tribos do norte estão todos comigo. Eu e você, Davi, podemos formar um só reino.

— Se essa for a vontade de Deus, assim será! — disse Davi.

★★★

Joabe estava tratando de assuntos externos em viagem e não participou do festim. Ficou indignado no dia seguinte, quando chegou pela manhã e soube do banquete que Davi oferecera a Abner e da aliança que os dois haviam firmado. Abner já havia partido de volta a Gibeá.

— Uma aliança com aquele canalha? Era muito melhor uma guerra!

— Também não confio em Abner, Joabe. Mas precisamos ser políticos, agir com diplomacia — interveio Aitofel. — Davi vai finalmente ser coroado como o único e legítimo rei de Israel. Não é isso o que você também mais deseja?

— Mas não dessa forma! Já se esqueceu de que o Abner mandou incendiar a casa de seus pais, Davi? Ele veio aqui para enganá-lo! Para conhecer todos os lugares por onde você passa, sondar os nossos planos! Ele é um mau-caráter! Não tem escrúpulos! Vai nos trair na primeira oportunidade!

— Joabe, eu entendo o seu ódio por ele, mas...

— Você também devia odiar! Todos nós sabemos quem é o Abner! Volte atrás nesse acordo enquanto ainda há tempo, Davi!

— Minha palavra já foi dada, Joabe. Não há mais o que fazer. Melhor você se acostumar com a ideia.

Mas Joabe não se conformou. Pediu a um mensageiro que pegasse o cavalo mais rápido do acampamento e alcançasse Abner antes que chegasse a Gibeá, dizendo que Davi pedira seu retorno a Hebrom. Ficou à espreita e, quando Abner desceu do cavalo, interceptou-o antes que chegasse à tenda de Davi.

— Preciso conversar com você — disse, pegando no braço do general e direcionando-o para um local afastado da tenda do rei.

— Agora não posso, Joabe, Davi está me esperando.

— Davi não está. Ele me designou para o encontrar e me pediu para levá-lo ao local onde estão os despojos de guerras. Tem muito material em bronze e armas poderosas. Ele disse para você escolher o que quiser.

— Quanta generosidade. Realmente Davi é merecedor do trono de Israel, pois tem um coração muito bondoso! Meu exército está precisando de armas novas — animou-se, caindo na armadilha.

— Venha comigo.

Os dois caminhavam lado a lado. Quando se afastaram dos soldados de Abner, Joabe sacou um punhal, que cravou repetidas vezes na barriga dele.

— Morra, maldito! Morra por todo mal que você fez!

★★★

Davi indignou-se quando soube do assassinato.

— Você não tinha o direito de matar Abner! Você matou um aliado sem a minha permissão!

— Abner o cegou, Davi! Ele veio para o enganar e você caiu na conversa dele!

— Inconsequente! Irresponsável! E ainda teve a malícia de chamar Abner de volta para que ele morresse em Hebrom, na terra que eu governo! Agora todos vão pensar que fui eu quem mandou matá-lo! Era isso que você queria?

— Pelo menos agora não haverá mais aliança.

— Espero que Deus o faça pagar por isso, Joabe! Que o castigue severamente por este crime! Agora quero que você rasgue suas vestes em sinal de luto e lamente a morte de Abner!

— Nunca!

— Você está me desafiando?

— Jamais vou rasgar as minhas vestes por aquele covarde!

— Hoje você me fez sentir um fraco. Que o Senhor o retribua segundo a sua maldade!

—Você um dia vai perceber, Davi. Um dia vai ver que eu estava certo!

Joabe saiu e começou a preparar suas coisas para partir. Davi orientou a Aitofel que providenciasse um sepultamento digno para Abner e pediu que deixasse claro para todas as tribos que não tivera nenhuma participação na morte do general. Solicitou também a Aitofel que fosse até Gibeá avisar Esbaal sobre o ocorrido.

★★★

Pouco depois, Joabe estava pronto para partir. Arrumava as coisas no seu cavalo quando Urias e Eliã aproximaram-se.

— Não vá embora assim, Joabe. Davi vai acabar perdoando você — pediu Urias.

— Eu não posso ficar.

—Você se precipitou. Ainda não era o momento de se livrar de Abner. Agora a unificação de Israel vai ficar mais difícil — disse Eliã.

— Eu não ia conseguir conviver ao lado daquele miserável. Ele ia acabar traindo Davi e todos nós! Apenas evitei um mal maior.

— Acho melhor você partir mesmo. Pelo menos por um tempo, até tudo se acalmar — opinou Eliã.

— Sempre amarei Davi e espero que um dia ele me entenda e me perdoe. Adeus!

★★★

Em Gibeá, Aitofel encontrou Esbaal acompanhado de Paltiel e contou o que ocorrera.

— Davi lamenta muito o ocorrido mas, de sua parte, manda avisar que a aliança entre vocês será mantida.

— Aliança? Que aliança? Do que está falando?

— Então o rei não sabe?

— Não sei do quê? Seja claro!

—Abner fez uma aliança com Davi, em nome do rei Esbaal, segundo a qual o rei concordava em renunciar ao trono para que Davi reinasse por toda Israel.

— E Abner disse que eu concordaria com isso?

— Sim. Mas se o rei de nada sabe, eu só posso concluir que...

— Abner me traiu, passou por cima da minha autoridade.

Aitofel silenciou por alguns instantes, consternado. Depois falou.

— Diante das novas circunstâncias, eu só posso sugerir que, para o bem de Israel, o rei Esbaal renuncie em favor de Davi.

Esbaal não respondeu.

— Agora, se o rei me permite, preciso partir. Que Deus esteja contigo!

Aitofel saiu. Esbaal tremia.

— E, agora, Paltiel? O que vai ser de mim sem meu principal general? O que será de meu reino? Ficarei vulnerável e Davi ainda mais forte!

A notícia da morte de Abner se espalhou rapidamente por Gibeá e chegou aos ouvidos de Recabe e Baaná.

— E agora? O que fazemos? — perguntou Recabe, inseguro.

— Seguimos com o plano de Abner. Davi tem que reinar — respondeu Baaná.

— É isso mesmo! Davi tem que reinar!

— Daqui a pouco, Esbaal vai se recolher. Lembre-se do que Abner falou. Vamos fazer isso por Israel!

Naquela noite os dois soldados cumpriram a ordem do general morto: assassinaram Esbaal covardemente, atravessando seu corpo com a espada enquanto dormia.

★★★

De volta a Hebrom, Aitofel relatou a Davi o encontro que tivera com Esbaal.

— Abner traiu Esbaal? Então, Joabe estava certo. Eu não devia ter confiado em Abner.

— De qualquer forma, não temos motivos para nos preocupar, Davi. Tenho certeza que com a morte de Abner, Esbaal não terá outra saída senão renunciar. Ele certamente está se sentindo isolado, fraco e com medo. Ele não será louco de enfrentá-lo.

— Não estou gostando do rumo dos acontecimentos. Já foi derramado sangue demais. E quanto a Joabe?

— Joabe partiu.

Algumas horas mais tarde, Eliã entrou na tenda de Davi acompanhado por Recabe e Baaná, este último carregando um saco.

— Davi, com licença. Esses dois homens querem falar com você.

—Viemos em paz! Somos hebreus! Meu nome é Recabe.

— O meu é Baaná. Somos irmãos, soldados de Esbaal, mas sempre soubemos que o senhor Davi é o verdadeiro rei de Israel.

— Sim. E o que desejam?

— Hoje, o Deus Eterno de Israel vingou o rei Davi de Saul, que queria a sua morte e de seus descendentes — disse Baaná, estendendo o saco.

— O que é isso?

— Uma prova da nossa fidelidade ao verdadeiro rei dos hebreus.

Quando Davi abriu o saco, teve um sobressalto e deixou-o cair no chão. De dentro dele rolou a cabeça de Esbaal.

— O que significa isso? — perguntou Davi, indignado.

— Matamos aquele que o impedia de ser o rei de toda Israel. Enquanto ele dormia, livramos Israel de um pesadelo. Davi, agora, é o único rei dos hebreus! — respondeu Recabe, esfuziante.

— Como me trazem a cabeça de um homem como se me trouxessem um presente? O que pensaram quando cometeram tal ato infame? Que eu me alegraria com isso?

— Mas, meu senhor...

— Se eu me enchi de tristeza quando soube da morte de Saul, porque ficaria satisfeito com a morte de seu filho e herdeiro?

— Queríamos apenas mostrar nossa fidelidade ao senhor!

— Como vocês têm coragem de matar um homem justo em sua casa, desprotegido, enquanto dorme? Que a morte caia sobre suas cabeças e redima o sangue que tem em suas mãos! Eliã, Urias, levem daqui estes dois traidores covardes! Que eles paguem com a vida pela morte de um inocente!

— Não, por favor! Piedade! — gritou Recabe.

— Poupe nossas vidas! — implorou Baaná.

Os dois soldados foram levados para a execução.

— Aitofel, por favor, peço que cuide para que a cabeça de Esbaal seja sepultada em Hebrom, junto ao túmulo de Abner.

— É claro, Davi.

Aitofel ia saindo, mas parou na entrada da tenda. Voltou-se para Davi.

— Os caminhos podem ter sido tortuosos, Davi, mas aconteceu o melhor para Israel. Agora, só há um rei dos hebreus. E é o escolhido de Deus.

— Não foi assim que eu imaginei me tornar rei, Aitofel. E tenho certeza que também não eram esses os planos traçados por Deus. A estupidez e a covardia dos homens mancharam com sangue de inocentes o que deveria ser um dia de celebração. Hoje, só tenho motivos para me entristecer.

Davi saiu da tenda atordoado. Pegou seu cavalo e saiu galopando a esmo pelo deserto. Quando estava distante do acampamento, apeou e saiu caminhando, arrasado. Caiu com os joelhos em terra.

— Até quando, Senhor? Te esquecerás de mim para sempre? Até quando esconderás de mim o teu rosto? Até quando terei de relutar dentro de minha alma com o meu coração cheio de tristeza, dia e noite? Até quando se erguerá contra mim o meu inimigo?

Desolado, Davi entregou-se às memórias da sua unção por Samuel e da sua última conversa com o profeta, no seu leito de morte. Estava envolto nesses pensamentos quando sentiu uma mão tocar seu ombro e uma voz desconhecida chamar por seu nome. Virou-se e viu um homem com vestes brancas, barbas, cabelos longos e olhar angelical.

— Deus me enviou para dizer que ele nunca se esquece de suas promessas. Você tem sido preparado para este momento, Davi.

— É o senhor quem o profeta Samuel disse que viria para me ajudar?

— Sou eu mesmo. Meu nome é Natã. Vamos voltar para Hebrom. Você está sendo aguardado.

Em Hebrom, esperavam por Davi todos os doze anciãos líderes das tribos de Israel. Davi caminhou até eles comovido. O ancião líder de Judá se aproximou, falando em nome de todos.

— Somos do mesmo povo, Davi. Mesmo no tempo em que Saul reinava sobre nós, era você quem comandava os hebreus nas batalhas. Deus o escolheu para apascentar seu povo como um pastor que cuida de suas ovelhas. Você foi ungido para governar Israel, para ser o nosso líder e reinar em nossa terra, enquanto Deus reina nos céus.

Abiatar entregou o chifre com azeite para o ancião. Davi se ajoelhou.

— Eis aqui Davi, o rei de Israel! Que Deus o abençoe em todos os seus caminhos!

O azeite foi derramado por Natã sobre a cabeça de Davi, como ocorrera muitos anos antes pelas mãos de Samuel. Sob o olhar e as orações de todos os anciãos, Natã colocou em Davi a coroa e o bracelete que um dia pertenceram a Saul.

DEZOITO

A conquista de Jerusalém

Após muitos anos vivendo em acampamentos e exposto aos ataques inimigos, já fazia algum tempo que Davi cultivava a ideia de possuir uma cidade para fazer dela a capital do reino de Israel. Jebus, localizada num ponto estratégico e central, era ideal para o controle político do território. Próspera e bem estabelecida, era cortada por um rio perene, que garantia o suprimento de água durante todo o ano e favorecia as rotas comerciais. Protegida por uma muralha intransponível, era uma cidade fortaleza, o que garantiria a paz e a segurança tão necessárias para a consolidação da nação hebreia. Mas era exatamente essa impenetrabilidade o maior empecilho à concretização dos planos para tomada de Jebus.

Confiante, Davi reuniu seus homens para transmitir suas estratégias para o ataque. A princípio, todos se opuseram à ideia, lembrando que nunca um exército conseguira nem mesmo chegar perto da muralha, conhecida como Fortaleza de Sião, mas o entusiasmo de Davi era contagiante e foi convencendo um a um.

Fariam um ataque simultâneo com três tropas. Enquanto o primeiro grupo atacaria os jebuseus que faziam a guarda da cidade, o segundo avançaria pelas muralhas e o terceiro invadiria Jebus por uma passagem subterrânea. Iniciaram-se os preparativos para o ataque. Davi prometeu o comando de seu exército ao primeiro homem que conseguisse entrar na cidade.

Tudo correu conforme planejado pelo rei e, num ataque surpresa rápido e eficaz, Jebus foi ocupada com poucas baixas em ambos os lados.

Quando Davi adentrou a cidade pelos portões principais, triunfante, surpreendeu-se ao ver lá dentro Joabe, o primeiro hebreu a pisar em Jebus.

— Parece que você já tem um general, Davi — comentou Aitofel, sorrindo.

—Voltei para servir o meu rei — disse Joabe.

A conquista de Jerusalém

Os dois se abraçaram, felizes, emocionados. Davi então subiu em uma varanda, de onde podia ser visto por todos.

— É aqui que será estabelecido o reino de Israel! Esta foi a cidade que Deus nos deu para morar! Jebus agora é nossa e será chamada Jerusalém! Tragam suas mulheres e filhos! Vamos povoar a capital do reino!

Em meio à comemoração dos hebreus, Davi viu os moradores de Jebus preocupados, com medo. Alguns tentavam fugir, mas eram impedidos pelos soldados.

— Abaixem as espadas. Deixem ir os que quiserem partir. São homens e mulheres livres. Mas os que quiserem ficar serão muito bem-vindos!

Entre os moradores locais que escutavam Davi, escondida sob um véu, estava a feiticeira Allat.

★★★

Em pouco tempo, Davi transformou Jerusalém em um centro político e econômico de Israel, próspero e abundante. Mas a cidade era principalmente um local de adoração a Deus. A Arca da Aliança foi trazida em meio a uma grande festa. Uma tenda especial, o Tabernáculo, foi erguida para acolher a arca feita de ouro, que para os hebreus representava a presença de Deus. Nela estavam guardadas as tábuas com os Dez Mandamentos, a vara de Arão e um vaso com o maná que caia dos céus durante a travessia dos hebreus pelo deserto.

Após a grande festa realizada para receber a arca em Jerusalém, o profeta Natã foi até o palácio conversar com Davi.

— Deus me enviou uma mensagem, Davi, e me pediu que viesse falar com o rei. É sobre o seu desejo de construir um templo para ele.

— Sim, claro. Como disse, não acho justo morar em um palácio enquanto a arca de Deus habita numa tenda.

— Mas não será você que construirá uma morada para Deus, Davi. Assim disse o Senhor dos Exércitos: "Eu o tirei do trabalho de pastorear as ovelhas nos campos para que apascentasse o meu povo e fosse príncipe sobre Israel. Estive contigo em todos os lugares por onde andou. Eliminei os teus inimigos e fiz grande o teu nome na terra. Você fez muitas guerras, derramou muito sangue. Não posso deixar que construa a minha morada. Mas, quando morrer, colocarei um de seus filhos como rei e ele governará em paz. Será ele quem construirá um templo para mim. Ele será meu filho e eu serei seu Pai.

Meu amor nunca se apartará dele. E os seus descendentes reinarão em Israel para sempre".

— Certamente esse será Amnon, meu filho mais velho — disse Davi.

— Isso o Senhor Deus não me revelou, Davi.

★★★

Bate-Seba e Laís também tinham se mudado para Jerusalém para ficarem mais perto de seus maridos. Eliã e Urias agora estavam entre os Trinta Valentes de Davi e tinham uma bela moradia, com servos e bastante conforto. A casa onde as duas famílias viviam juntas ficava muito próxima do palácio real, cuja varanda podia ser vista da janela do quarto de Urias.

Os maridos de Bate-Seba e de Laís continuavam passando longas jornadas longe de casa, agora ainda mais do que antes. O reino de Israel vivia um momento de expansão e consolidação, o que tornou as guerras contra os inimigos ainda mais frequentes e duradouras.

Bate-Seba permanecia com a distância do marido e com a falta de carinho dele nos raros momentos em que estavam juntos. Sua ausência era tão marcante que tornava mais difícil até mesmo a realização de seu maior sonho: conceber uma criança. Ela estava cada vez mais fascinada por Davi, e Laís continuava muito preocupada com essa fixação da filha. Ela e Davi haviam se encontrado por acaso pelas ruas algumas vezes. O sentimento entre ambos era tão forte que era impossível para eles não transparecer nestes breves momentos a emoção que lhes sobressaltava nos olhos. Certa noite, a jovem olhava pela janela quando viu Davi admirando a cidade no terraço do palácio. Seu coração palpitou forte.

★★★

Em Gate, o rei Aquis estava cada vez mais preocupado com a prosperidade de Israel e com o momento em que Davi estaria forte o suficiente para atacar o território filisteu. Considerava Davi um traidor e não se perdoava por ter desperdiçado a oportunidade de matá-lo quando o tinha por perto. Iniciou o planejamento para um grande ataque a Jerusalém, com um exército jamais visto em quantidade de homens e armamentos.

Davi, porém, contava com uma vasta rede de informantes, e soube do ataque antes de ele se concretizar. Consultou a Deus e teve a autorização

A conquista de Jerusalém

dele para proceder ao ataque, adiantando-se aos planos de Aquis. Decidiu pela investida com peso no coração, pois tinha grande respeito pelo soberano filisteu e teria evitado o confronto se isso fosse possível.

O ataque hebreu foi rápido e eficiente. Em poucas horas as principais cidades filisteias estavam sob o comando israelita. Davi invadiu pessoalmente a sala do trono, desarmando Aquis e seus soldados.

— Rei Aquis, meu exército já tomou Ziclague, já cercou Gate e todas as principais cidades dos filisteus estão sob nosso comando. Vocês agora são servos do povo hebreu.

— Davi, você é um traidor. Eu o devia ter matado!

— Não sou traidor. Eu sempre fui fiel enquanto estive ao seu lado, lutando pelas suas guerras. Mas eu sou um hebreu e tenho que lutar pelo meu povo.

— E agora vai me apunhalar covardemente.

— Eu não faço isso, Aquis. Aliás, nem você nem nenhum dos seus soldados vai morrer. Mas a partir de agora todos os filisteus vão pagar impostos aos hebreus e serão nossos servos.

Depois dessa batalha, os inimigos de Israel foram sendo um a um derrubados: moabitas, sírios, amalequitas, edomitas. E todas as terras tiradas do povo hebreu foram sendo recuperadas. Aqueles que haviam humilhado seu povo agora o serviam e lhe pagavam tributos. Israel nunca fora tão poderoso, temido e respeitado.

O melhor dos despojos de todas as batalhas era oferecido ao Senhor e as riquezas eram guardadas no Tabernáculo para que o escolhido por Deus entre os descendentes de Davi tivesse condições de construir um templo digno da glória de Deus e das bênçãos derramadas sobre seu povo.

★★★

Mical vivia no palácio em meio ao luxo e a riquezas. Atingira seu objetivo de tornar-se esposa do rei, mas não conquistara o afeto de Davi e raramente era chamada para deitar-se com ele, o que dificultava seu desejo de dar à luz um filho que viesse a ser rei. Ela vivia também em guerra com as outras esposas, invejosa de seus filhos e do afeto que Davi dispensava a elas.

Amnon e Absalão, que já tinham 12 e 11 anos, cresciam entre brigas e ciúmes. Nos treinamentos comandados por Aitofel, Amnon demonstrava mais habilidade com as armas e também dominava melhor os cavalos, mas era menos dedicado aos treinamentos e mais relapso. Já Absalão era mais concentrado e dedicado. O mesmo valia para os estudos religiosos e musicais. Ele tinha mais interesse nas leituras e práticas.

Os ciúmes de Absalão eram alimentados pelo comportamento de Davi, que sempre deixava transparecer sua preferência pelo primogênito, fazendo questão de lembrar que Amnon seria o herdeiro do trono. A falta de limites de Amnon e a raiva contida de Absalão resultavam em brigas constantes entre os meios-irmãos.

★★★

Com o passar dos anos Aitofel deixara de participar das batalhas. A sabedoria acumulada o tornara o principal conselheiro de Davi.

— Sempre sonhei em ver as tribos de Israel reunidas em uma grande nação, Davi. Mas você foi além. Estamos chegando perto de ser um império.

— Ainda falta um território a ser conquistado.

— Sim, Amon.

— Os amonitas ainda oferecem resistência ao reino. São rebeldes e perigosos, mas chegou novamente a hora de atacarmos. Esta vez será a última.

— Vou pedir a Joabe para reunir os homens e partir em breve com o rei!

— Dessa vez, eu não vou, Aitofel.

— Como não? É uma guerra importante.

— Joabe pode cuidar disso. Vou ficar em Jerusalém.

★★★

Já fazia algum tempo que Paltiel havia se apresentado a Joabe para unir-se ao exército de Davi. Certo dia, encontrou Mical nas ruas de Jerusalém.

— Paltiel! O que faz aqui?

— Vim atrás de você, meu amor.

— Não sou mais o seu amor. Aliás, nunca fui! E se Davi o encontra aqui, manda matá-lo.

— Sou um dos melhores soldados do exército do rei, Mical. Há tempos luto com Davi, mas não tinha conseguido ainda uma chance para falar com você.

— Fique longe de mim, Paltiel! Uma pena você ser um bom guerreiro. Por mim seria melhor que tivesse morrido.

A conquista de Jerusalém

—Você ainda vai voltar para mim!

— Ficou louco? Eu sou a mulher do rei!

— Moro na rua atrás do palácio. Quando quiser me procurar, estou alojado na terceira casa.

— Não quero nada com você! Saia daqui! Anda! Ou chamo os guardas para prendê-lo!

Apesar da arrogância de Mical, a proposta de Paltiel na verdade a interessava. Certa noite foi secretamente até ele, acompanhada de uma serva, que ficou esperando do lado de fora da casa do soldado.

— Não acreditei quando sua serva veio me procurar! — disse, agarrando-a.

—Tire as mãos de mim, Paltiel! Vá com calma!

— O que quer de mim?

— Um filho! Gere uma criança em mim, Paltiel. Preciso disso para conquistar Davi.

— Por que não pede isso a ele? Davi não a procura, é isso?

— Não é da sua conta. Está interessado?

— Quer me usar apenas! Como sou bobo de imaginar que…

— Melhor assim, Paltiel! — disse Mical, já indo embora.

— Não, espera!

Paltiel a puxou e começaram a se beijar com volúpia. Mais tarde, Mical saiu da casa dele na penumbra, novamente coberta pelo véu e seguida por uma serva. Caminhava apressada quando Allat passou correndo e a derrubou no chão. Ela soltou um grito e a velha feiticeira aproximou-se, desculpando-se e ajudando-a a se levantar. Mas Allat desesperou-se quando foi reconhecida por Mical e saiu correndo. A esposa de Davi ordenou à sua serva que a perseguisse, mas Allat foi mais ágil e desapareceu na escuridão. A partir desse dia tornou-se obsessão para Mical localizar e prender a mulher. Deu ordens a seus servos de confiança para que a encontrassem, mas que a capturassem sem alarde.

★★★

Os dias correram rápidos e já estava quase tudo pronto para a partida das tropas para a batalha contra os amonitas. Davi conversava com Joabe sobre a estratégia de ataque. Eles sabiam que não seria uma batalha fácil, pois a cidade a ser atacada tinha características similares às de Jerusalém, com uma imponente muralha de proteção. Mais de uma vez Davi tentara vencer os amonitas sem sucesso, e perdera muitos homens na última investida. Além disso, a ausência dele no comando certamente tornaria o desafio ainda maior.

— Não entendo por que você vai ficar em Jerusalém — disse Joabe.

—Vou me encontrar com vocês mais adiante. Por enquanto, é necessário que o rei esteja na cidade. Há pendências que quero tratar com Aitofel. Muitas pessoas do povo estão pedindo audiências comigo e não consigo atendê-las.

— Mas isso poderia esperar, Davi.

— O povo já esperou tempo demais. E depois, meu exército saberá se defender muito bem sem mim.

— Se é o que deseja, aceito. Mas não gosto nem um pouco dessa ideia.

— Faça o que estou pedindo, Joabe. E não deixe que seus homens compartilhem da sua opinião. O exército precisa partir seguro mesmo sem mim. E Abiatar vai conduzir a arca diante dos soldados.

— Ah, enfim uma boa notícia. Bom, estão todos prontos. Vamos partir. Se vencermos os amonitas nesta batalha, finalmente teremos paz.

DEZENOVE

Entregues à paixão

As tropas partiram. A cidade estava quieta e tranquila naquela noite de luar. Davi estava em seus aposentos dedilhando sua harpa quando Mical entrou, linda.

— O que ainda está fazendo aqui? Os homens partiram para a guerra, você não vai?

— Desta vez não. Preciso cuidar da cidade, o povo precisa de mim. Joabe vai saber conduzir os soldados.

— Quem diria: Davi gostando do conforto do palácio! Depois de tanto tempo no deserto, dormindo ao relento, nada como uma cama macia, e quem sabe uma mulher para esquentar — disse, sedutora. — Pelo menos assim você pode trabalhar um pouco dentro de casa e me dar os filhos que tanto queremos!

Ela aproximou-se do rei, mas ele não lhe deu atenção. Afastou-a, entediado.

— É sua obrigação! — disse ela, agora com raiva.

— Mical, a minha única mulher que não tem filhos é você, portanto o problema certamente não é meu.

— Eu sempre fui uma manobra política na sua vida, Davi! — enfureceu-se. — Você nunca me amou! Não me chama para deitar com você e sempre preferiu as outras!

— Não admito que fale comigo nesse tom! Queira se retirar, por favor!

— Desculpa, Davi — disse, mudando o tom de voz. — Mas me sinto tão infeliz! O maior desejo de qualquer mulher é segurar um filho no colo. Sou sua primeira esposa, filha de Saul. Não seria maravilhoso ter um descendente meu para ser o seu sucessor?

— Sim. Seria maravilhoso. Mas hoje não, Mical.

Mical desistiu e saiu, furiosa. Davi tinha ficado irritado e saiu para a varanda do quarto para espairecer. Olhou para a cidade e então para as estrelas. Começou a se acalmar. Direcionou, em seguida, os olhos para a janela da casa de Urias e viu lá dentro algo que lhe encantou: a silhueta de uma linda mulher preparando-se para o banho. Do seu ângulo de visão, conseguia ver que se tratava de uma mulher belíssima, mas não conseguia ver seu rosto. Ela passava óleo pelo corpo e era ajudada por uma serva que lhe molhava com um balde. Em certo momento a serva fechou as janelas, para desencanto de Davi, que entrou no quarto profundamente mexido com o que vira. Mandou chamar seu servo Josias.

— Josias, quem é a mulher muito bela que mora na casa bem em frente ao meu terraço?

— O rei deve estar falando de Bate-Seba. Ela é esposa de Urias, o heteu. Um de seus Trinta Valentes. É filha de Eliã e neta de Aitofel.

— Sim, eu sei quem é.

— Se o rei me permite, vou mandar que sirvam o seu jantar.

— Josias, espere. Não quero comer sozinho. Peça que Bate-Seba venha até aqui e me faça companhia.

— Como, meu senhor?

— Diga a ela que o rei a convida para jantar.

— Tem certeza, meu senhor? Quer que a chame agora?

— Sim, Josias. Imediatamente — respondeu, firme.

Estavam em casa apenas Bate-Seba e sua mãe. Josias bateu.

— Boa noite, senhoras. Desculpem vir assim à noite, mas o rei Davi pede que a senhora Bate-Seba vá jantar com ele.

Bate-Seba engasgou com a fruta que estava comendo.

— Como assim? — perguntou Laís, indignada. — Pois diga ao rei que minha filha já está jantando!

— A senhora tem certeza? É o rei quem chama!

— Claro que tenho certeza! Bate-Seba é uma mulher casada!

— Certo. Vou comunicar ao rei.

— Espera! — disse Bate-Seba.

Josias parou quando já estava saindo.

— Não posso recusar um convite do rei, mãe! Claro que eu vou ao palácio!

Entregues à paixão

— Não faça isso, Bate-Seba!

— Já estou indo, senhor!

Bate-Seba pegou um manto para cobrir o rosto e saiu com Josias. Laís desesperou-se e entrou no seu quarto, atordoada. Ajoelhou-se olhando para cima.

— Bate-Seba perdeu o juízo completamente! Onde já se viu ir à casa de um homem, ainda por cima à noite? Mesmo sendo o rei. Isso não está certo! Ah, meu Deus! Dê forças a minha filha para que ela não faça nenhuma loucura!

★★★

Bate-Seba e Josias caminharam pela rua em silêncio e entraram no palácio. A jovem seguia o servo, encantada com o luxo e a riqueza, muito curiosa, apenas com os olhos de fora. Mical passava por ali e reparou na estranha. Seguiu-os e viu quando entraram no quarto de Davi.

Lá chegando, Josias pediu para que Bate-Seba esperasse na antessala. Entrou para anunciar sua chegada.

— Senhor... Ela já está aguardando pelo rei.

— Obrigado, Josias, pode ir.

Davi entrou no recinto e a viu de costas. Ele estava nervoso, esperara muito tempo por aquele encontro. Chamou por seu nome quando já estava bem próximo a ela. Bate-Seba virou-se. Davi retirou o véu que cobria seu rosto com delicadeza e ficou extasiado com sua beleza. Os dois estavam encantados um com o outro, como sempre acontecia quando se viam. Mas dessa vez sabiam que o desejo reprimido estava muito próximo de se realizar. Havia ali uma mistura de encanto com tensão por estarem prestes a adentrar num território proibido.

— Fico feliz que tenha atendido meu chamado.

— E poderia recusar um pedido do rei?

— Nunca vi uma mulher tão bela como você, Bate-Seba — disse Davi, tocando levemente a face da jovem, segurando delicadamente seu rosto para olhá-lo. — Todas as vezes que a encontrei tentei desviar meus olhos do seu rosto, mas em todas elas eu falhei.

— Não deveria ter me chamado.

— Eu sabia que você viria.

— Justamente por isso — disse ela, desviando o olhar e afastando-se.

Davi pegou gentilmente na sua mão e a direcionou para a mesa onde o jantar seria servido, oferecendo-lhe uma taça de vinho.

★★★

Do lado de fora do quarto, Mical espreitava. Interceptou Josias quando o servo passava pelo corredor.

— Quem é aquela mulher, Josias? Quem está com Davi?

— Perdão, senhora. Não sei do que está falando.

— Não tente me enganar, Josias. Eu vi quando você a levou até os aposentos do rei.

— O rei mandou chamar uma de suas concubinas, nada além disso.

— Se é somente uma concubina, por que todo esse mistério?

— Que mistério, senhora? Não há mistério algum.

—Você mente muito mal, Josias. Vamos, diga logo! Quem é?

— Senhora, por favor, preciso preparar o jantar do rei. Se me dá licença...

— Não, não dou — disse Mical, entrando na frente dele.

— Não posso deixar o rei esperando. Sinto muito.

Josias desviou de Mical e saiu. Mal saiu da cozinha carregando o jantar quando se deparou com Aitofel no corredor. Tentou disfarçar seu incômodo.

— Boa noite, senhor.

— Boa noite, Josias. Sabe se Davi ainda está acordado? Gostaria de falar com ele antes de me recolher.

— Está acordado sim, meu senhor. Mas o rei não deseja ser incomodado.

— Ah, sim. Entendo. Já vi que o nosso rei tem companhia esta noite. Feminina, imagino. Estou vendo que o rei pediu um jantar para duas pessoas.

Josias não conseguiu mais conter sua tensão e se atrapalhou com a bandeja, deixando cair alguns talheres no chão. Aitofel estranhou.

— Calma, Josias! Por que está assim tão nervoso?

— Não quero fazer o rei esperar, senhor. Estou com pressa. Me perdoe, por favor.

— O rei por acaso está com alguma visita especial?

— Não! Claro que não.

— Então, me diga: quem janta com Davi?

— Eu não sei, senhor. O rei não me dá esse tipo de intimidade. Provavelmente, terá a companhia de uma de suas esposas ou concubinas. Mas,

Entregues à paixão

sinceramente, não sei de quem se trata. Ele apenas me ordenou que servisse o jantar para dois. Com licença, não quero deixar o rei esperando muito tempo.

Saiu apressado. Aitofel estranhou o comportamento de Josias.

★★★

Davi e Bate-Seba nem olharam para Josias enquanto ele servia o jantar. Estavam completamente encantados um com o outro. Depois que o servo se foi, Bate-Seba fez menção de levantar-se para servir Davi, mas ele a conteve, segurando-a carinhosamente pelo braço. O toque fez ambos se arrepiarem.

— Não. Eu é que vou servi-la, Bate-Seba.

— Mas, senhor...

— Davi. Me chame de Davi.

— Davi, não posso deixar o rei me servir!

— Por que não? Eu ordeno — sorriu. — Deixe-me servi-la.

Ele colocou um pedaço de pão molhado no vinho na boca dela, que sorriu timidamente.

— Fica ainda mais linda quando sorri. Já pensou como teria sido se quando nos vimos pela primeira vez...

— Eu ainda era solteira naquela época.

— Eu não era ninguém, Bate-Seba. Apenas um pastor de ovelhas sem nada para oferecer.

— Mas agora eu já pertenço a outro, Davi.

— Hoje você é minha.

Davi chegou mais perto da moça, pegando carinhosamente seus cabelos e trazendo-a para junto de si. Bate-Seba sentiu o coração saltar. Davi beijou-a levemente. Ela afastou-se com um gemido de temor e começou a chorar.

— Por que você está chorando?

— Porque eu quero ser sua...

Davi ficou olhando para ela por alguns instantes. Limpou suas lágrimas com toda a delicadeza e voltou a aproximar sua boca da dela. Beijaram-se. Ela se afastou novamente, apaixonada, mas tensa.

— Davi, você sabe que eu...

— Sei. Mas agora nada disso importa.

— Se meu avô descobre que estou no palácio com você...

—Aitofel não vai descobrir nada. E ,mesmo que descubra, eu vou protegê-la. Nada de mau vai acontecer, eu prometo. Confie em mim.

— Eu confio.

—Você é linda. A mais linda de todas as mulheres que já conheci. A mais bela do reino.

Dessa vez Bate-Seba não conseguiu mais resistir ao toque dos lábios de Davi. Puxou-o para perto entregando-se totalmente. Davi amou Bate-Seba como ela nunca havia sido amada antes. A delicadeza do toque e a paixão que a jovem conheceu naquela noite nunca haviam sido experimentadas com seu marido, o único que conhecera até aquele dia.

★★★

Mical ainda perambulava pelos corredores do palácio tentando descobrir algo sobre a misteriosa visitante quando foi avisada que Allat havia sido capturada nas ruas de Jerusalém por dois servos de sua confiança. Foi imediatamente até o local onde a feiticeira estava sendo mantida cativa.

—Allat, que surpresa! — disse Mical, cínica, descobrindo o rosto.

— Mical, por favor! Tenha misericórdia!

— Achei que estivesse morta. Nunca imaginei que fosse encontrar você depois de tanto tempo.

— Por favor, não conte nada ao rei sobre o meu passado! Sei quanto o rei Davi preza o Deus de Israel e abomina a adoração a outros deuses. Mas eu lhe garanto, não mexo mais com feitiços há muito tempo.

— Calma, Allat. Não tenha medo. Somos amigas, não somos? — perguntou, falsamente. — Não há motivo para se preocupar. Não pretendo entregá-la ao rei. Pelo contrário. Eu vou ajudá-la. Vou levá-la para o palácio e cuidar de você.

— Para o palácio, não! Se o rei Davi descobre, me mata!

— Ele não vai descobrir. O palácio é grande. Davi nem vai notar a sua presença. E lá, você terá uma vida muito confortável, eu garanto. Será uma de minhas servas.

— Não! É arriscado demais! Me deixe partir da cidade! É só o que eu peço! Por favor!

— Acho que não fui clara, Allat. Você não tem escolha. Vai fazer o que eu estou mandando, entendeu?

★★★

Amanheceu em Jerusalém e a luz do sol iluminou os aposentos do rei, beijando o belo rosto de Bate-Seba, que dormia serena. Davi já estava vestido quando tocou levemente seu corpo nu, admirando-a.

— Já está claro lá fora, Bate-Seba. Você precisa ir — sussurrou.

Ela abriu os olhos e sorriu por um breve instante. Em seguida, fechou o semblante, entristecida.

— Ontem... o que aconteceu...

Os dois se olharam com pesar. Ela baixou os olhos, envergonhada, com temor e arrependimento.

— Ninguém vai descobrir — disse Davi.

— Algumas pessoas sabem que eu estive com você, Davi. Seus servos, minha serva, minha mãe.

— Vou fazer tudo o que for preciso para protegê-la, Bate-Seba. Dou minha palavra que não vou deixar ninguém lhe fazer mal. A responsabilidade é toda minha.

— Não, não é só sua. Eu também consenti.

— Não se preocupe, meu amor. Mesmo que alguém tenha visto, quem ousaria confrontar o rei?

— Mas nós sabemos o que houve. Achei que fosse acordar feliz. Eu me sinto tão impura, Davi. — disse, deixando uma lágrima de dor escorrer.

Davi também sofria. Compartilhava do mesmo sentimento.

— Imaginei que uma noite apenas seria o suficiente. Não pensei que fosse ser tão difícil deixar você ir embora.

— E agora, o que vai ser?

A conversa foi interrompida por batidas na porta. Era Josias. Davi pediu que ele aguardasse.

— Pedi a meu servo que a levasse em segurança até sua casa. Quando estiver pronta, ele vai acompanhá-la. Vou deixar você à vontade.

Davi fez um último carinho no rosto de Bate-Seba e saiu, pesaroso.

Mical passara a noite em claro. Depois que voltou para o palácio, ficou do lado de fora do quarto de Davi esperando pela saída da mulher que tinha passado a noite com ele. Assim que viu Bate-Seba e Josias saindo, ordenou a um servo que os seguisse para conhecer seu paradeiro.

Laís estava furiosa quando Bate-Seba chegou em casa.

—Você deveria ter dito não! Você é uma mulher casada que se comportou como uma prostituta! Você merece ser apedrejada! Ordinária! Adúltera! Desgraçou a honra da nossa família! Seu marido na guerra e você se divertindo com o rei!

Laís desferiu um tapa no rosto de Bate-Seba e pegou uma pedra, apontando na direção da filha, que a encarou com os olhos cheios de lágrimas.

— Pode jogar, mãe! Você está certa. É isso mesmo que eu mereço.

Laís não teve coragem. Largou a pedra no chão e abraçou a filha, chorando muito.

— Minha filha, você se condenou. Não pense que esse ato não terá consequências. Como vai ser quando Urias chegar? Acha que ninguém vai desconfiar? Acha que é invisível a ponto de entrar e sair do palácio sem ninguém vê-la? Imagina se seu pai e seu avô ficam sabendo!

— Eu sei, mãe. Eu sei — disse Bate-Seba chorando muito, desolada.

—Toda a vida você idolatrou esse homem, Bate-Seba. Sempre suspirando pelos cantos por ele, alimentando esse amor impossível! Eu sabia que isso não podia acabar bem! Que Deus tenha misericórdia da sua vida.

★★★

No palácio, Allat já estava instalada em seus aposentos. Tinha se banhado e colocado novas roupas. Mical chegou.

— Parece até outra mulher! Bem melhor assim, não acha, Allat?

— Obrigada, senhora. Pelas roupas, pelo banho, pela deliciosa refeição que mandou que me servissem. Não sei como retribuir tamanha bondade.

— Mas eu pensei em algo que me agradaria muito.

— No que, senhora? Como alguém simples e sem recursos como eu poderia ajudar a esposa do rei de Israel?

— Me ajude a engravidar. Preciso dar um filho ao rei!

— Desculpe, senhora. Mas eu não sei como poderia ajudá-la a ter um filho! Se não engravidou nestes anos todos, talvez seja melhor desistir.

— Não diga asneiras, mulher! O que está insinuando? Que eu não consigo gerar uma criança? Que sou seca por dentro? Bobagem! Eu só preciso me deitar com Davi. Uma vez, ao menos! Mas ele anda muito ocupado para me dar atenção, ultimamente!

—Ainda não sei como posso ajudá-la.

— Deixe de ser sonsa, Allat! Me faça uma poção para seduzi-lo! Do resto, cuido eu!

— Sinto muito, mas já disse que não mexo mais com feitiços. Isso tudo ficou no passado.

— Se quer viver, é melhor me ajudar. Se não a entrego a Davi! E você sabe o que ele faria com uma feiticeira, não sabe?

— Não, por favor! Eu só quero viver em paz. Me deixe ir!

—Você vai ficar aqui no palácio me servindo e sendo muito bem vigiada pelos meus servos. Nem pense em fugir de mim, Allat!

VINTE
O retorno de Urias

Bate-Seba sentiu um sobressalto quando ouviu batidas na porta da sua casa. Quando a abriu, viu Mical do lado de fora.

— Então era você! — disse, entrando sem pedir licença e medindo-a com os olhos.

— Desculpe, senhora. Do que está falando? — respondeu Bate-Seba com um fio de voz.

— Sabe muito bem do que estou falando. Era você que estava no palácio hoje cedo, não era?

— Quem nos dá a honra de sua visita? — disse Laís, chegando e interrompendo a conversa.

— Sou Mical, a primeira esposa do rei Davi. Não deveria ter me rebaixado de vir até aqui, mas não resisti à tentação de ver quem era a vagabunda que esteve no quarto do meu marido essa noite.

— Suas acusações são levianas, minha senhora. Pode ser a mulher do rei, mas está em nossa casa. Por favor, queira se retirar! — disse Laís com firmeza.

— Levianas? Diga se não estou certa.

— Deve haver um engano.

— Engano nenhum. Um de meus servos a seguiu do palácio até aqui. A menos que tenha outra bela jovem aqui nesta casa, só pode ser você. E, se estava tão preocupada em esconder quem era, é porque deve ser casada.

— Saia, por favor — disse Laís.

— Responda. Quem é seu marido?

— Não há problema nenhum em dizer. Minha filha esteve aqui a noite toda. Sou testemunha. Seu servo se confundiu, minha senhora.

— Não vai me responder?

— Sou esposa de Urias, guerreiro do exército do rei Davi.

— Que interessante! Sabe o que acontece com quem trai o marido, não sabe? Que pena! Tão bela! Depois que for apedrejada, não vai sobrar nada deste lindo rostinho.

Mical saiu. Bate-Seba desesperou-se.

— Meu Deus! Estou perdida. Mas ela não teria coragem de expor o rei, teria?

— Foi um recado, Bate-Seba. Ela não vai fazer nada. Se quisesse denunciá-la, já teria feito. Mas quis que você soubesse que ela sabe de tudo. Agora você está nas mãos dessa mulher.

★★★

No palácio, Aitofel apresentava a Davi o jovem Husai, filho do seu amigo Joá, recém-chegado a Jerusalém. Joá havia ajudado muito a Davi em momentos de dificuldade e acolhera sua família quando Jessé e Edna foram perseguidos por Saul. O rapaz iniciaria em breve seus estudos como sacerdote na capital.

— Quando estive em sua casa você ainda era um menino! Sou muito grato a sua família, Husai. Seja bem-vindo!

— É uma honra conhecer o famoso rei Davi pessoalmente! Não há um só dia que meu pai não fale de suas proezas.

— Josias, por favor. Providencie para que Husai seja bem acomodado. Quero que se sinta em sua própria casa.

Husai agradeceu e seguiu Josias. Davi ficou a sós com Aitofel.

— Aitofel, por favor, cancele meus compromissos por hoje.

— Mas o que houve?

— Nada, apenas não me sinto muito bem.

— Davi, deve ter acontecido alguma coisa. Você nunca deixou de atender o povo, de cumprir com sua responsabilidade de rei. O que está se passando?

Davi estava desconfortável com a presença de Aitofel, mas não podia transparecer sua inquietação.

— Está certo. Você tem razão. Vamos começar a primeira audiência.

★★★

Um mês se passou. A batalha contra os amonitas se tornava mais complicada cada dia. Davi e Bate-Seba não tinham mais se visto, mas pensavam o tempo todo um no outro. Mais de uma vez Davi pensara em mandar a ela algum presente especial, algum recado, mas sempre acabava desistindo. Sabia que havia errado e que o melhor a fazer era esquecer tudo.

Certa tarde, Bate-Seba olhava pela janela do quarto quando Laís aproximou-se.

— Procurando alguém, Bate-Seba?

— Não posso mais olhar a cidade, mãe?

— Sei bem o que está olhando. Conforme-se. Já faz mais de um mês que esteve com Davi, e ele nunca mais a chamou. O rei só queria uma noite com você.

— A senhora não sabe o que está dizendo.

— Eu sou sua mãe. Sei muito mais do que você pensa. Você sonhou a vida inteira com Davi. E em vez de honrar o seu marido, que sempre fez tudo por uma só esposa, quis ser mulher de um rei que tem sete mulheres e dez concubinas!

Bate-Seba afastou-se da janela, envergonhada e transtornada.

★★★

Davi estava muito preocupado com o andamento da batalha contra os amonitas, que já durava mais que o previsto inicialmente. Estava imerso nessas preocupações quando Josias entrou trazendo uma mensagem de Bate-Seba: a jovem esperava pelo rei fora da cidade. O coração do rei palpitou forte. Ele pegou seu cavalo e dirigiu-se para o local, com uma alegria que não sentia desde que se deitara com Bate-Seba. Ela esperava por ele sentada à beira de um rio.

— Recebi seu recado. Fiquei surpreso quando soube que queria me ver. Surpreso e feliz. Senti muito a sua falta.

Davi aproximou-se para beijá-la, apaixonado. Ela virou o rosto.

— Eu estou grávida, Davi.

— Grávida? Tem certeza?

— Claro que eu tenho. Agora todo mundo vai saber o que aconteceu.

— Calma, Bate-Seba! Eu vou pensar numa maneira de…

Bate-Seba começou a chorar copiosamente. Davi foi consolá-la.

— Não fique assim, por favor.

— Filhos são bênçãos de Deus, Davi. Eu deveria estar feliz. Vou ser mãe pela primeira vez! Mas estou com medo, cheia de vergonha, querendo esconder esta criança que está no meu ventre. Isso não está certo! Com meu marido há tanto tempo na guerra todos vão saber que o filho não é de Urias.

— Por favor, acredite em mim! Eu prometi que nada de mal ia lhe acontecer e vou cumprir minha palavra. Vou proteger você e nosso filho. Confie em mim, por favor.

— Fiz tantos planos, sonhei tanto com um filho. Não me importo de ser punida. Só não queria que o meu bebê sofresse.

★★★

Na volta para casa, já na cidade, Bate-Seba caminhava desnorteada quando esbarrou com o avô.

— Minha querida, o que aconteceu? Está tudo bem?

— Está tudo bem, claro!

— Não é o que parece. Você está tão aflita. Nunca a vi desse jeito.

— Não é nada demais. Estava com pressa para voltar para casa porque ainda tenho que fazer tantas coisas. Fiquei distraída e me assustei, foi isso. Mas eu estou ótima!

— E onde você estava?

— Onde eu estava? Eu... Eu fui comprar um tecido para fazer um manto, mas não encontrei o que queria.

— Você deve estar sentindo falta de Urias, não está minha neta?

— Sim, claro. O senhor tem notícias dele, meu avô? Sabe se volta logo?

— Urias e seu pai estão bem, mas a guerra deve se estender por mais um pouco. Não se preocupe, minha querida. Urias vai voltar quando você menos esperar. Ele deve estar com muitas saudades.

★★★

Davi havia arquitetado uma solução para justificar a gravidez de Bate-Seba. Pediu para um mensageiro ir até o campo de batalha solicitar o retorno de Urias a Jerusalém, com a desculpa de que queria notícias da guerra dadas por alguém de confiança. Deixaria o soldado alguns dias na capital, de forma que se deitasse com a esposa, o que justificaria a gravidez de Bate-Seba.

Urias chegou em poucos dias e foi recebido por Davi. Falaram sobre o andamento da batalha, que seguia difícil. Ao final da conversa, Davi aconselhou-o a ir para casa descansar. Pediu a Josias que providenciasse também um banquete para ser enviado à casa do exemplar guerreiro como prêmio por sua valentia no campo de batalha.

Quando Josias chegou à casa de Bate-Seba, ela e Laís não compreenderam do que se tratava, pois Urias não fora para casa e elas nem mesmo sabiam que ele estava em Jerusalém. Rejeitaram a oferta e ordenaram para que o banquete fosse levado de volta para o palácio. No desencontro de informações, Bate-Seba desesperou-se.

— Meu Deus! Urias está na cidade e não veio para casa! Será que já sabe de tudo?

— E que outro motivo ele teria para não querer ver você? Deve estar furioso! — disse Laís.

— É o meu fim, mãe. Ele vai me matar, eu sei!

— Deus Eterno, veja só no que você se meteu, Bate-Seba! Seu pai vai morrer de desgosto!

— Eu preciso falar com ele, mãe! Vou procurar Urias, talvez ele me escute! Talvez me entenda!

— Entender o quê? Que você se deitou com o rei enquanto seu marido estava na guerra? Que está esperando um filho desse adultério?

★★★

Mas Urias de nada sabia. Não fora para casa porque seu sentimento de companheirismo e lealdade com seus compatriotas era tão forte que não lhe permitia que aceitasse desfrutar do conforto de seu lar enquanto os amigos estavam dormindo ao relento na guerra. Decidiu descansar perto dos portões do palácio, onde os guardas do rei costumavam dormir. Mal tinha se acomodado para descansar quando Mical aproximou-se.

— Você é Urias?

— Sim, pois não? — perguntou, levantando-se rapidamente, gentil e prestativo.

— Sou Mical, esposa de Davi.

— Sei quem é, senhora. Em que posso ajudar? Estou à sua disposição. A esposa de Davi me tem como servo, assim como o rei!

— Você é mesmo fiel a Davi, não? — perguntou, irônica.

— E por que não seria? Davi é mais que um rei para mim! É um amigo!

— Tem certeza de que Davi é mesmo seu amigo? — riu Mical.

O retorno de Urias

— Desculpe, senhora, mas não estou entendendo...

Josias passava por ali voltando com as bandejas do banquete e percebeu o que estava acontecendo. Husai, que sabia do caso a partir de comentários dos servos do palácio, também passava por ali e parou para ouvir.

—Você já vai entender! Por acaso sabe que...

— Urias! — interrompeu Josias — O que está fazendo aqui na porta do palácio? Não deveria estar em casa?

— Meu lugar é aqui, com os servos do rei.

— Mas que ideia! O rei mandou levar este banquete para você e sua esposa, mas ela não aceitou porque você não estava lá!

— Um banquete? Davi deve estar sentindo muita culpa mesmo! — afirmou Mical, irônica.

— Culpa, senhora? E do que exatamente o rei é culpado?

— Me perdoe a ousadia, mas a senhora deveria voltar ao palácio — disse Josias, novamente impedindo que ela falasse — Não é seguro ficar sozinha na cidade à noite.

— Não se atreva a me dar conselhos, servo! Você sabe muito bem o que está acontecendo e...

— Senhora — interrompeu Husai, com delicadeza — Josias tem razão. Não fica bem para a esposa do rei ser vista sozinha cercada de soldados ao cair da noite!

— Quem é você para saber o que fica ou não fica bem para a mulher do rei?

—Meu nome é Husai, senhora. Sou amigo de Davi. E sei que, para agradá-lo e ter paz com o seu marido, é melhor entrar. Se fizer o que pretende pode conseguir algum benefício, mas perderá para sempre a afeição do rei. É isso o que quer? — disse, olhando firme nos olhos dela, dando a entender que sabia o que estava se passando ali.

Mical acabou sendo convencida pelo olhar de Husai e voltou para dentro do palácio.

— O que ela ia me falar, Josias? — perguntou Urias, confuso.

— E eu lá sei?! Agora, por favor, volte para sua casa.

— Não posso fazer isso.

★★★

Husai foi até Davi e contou o que ocorrera nos portões do palácio. O rei mandou chamar Urias novamente à sua presença.

— Por que não foi para casa, Urias? Não está cansado da longa jornada?

— Não achei justo dormir numa cama, na companhia de minha esposa, enquanto meus companheiros estão no campo de batalha. O general Joabe, meu sogro Eliã, todos os soldados, até a Arca de Deus dormem ao relento. Por que eu deveria ter algum conforto?

Davi ficou surpreso. A retidão de caráter de Urias tornava tudo ainda mais difícil.

— Entendo. Você realmente é um homem muito honrado. Mas veja bem, Urias. Eu não posso chamar todos os soldados da guerra. Chamei você, porque é um dos meus homens mais valentes. Quando consinto que você tenha alguns privilégios, é como se estivesse privilegiando todo o meu exército.

— Agradeço muito, Davi. Mas não me sinto à vontade. Meus pensamentos ficaram em Rabá, no campo de batalha.

— Está bem. Mas já que veio até aqui, jante comigo, ao menos.

Urias aceitou o convite. Durante o jantar, Davi o embebedou e despediu-se dele voltando a lhe pedir que dormisse em casa.

VINTE E UM

Um rei assassino

Urias acabou dormindo nos portões do palácio. Bate-Seba tinha passado a noite em claro, acreditando que o marido já soubesse da traição. Estava angustiada para falar com ele e saiu logo cedo pela cidade a sua procura. Quase desistiu do seu intento quando viu Urias dormindo aos pés de uma tamareira; mas respirou fundo, tomou coragem e foi até ele. Fez um carinho no rosto do marido, e uma lágrima escorreu pelo seu rosto. Urias acordou assustado e segurou o pulso da jovem com força, instintivamente.

— Bate-Seba!

— Você me assustou!

— Desculpa. Um guerreiro sempre pensa o pior. Estou tão acostumado a ficar em estado de alerta, achando que vou ser atacado por algum inimigo. Mas fico feliz de ver o belo rosto da minha esposa — disse, ainda atordoado, mas sorrindo.

— Por que você não foi dormir em casa?

— Achei que seria um desrespeito com meus companheiros que estão passando dificuldades na guerra.

— Urias, você como sempre tão correto, tão leal.

Bate-Seba percebeu que ele ainda não sabia de nada. Isso tornava tudo ainda mais difícil. Começou a chorar e a soluçar.

— Por que você está chorando? O que aconteceu?

— Eu sei o quanto você se importa comigo. Sempre foi um bom marido, dedicado, sempre me honrou como sua esposa, sempre me amou à sua maneira...

— Bate-Seba, eu não estou entendendo. Para que tudo isso? O que houve? Por que você está assim?

— Eu falhei, Urias. Desonrei o compromisso que assumi com você diante de Deus. Eu me deitei com outro homem enquanto você estava fora.

— O que você disse?

— Eu traí você com outro homem, Urias. Sinto muito, você é a última pessoa que eu queria magoar.

Bate-Seba falava entre soluços, chorando muito, inconsolável. Urias se afastou perplexo.

— Como isso foi acontecer?

—Você é meu marido a quem eu devo lealdade. Eu pequei contra você e contra Deus. Não sou digna de ser sua mulher. Não sou digna mais de viver.

Bate-Seba abaixou-se e pegou uma pedra no chão. Com os olhos marejados e voz sincera, estendeu o pedaço de seixo ao marido.

— Urias, eu lhe peço, acabe com a minha dor e com a minha vergonha. Honre o seu nome.

Urias pegou a pedra da mão de Bate-Seba com os olhos marejados e, olhando para a esposa com profunda tristeza, jogou a pedra no chão.

— É melhor você voltar para casa.

Bate-Seba saiu correndo em desespero e dor. Em estado de choque, Urias lembrou-se do encontro da noite anterior com Mical e de suas palavras. Concluiu, com dor ainda mais profunda, que Davi era o homem com quem Bate-Seba se deitara.

★★★

No palácio, Davi ficou enfurecido quando soube que Urias não fora para casa. Tenso, caminhou pela sala pensando no que fazer. Foi até a mesa e pegou um pedaço de pele de carneiro e uma pena. Ordenou que Urias fosse chamado e começou a escrever uma mensagem.

Urias chegou aos aposentos de Davi, sério. O rei percebeu a clara mudança de humor do amigo. O sorriso dera lugar à amargura no olhar, a animação dera lugar à melancolia. Sem saber se Urias sabia ou não da verdade, estendeu a ele um alforje.

— Pode retornar à batalha, Urias. Entregue essa mensagem a Joabe. É urgente!

Aitofel entrou assim que Urias se foi. Davi estava atordoado.

—Vi Urias sair daqui agora. Aconteceu alguma coisa?

— Eu o chamei para me dar notícias da guerra, mas já o enviei de volta para o campo de batalha.

— Alguma novidade sobre Eliã?

— Seu filho está bem. Joabe tem conduzido os soldados com pulso firme. Tenho esperança de que vamos sair vitoriosos no final.

— Não acha que esta guerra está demorando muito, Davi?

— Acho. Não imaginava que os amonitas fossem resistir dessa forma.

— Nossos soldados estão precisando de um estímulo a mais para vencer. E este estímulo é a sua presença, Davi! Um rei no campo de batalha é inspirador. Os soldados se sentem mais seguros lutando ao lado do ungido de Deus.

— Mas eu não posso sair de Jerusalém! — disse Davi, irritado.

— E o que o impede?

Davi não podia responder.

—Vou me recolher. Depois nos falamos.

★★★

No acampamento, Joabe leu a mensagem de Davi com lágrimas nos olhos.

"Coloque Urias na frente de todos na batalha, onde a luta é mais pesada. Depois se retire e deixe Urias sozinho, para que seja ferido e morra".

E assim se deu. Urias foi colocado no pelotão de frente, e Joabe recuou com o restante da tropa. Urias foi cercado por inimigos e o general de Davi impedia o avanço daqueles que tentavam ir ajudá-lo, dando a entender que ele faria isso. Apenas Eliã conseguiu aproximar-se de Urias, mas já era tarde demais: ambos acabaram mortos.

Joabe assistiu a tudo de longe, com imensa dor. Depois da batalha, ele estava retornando para o acampamento extremamente triste, culpado, quando Paltiel se aproximou.

— Por que você traiu os seus soldados?

— Cuidado com o que diz, Paltiel! — disse, surpreso com a abordagem.

—Você abandonou Urias! Entregou-o à própria sorte! — acusou Paltiel, indignado.

— Como tem coragem de falar isso? Estamos em uma guerra! Quisera eu poder trazer todos os meus homens vivos de cada batalha!

— Se tivesse me deixado ajudar, eu teria evitado que ele morresse!

160 **Rei Davi**

— Se tivesse ido ao encontro de Urias, você teria morrido junto com ele. Como Eliã.

— Não! Não teria! No momento em que eu vi Urias em perigo, teria dado tempo de salvá-lo. Eliã foi tarde demais! Você disse que ia ajudar e não fez nada.

— Fui cercado por amonitas!

— Mentira! Eu sei muito bem o que aconteceu, general! Por que fez isso? Não somos os soldados de Davi? Eu aprendi com você que cada um de nós deve cuidar um do outro. Mas não foi o que vi hoje.

— Quem lhe deu o direito de me acusar dessa maneira? — disse, nervoso, elevando o tom de voz — Coloque-se no seu lugar, soldado! Eu exijo respeito. Sou o seu superior!

Paltiel ficou quieto contra a vontade, controlando-se. Sabia que tinha razão. Ele ainda encarou Joabe, que sustentou o olhar.

—Vamos voltar! Dois bravos tombaram hoje. Poderia ter acontecido com qualquer um. Urias e Eliã morreram lutando pelo nosso povo e pelo nosso rei! Quer honra maior do que essa?

Joabe tentava mostrar segurança nas palavras, mas estava internamente destruído.

★★★

Davi não tinha mais paz. O remorso e a falta que sentia de Bate-Seba consumiam todas as suas forças. Caminhou até o terraço e olhou para a janela da casa de Urias. Alegrou-se ao ver Bate-Seba. Os dois trocaram um sorriso saudoso e sofrido. Ouviu-se então um grito desesperado de dor vindo de dentro da casa. Bate-Seba fechou a janela e correu até a sala. Encontrou sua mãe chorando abraçada às roupas e armas de Eliã.

— O que vai ser de mim agora, meu Deus? Eliã, meu marido! Por quê? Por quê?

O soldado que havia entregado os pertences de Eliã a Laís dirigiu-se a Bate-Seba e estendeu outro pacote, com as roupas e armas de Urias.

— O general Joabe mandou entregar às esposas os pertences desses dois grandes guerreiros. Eliã e Urias sempre foram destemidos no campo de batalha. Entre milhares de soldados, eles estavam entre os Trinta Valentes de Davi.

Lutaram até o fim no exército do Deus vivo pelo rei e por Israel! Todos nós, soldados, nos sentimos honrados em ter lutado ao lado deles.

O soldado fez uma reverência e saiu.

— A culpa é sua! Por sua culpa, Urias e Eliã morreram! Você matou seu marido e seu pai!

— Não, mãe! Eu nunca desejei a morte deles!

— Chega! Não diga mais nada! Nunca mais quero ver você na minha frente!

— Mãe, por favor!

— Não me chame de mãe. Você não é mais minha filha! Espero que Deus não tenha misericórdia de você por ter sucumbido à luxúria! O seu pecado fez verter sangue do seu sangue! Você amaldiçoou esta família, aqueles que a amavam! Adúltera! Pecadora!

Laís saiu, em pranto desesperado. Bate-Seba caiu de joelhos, consumida pela culpa e remorso.

— Perdão, meu Deus! Me perdoa! Me perdoa!

★★★

Aitofel entrou atordoado na sala do trono.

— Davi, me perdoe entrar dessa maneira, mas eu não trago boas notícias. Eliã está morto!

— Eliã morto? Tem certeza?

— Joabe enviou um mensageiro para avisar o rei.

— Lamento, Aitofel! Seu filho era valente e honrado, um dos meus melhores homens. O mensageiro contou o que houve?

— Nossos soldados avançaram com tudo para Rabá. As tropas inimigas saíram da cidade e os surpreenderam.

— Eles não podiam ter feito isso! Perto da cidade é onde os amonitas estão mais fortes! Por que Joabe chegou tão perto?

— Deve ter tido um motivo. E não foi só Eliã que perdemos, Davi. Urias também está morto. Urias estava em perigo, e Eliã foi ajudar o genro, mas nenhum deles sobreviveu.

Davi arrepiou-se. Seu plano dera certo, mas ele não conseguia se sentir satisfeito. Estava sendo consumido pela culpa. Aitofel entregou-se à agonia e ao desespero. Ajoelhou-se e rasgou suas vestes, aos prantos, em sinal de luto.

— Sou um homem sem descendentes, Davi. Deus devia ter me levado primeiro, essa é a ordem natural das coisas! Sou um desgraçado! Um miserável! Meu filho! Perdi o único filho que tinha! Deus, meu Deus! Por que o senhor me desamparou?

★★★

Depois que Aitofel se foi, Davi chamou Husai à sua presença.

— Quando eu tocava harpa para o rei Saul, Deus o acalmava através da minha música. Eu agora quero que você toque para mim. Meu coração precisa de paz.

— Sim, meu rei.

Husai começou a tocar e os olhos de Davi encheram-se de lágrimas. Mas logo voltou a ficar atormentado. Levantou-se exasperado.

— Por favor, pare! Não adianta; nada vai sossegar meu coração!

—Vejo que o rei está muito triste, transtornado. É por causa das mortes de Urias e de Eliã? O rei tinha muito amor pelos dois, não é mesmo?

— Eram meus grandes amigos. Lutamos e vencemos muitas batalhas juntos. Eles morreram pelo rei de Israel!

Davi caminhou transtornado pelo quarto. Após alguns instantes em silêncio, dirigiu-se a Husai.

— O que você pensaria se eu tomasse a viúva de Urias como esposa?

— Eu diria que tal atitude não seria prudente, meu rei — afirmou, surpreso com a pergunta e com sua ousadia na resposta.

— Mesmo que disso dependesse a vida dela?

— Espere ao menos o luto passar, senhor.

— Não há mais tempo! — sussurrou Davi para si mesmo.

★★★

Aitofel caminhava pelos corredores do palácio muito triste. Mical vinha na direção contrária e aproximou-se, maligna.

— Conselheiro Aitofel! Podemos falar um instante? Estava mesmo procurando o senhor!

— Claro, senhora. Em que posso ajudar?

— Bem, em primeiro lugar gostaria de dizer que sinto muito pela morte de seu filho Eliã e de Urias também. Eram dois grandes guerreiros.

— Obrigado!

— Mas o senhor não acha estranho? Urias ser chamado por Davi assim, do nada, e depois morrer desta forma ao lado de seu filho, dois soldados tão experientes?

— Desculpe, senhora, mas não estou entendendo.

— Não que eu tenha alguma coisa a ver com isso, mas o que me intriga é que Davi chamou Urias quando podia ter solicitado um mensageiro, e depois mandou levar um banquete à casa dele. O senhor sabia do banquete, não?

— Banquete? Na casa de Urias? — perguntou, atordoado com o rumo da conversa.

— Pois então! A cidade toda viu! Mas Urias não foi para casa! Preferiu dormir ao relento na porta do palácio, e o banquete foi devolvido!

— Devolvido? Mas por que Davi mandou um banquete e Urias não aceitou?

— Aí é que está! Talvez o senhor deva perguntar à sua neta.

— Bate-Seba?

— Sim. Porque também achei muito estranho ela ter vindo jantar com o rei uma noite dessas, a sós.

— Mas o que você está querendo dizer? — perguntou, muito nervoso — Que história é essa de minha neta com o rei? Por favor, senhora, eu não tenho tempo para maluquices!

Aitofel se virou e estava indo embora. Mical correu atrás dele.

— Pois eu se fosse o senhor perguntava a Bate-Seba o que ela veio fazer nos aposentos do rei tarde da noite.

Mical saiu, satisfeita com a maldade. Deixou Aitofel zonzo. Ele saiu transtornado à procura de Laís. Encontrou-a na rua do comércio.

— Laís! É verdade, Laís?

— Senhor Aitofel! Que susto! Verdade o quê?

— Bate-Seba e o rei?

Laís evitou o olhar do sogro e ficou em silêncio.

— Laís, por favor, responda! Mical fez acusações terríveis a respeito da minha neta! É verdade ou não?

— O senhor deveria perguntar a ela.

— Pois então vamos. Você vem comigo, e eu vou falar com sua filha — disse, puxando a nora pelo braço.

— Não. Não quero mais ver Bate-Seba. Eu não tenho mais filha! — afirmou irada, desvencilhando-se.

— Mas? Meu Deus! Então é verdade? Ah, mas isso não vai ficar assim!

— E o que o senhor vai fazer? Um escândalo? Vai apedrejar sua neta em público? Vai jogar o povo contra o rei? Vai sujar a honra da nossa família para sempre? Eliã está morto! Urias também! Nada vai trazê-los de volta! Nada!

Laís saiu chorando.

VINTE E DOIS

Unidos em matrimônio

Os soldados aproveitaram uma trégua na batalha contra os amonitas para um banho de rio. Conversavam despreocupadamente nas pedras da margem após refrescarem-se. Abiatar estava com eles.

— Acho que já se passaram mais de duas colheitas desde que estamos lutando — disse o sacerdote.

— Tanto tempo assim? — espantou-se Paltiel.

— Sim. E hoje um mensageiro trouxe notícias de Jerusalém — comentou Joabe.

— E quais são as novidades?

— Nada de novo. A não ser que o rei vai se casar.

— E quem é a escolhida da vez? Filha de algum rei?

— Não. É uma mulher de Jerusalém, que atende pelo nome de Bate-Seba.

— Bate-Seba? Não era esse o nome da esposa do Urias?

— Sim, Paltiel, era esse mesmo. Bate-Seba é o nome da viúva — confirmou Abiatar.

— Pode ser outra mulher, é um nome tão comum — disse Joabe, tentando despistar.

— Não, não é um nome comum! Só pode ser a mesma pessoa! Agora entendi tudo, o rei Davi está por trás da morte do Urias! Eu sabia! Assassino!

— O que é isso, Paltiel? — espantou-se Abiatar. — De onde você tirou essa bobagem? Urias morreu no campo de batalha! Qual a culpa do rei Davi?

Paltiel não respondeu, mas lançou um olhar fulminante para Joabe, que ficou desconcertado.

★★★

Os preparativos para o casamento foram apressados, para que o enlace acontecesse antes que a gravidez de Bate-Seba despontasse. Na manhã do grande dia, ela estava em seus aposentos sendo preparada para a cerimônia quando Aitofel entrou, furioso. Ele expulsou as servas e dirigiu um olhar de ódio para a neta.

—Você errou, Bate-Seba! Errou muito! Que decepção, meu Deus! Minha própria neta! Uma adúltera!

— Nem sei o que dizer ao senhor — afirmou, baixando os olhos em profunda dor.

— Você traiu o seu marido! Merecia morrer apedrejada! Só quero que você se lembre de uma coisa, Bate-Seba! Todo pecado tem consequências! E este não ficará impune! Tanto você quanto Davi sofrerão as consequências!

— O que o senhor está querendo dizer com isso? — perguntou, assustada.

— Um dia você vai entender.

— O senhor nunca vai conseguir me perdoar, não é mesmo?

Aitofel não respondeu. Ficou em silêncio por alguns instantes. Depois deu alguns passos, chegando mais perto da neta.

— Não podia deixar de vir aqui e olhar bem nos seus olhos, para tentar entender quem é você! Porque minha neta querida não faria o que você fez! Essa não me daria tamanho desgosto!

Saiu, arrasado e furioso.

★★★

Jerusalém estava em festa. Todas as ruas estavam decoradas, os moradores usavam suas melhores roupas. Músicos tocavam seus instrumentos, a comida e a bebida eram fartas. Os mais importantes nobres de todas as tribos de Israel e de povos aliados estavam entre os convidados para o casamento do rei. Mas nada conseguia abafar um clima de constrangimento no ar, e em toda parte eram ouvidos comentários maldosos sobre a noiva, entre sussurros e narizes torcidos. De longe, no meio do povo, Laís observava tudo pesarosa. Mas não ficou para assistir ao casamento. Logo partiu.

A entrada dos noivos foi anunciada. Primeiro surgiu Davi, carregado em uma liteira, sob uma chuva de pétalas de flores, celebrado pelo povo que o amava. Foi levado até a *khupá*, a tenda ritual montada para a cerimônia, onde Natã e Husai estavam a postos para celebrar o casamento. Em um local especialmente montado para elas, ao lado do *khupá*, estavam as esposas e concubinas de Davi.

— Nem bem o falecido esfriou na sepultura, a viúva já se casa com o rei — comentou Maaca, maliciosamente.

— Davi tem pressa de esconder o seu pecado — arrematou Mical.

Trombetas anunciaram a chegada da noiva. Bate-Seba surgiu também carregada em uma liteira, belíssima, mas com um sorriso triste. O clima de mal-estar ficou ainda mais intenso. Muitos populares olhavam para a noiva com desprezo. Ela aproximou-se de Davi.

—Você está linda!

Ela sorriu. Antes de começar a cerimonia, Natã olhou profundamente nos olhos de Davi com pesar e tristeza.

— Bendito és tu, Adonai, Deus nosso, Rei do universo, Criador do fruto da videira que a tudo criaste para a tua glória. Bendito és tu, Adonai, que criaste o homem à tua imagem e semelhança, e criaste do mesmo deste uma companheira para a vida dele. Concede a felicidade a estes bem-amados noivos, tal como o fizeste com o primeiro homem e sua esposa no jardim do Éden. Bendito és tu, Adonai, Deus nosso, Rei do universo, que criou o prazer e a alegria, o noivo e a noiva, deleite e prazer, amor e fraternidade, paz e harmonia. Faz com que possamos ouvir nas ruas de Jerusalém vozes de gozo e júbilo, vozes de regozijo dos noivos e dos jovens que festejam a sua alegria.

Natã deu uma taça de vinho a Davi, que bebeu e depois a ofereceu a Bate-Seba.

— A partir de hoje tu ficas consagrada a mim de acordo com a Lei de Moisés e do povo de Israel.

— Eu sou para meu amado e meu amado é meu — respondeu a noiva.

Após a cerimônia, o vinho farto, a música e as danças diluíram o clima de mal-estar, e logo as pessoas riam e dançavam alegres. Após muitos cumprimentos e formalidades, finalmente Davi e Bate-Seba conseguiram alguns minutos de privacidade.

— Agora finalmente eu posso falar do meu amor e da felicidade em ter você ao meu lado. A mulher que enche meus dias de alegria. Agora eu não preciso mais esconder meus sentimentos perante Deus nem perante os homens. Você é minha mulher.

— Nunca imaginei que um dia me tornaria sua esposa. Sonhei a minha vida inteira com você, Davi.

De longe, Aitofel observava com asco a felicidade do casal. Aproximou-se.

168   **Rei Davi**

— Vida longa ao nosso rei e sua noiva! — disse em voz alta e com um brilho estranho no olhar, chamando a atenção de todos ao redor, que passaram a ouvir a conversa.

— Obrigada, meu avô — afirmou Bate-Seba, sem graça.

— Aitofel, tem minha palavra de que farei tudo o que estiver ao meu alcance para que sua neta seja a mulher mais feliz e amada do mundo.

— Eu já não tenho dúvidas do que o rei é capaz de fazer por este casamento. Bate-Seba é uma mulher abençoada. Deus tirou-lhe um marido, mas colocou no seu lugar o rei de Israel. Eu desejo muita felicidade ao casal.

Seu tom de voz ácido exalava ironia. Davi e Bate-Seba ficaram constrangidos. Aitofel saiu atormentado caminhando pelas ruas cheias, afastando-se da multidão. Montou no seu cavalo e galopou para fora da cidade. Em seu olhar se via toda a revolta de um pai ferido, de um homem traído. Depois de algum tempo, já longe dos muros de Jerusalém, parou o animal e desceu do cavalo. Toda a revolta, tudo que vinha guardando em seu peito até aquele momento explodiu em um desabafo cheio de ódio, um grito de rancor.

— Eu juro! Juro que vou me vingar! Vou viver os meus dias só para vê-lo cair. Davi vai pagar caro! Davi vai pagar muito caro por tudo que fez! Eu juro por minha vida!

★★★

Muitos meses se passaram. Numa manhã de sol especialmente bela, Natã foi até a sala do trono. Davi recebeu o profeta com um sorriso afetuoso.

— Preciso que o rei julgue um impasse.

— Claro, é um prazer ajudá-lo, profeta.

— Na verdade, é uma questão que não me diz respeito.

— Sim, entendo. Pois, muito bem. Diga o que aconteceu.

Davi reacomodou-se no trono para ouvir as palavras de Natã com toda a atenção.

— Havia numa cidade dois homens: um rico e outro pobre. O rico possuía gado e ovelhas em grande quantidade, ao passo que o pobre não tinha coisa alguma, a não ser uma cordeirinha. Certo dia, um visitante chegou à casa do homem rico, mas este não quis matar um dos seus próprios animais para preparar uma refeição para ele. Em vez disso, pegou a única ovelha do homem pobre, matou-a e preparou com ela uma refeição para o seu hóspede.

Unidos em matrimônio

— Tão certo como vive o Senhor, o homem que fez isso deve ser morto! Ele deverá pagar quatro vezes o que tirou por ter feito algo tão cruel! — disse Davi, enfurecido.

— Muito bem. Esse homem é você, Davi!

Davi sentiu essas palavras como um murro no estômago.

— Assim diz o Senhor: Eu o ungi rei sobre Israel. Livrei você das mãos de Saul. Eu o cobri de vitórias, fama, riquezas. E, se isso não bastasse, eu lhe teria dado duas vezes mais. Por que, então, você desobedeceu aos meus mandamentos e praticou esse ato abominável?

Davi se sentia penalizado frente ao peso das palavras do profeta.

— Você tramou de forma covarde a morte de Urias. Matou um soldado valente e honrado com a espada dos amonitas e tomou para si a mulher que era dele. E porque você desagradou ao Senhor e o desprezou ao tomar para si a mulher de Urias, a espada jamais se apartará da sua casa. Alguns de seus descendentes morrerão de forma violenta. E de sua própria descendência brotará o mal que se erguerá contra você, causando a sua desgraça!

Davi caiu de joelhos, arrependido, com os olhos cheios de lágrimas.

— Meu Deus, me perdoe! Não sou digno deste reino, desta coroa. Traí a confiança de quem me deu tudo, riquezas que eu jamais sonhei ou imaginei ter! Pequei contra o Senhor e mereço toda a sua ira!

— O Senhor perdoou seu pecado, Davi. Você não será morto. Mas, por ter desprezado suas leis, seu filho que está para nascer, este sim, morrerá.

Davi entrou em desespero.

— Meu filho não tem culpa dos meus pecados! Eu devo pagar pelo meu erro! Por que Deus não me leva, profeta? Meu filho não, por favor!

Natã o observava com olhar firme.

— O pecado sempre deixa marcas, Davi. Você foi perdoado, porque se arrependeu. Mas terá que conviver para sempre com as consequências do que fez.

— Eu vou clamar ao Senhor. Deus é misericordioso! Deus é bom! Ele há de me ouvir!

— Faça isso. Que Deus o abençoe!

Natã se retirou. Davi, ainda de joelhos, olhou para o alto com os braços abertos.

— Meu Deus, poupa a vida do meu filho! Eu lhe suplico! Tenha misericórdia!

★★★

Bate-Seba entrou em trabalho de parto naquela mesma noite. O bebê nasceu doente e fraco, após um processo doloroso que durou muitas horas. Ela estava com a criança no colo, sofrida e chorando, quando Davi se aproximou.

— Não melhorou?

— Não. Está cada vez mais fraquinho. Não quer mamar, não está se alimentando. Ah, Davi! Esta dor está me consumindo. Não queria ver nosso filho sofrer, ele é tão pequeno e indefeso. Preferia que a mão de Deus tivesse pesado sobre mim. Deus está nos punindo pelo pecado que cometemos.

— Não, Bate-Seba. Deus está punindo a mim.

— Eu me entreguei a você. Também pequei. Não consegui resistir à tentação de estar nos seus braços, meu amor.

Eles se abraçaram. Davi saiu do abraço, respirou. Tomou coragem para confessar.

— Mandei matar Urias. Ele não morreu por acaso.

— O que está dizendo?

Davi então explicou em detalhes o que ocorrera e como Eliã também acabara morto.

— Como teve coragem de tramar a morte de um homem que só vivia para servi-lo? — disse Bate-Seba, chocada.

— Um erro foi levando a outro. Quis protegê-la.

— Proteger a mim? A cidade inteira me despreza, Davi! Melhor teria sido morrer apedrejada para esconder a minha vergonha.

— Eu lhe peço perdão. Fui egoísta, desumano, cruel. Nosso filho está doente por conta dos meus pecados.

— Se meu filho morrer, eu nunca o perdoarei! Nunca! — disse, em prantos.

Davi saiu arrasado. Pouco depois Josias bateu à porta. Vinha acompanhado por Laís, que correu para os braços da filha. As duas se abraçaram durante um longo tempo, emocionadas e saudosas.

— Não houve um só dia que não pensei em você, Bate-Seba.

— Achei que nunca mais fosse receber um abraço da senhora.

— Não consegui manter o meu juramento de não vê-la mais. Me perdoa por todas as palavras duras que falei.

— A senhora não tem que pedir perdão por nada. Eu é que a envergonhei, mãe. Fiz tudo errado. Sinto muito!

— Eu a aperdoo, filha! Mas quanta dor! Quanto sofrimento! Quando soube que seu filho estava doente, ainda tentei ser forte, ignorar que tinha um neto, mas não consegui. Precisava vir aqui ver como vocês estavam.

— Ele está morrendo, mãe!

— Não diga isso!

Laís chegou mais perto do berço.

— Ele é tão lindo, tão frágil! Deus vai ter piedade desta criança! Tenha fé, minha filha!

VINTE E TRÊS

Salomão

Após fazer sua confissão para Bate-Seba, Davi caminhou atordoado para o pátio do palácio. Ajoelhou-se, jogou terra sobre a cabeça e rasgou suas vestes, urrando de dor e chorando arrependido. Deitado no chão, recitou entre lágrimas alguns de seus versos.

— Tem misericórdia de mim, ó Deus, por teu amor; por tua grande compaixão apaga as minhas transgressões. Lava-me de toda a minha culpa e purifica-me do meu pecado. Pois eu mesmo reconheço as minhas transgressões, e o meu pecado sempre me persegue.

Um dia se passou sem que Davi se movesse. Orava ininterruptamente.

— Contra ti, só contra ti, pequei e fiz o que tu reprovas, de modo que justa é a tua sentença e tens razão em condenar-me. [...] Cria em mim um coração puro, ó Deus, e renova dentro de mim um espírito estável.

Mais um dia se passara sem que Davi se alimentasse. Permanecia prostrado em oração.

— Não me expulses da tua presença, nem tires de mim o teu Santo Espírito.

Mais um pôr do sol assistiu a Davi inerte, implorando pela recuperação de seu filho.

— Devolve-me a alegria da tua salvação e sustenta-me com um espírito pronto a obedecer. Então ensinarei os teus caminhos aos transgressores, para que os pecadores se voltem para ti.

Dentro do palácio, tudo estava sendo feito para salvar a vida da criança. Bate-Seba não se afastava um só instante do berço, mas o bebê não mamava e parecia não reagir. Mais um dia se passou. Davi seguia deitado no pátio do palácio, sujo e com as vestes rasgadas, orando.

— Livra-me da culpa dos crimes de sangue, ó Deus, Deus da minha salvação! E a minha língua aclamará à tua justiça. [...] Não te deleitas em sacrifícios nem te agradas em holocaustos, se não eu os traria.

Todos estavam preocupados com ele. Husai e Natã haviam tentado por diversas vezes fazer com que comesse algo.

— O rei precisa se alimentar, ele está em jejum há muitos dias e pode adoecer. Israel precisa do seu rei com saúde — refletia Natã.

— Será que Deus vai atender o pedido do rei Davi? — perguntou Husai.

— Deus é misericordioso! Ele pode sim atender o clamor do seu ungido. Mas não sei se isso será bom, pois essa criança sempre será lembrada como fruto de um pecado — disse Natã, pesaroso.

Enquanto eles observavam Davi, os lábios deste continuavam clamando a Deus.

— Os sacrifícios que agradam a Deus são um espírito quebrantado; um coração quebrantado e contrito, ó Deus, não desprezarás.

Uma semana se passou sem que Davi se movesse. Na manhã do oitavo dia, Husai e Josias foram até o pátio, mas detiveram-se a certa distância de Davi, inquietos, cochichando. Davi viu os dois.

— A criança está morta? — perguntou.

Josias hesitou. Ambos estavam com muito receio da reação de Davi à notícia.

— Sim, senhor. O bebê não resistiu.

Davi respirou fundo e levantou-se lentamente, com semblante entristecido, mas sereno. Havia emagrecido bastante. Pôs a coroa na cabeça e dirigiu-se aos seus aposentos. Banhou-se, ungiu-se com óleo, vestiu roupas limpas. Estava já no seu quarto, comendo, sereno, acompanhado por Josias e Husai.

— O que estão olhando?

— Não entendo, senhor. Quando seu filho estava doente, o rei jejuou, não se alimentou por sete dias. Agora que ele morreu, resolve comer? Não está mais de luto? — perguntou Husai.

— Enquanto meu filho estava vivo, ainda sentia esperança de que Deus teria misericórdia de mim e não o deixaria morrer. Mas agora que ele está morto, de que adiantaria permanecer em jejum? Meu coração está apertado, cheio de dor, mas não há como trazer meu filho de volta. Eu poderei ir a ele, porém ele não voltará a mim.

Depois de comer foi encontrar-se com Bate-Seba.

— Será que algum dia você vai conseguir me perdoar?

Ela não respondeu, mas seus olhos encheram-se de lágrimas. Davi enxugou seu rosto e olhou em seus olhos, cheio de amor.

— Eu a amo, Bate-Seba! Você é a mulher da minha vida inteira. Por você, fiz loucuras! Agora quero fazê-la apenas feliz.

Bate-Seba então sorriu, triste, abraçando Davi.

— Deus está nos dando mais uma chance para começar de novo, Bate-Seba. E agora do jeito certo.

★★★

Em pouco tempo, Bate-Seba estava grávida novamente, e isso trouxe nova alegria ao palácio. Menos para Mical, que comemorara secretamente a morte do primeiro filho de Bate-Seba e torcia para que essa gravidez também não vingasse. Allat havia deixado de mexer com bruxarias, mas desde que Mical a trouxera para o palácio, obrigara a mulher a realizar diferentes oferendas aos deuses e feitiços que fizessem Davi se sentir atraído por ela e para conseguir engravidar. Todos sem sucesso.

A gravidez de Bate-Seba já estava avançada quando Davi recebeu uma mensagem de Joabe relatando avanços importantes na batalha, com conquista de territórios. A camapanha estava próxima do fim, e Joabe rogava pela presença de Davi para o ataque final. O rei pediu para que aguardasse até que seu filho nascesse para então juntar-se aos soldados.

O menino nasceu saudável e forte, e recebeu o nome de Salomão. Uma semana após o nascimento foi realizada a cerimônia de circuncisão em uma grande festa com danças e música. Davi e Bate-Seba estavam esfuziantes. A grande surpresa da festa foi a presença de Aitofel, que estivera ausente vivendo em Giloh desde a morte de Eliã.

— Espero ainda fazer parte do conselho do rei — disse após cumprimentar Davi.

— Mas é claro que sim! É muito bem-vindo ao palácio! Sentimos sua falta!

— Também senti, mas foi bom passar um tempo fora.

— Que bom tê-lo por perto de novo, meu avô. Veja seu bisneto, Salomão.

— Que Deus lhe dê muita saúde, Bate-Seba. E como vai a guerra, Davi?

— Difícil e longa, mas tenho fé que vamos vencê-la!

— E quando afinal o rei vai se dignar a ir ao campo de batalha? Desde que essa guerra começou você não saiu de Jerusalém.

— Pois pode anunciar a todos: estou indo para a guerra nos próximos dias!

Bate-Seba deixou os homens conversando e saiu. Mical aproximou-se dela, acompanhada por Allat.

— Parabéns, Bate-Seba. Seu filho é realmente uma graça — disse, fazendo um carinho exagerado na cabeça do bebê.

Bate-Seba agradeceu e afastou o filho instintivamente. Saiu, acompanhada por Laís, incomodada.

Mical ficou enfurecida.

— Dê um jeito, Allat! Tem que haver um feitiço capaz de gerar uma criança no meu ventre! As outras mulheres de Davi têm filhos! Até a adúltera da Bate-Seba está lá feliz com o bebê dela! Também quero o meu! Se eu não puder ter um filho, ela também não pode!

— Mas Bate-Seba já está com um bebê no colo — afirmou Allat.

— E se eu oferecer essa criança a Ishtar? Isso não funcionaria?

— Oferecer que criança?

— O filho da pecadora! Ouvi dizer que os deuses se agradam de oferendas assim.

—Você enlouqueceu, Mical! Não conte comigo!

— Ah é? Então você vai ver. Socorro! Bruxa! Idólatra! — começou a gritar, fazendo um grande escândalo.

Allat saiu correndo apavorada, mas os guardas impediram sua passagem.

— Prendam essa mulher! Ela é uma feiticeira!

A gritaria chamou a atenção de todos.

— Mas o que está acontecendo? — perguntou o rei.

— Davi! Essa mulher é uma idólatra!

— Mas ela não é sua serva?

— Ela me enganou o tempo todo! Me fez de boba!

— Eu não fiz nada! Mical é que me manda fazer todos os feitiços!

— Mentira dela! Me enganou e agora ainda me acusa?

— Guardas, levem essa mulher. Depois será julgada como merece — determinou Davi.

***

Em poucos dias Davi uniu-se ao seu exército para a investida final contra os amonitas. Sua chegada ao acampamento foi aclamado por todos os soldados. Reuniu-se com Joabe que deixou o rei a par da situação.

— Ataquei todos os pontos estratégicos dos amonitas, inclusive os reservatórios de água. A cidade de Rabá está cercada, pronta para ser invadida. Eles agora não têm como escapar.

— Perfeito, Joabe! Sua estratégia é excelente. Você teria plenas condições de vencer sem mim, não precisava ter me chamado.

— Se eu vou lá e acabo com os amonitas, a glória ia ficar toda para mim. Mas você é o rei! Já não acha que ficou tempo demais descansando?

Davi sorriu.

— Joabe, você é um grande amigo. Vou honrar para sempre a sua fidelidade.

No dia seguinte, a longa batalha teve seu fim, com a vitória final do exército do Deus vivo sobre seus inimigos. Caía o último povo que ainda resistia ao domínio israelita. Finalmente despontava no horizonte a possibilidade de uma época de paz após tantos anos de guerra. Davi e Joabe conversavam enquanto a tropa levantava acampamento.

— Estou tanto tempo longe da família que minha filha Raquel nem deve lembrar mais que tem um pai — disse Joabe.

— E que filho esqueceria um pai como você? Garanto que sua filha sente grande orgulho pelo pai que tem.

— Tomara! O que me deixa triste é não ter acompanhado o crescimento dela, nem ter ficado ao lado da minha mulher, que sempre foi muito doente. A minha vida toda foi sair por aí pelos campos de batalhas.

Davi vinha adiando uma delicada conversa que precisava ter com seu general. Aproveitou a oportunidade e tomou coragem.

— Joabe, nós ainda não tivemos tempo de conversar sobre o que aconteceu com Urias e Eliã. Eu gostaria que você…

— Davi, você não precisa explicar nada — interrompeu — Mais do que um amigo, você é meu rei. Eu lhe devo obediência. E você sabe que sempre vai poder contar comigo.

Davi sorriu triste, mas orgulhoso pela fidelidade do amigo.

★★★

Após perambular por diferentes cidades de Israel, Ziba vivia agora em Jerusalém. Encontrou-se com Mical nas ruas e pediu para trabalhar no palácio. Ela gostou da ideia, pois tinha planos malignos que incluíam o ex-servo de Ainoã.

—Você vai trabalhar aqui porque sou muito generosa, Ziba. Você vai fazer tudo o que eu quiser e eu vou lhe dar uma vida muito boa — disse Mical no dia em que Ziba se apresentou no palácio.

— Será uma grande honra servi-la.

— Isso é bom. E podemos começar já. Preste bem atenção: todos os dias no final da manhã Bate-Seba sai para o jardim com o filho, e as servas deixam sua refeição no quarto. Quero que você pegue este frasco e arranje um jeito de colocar esse pó na bebida dela amanhã enquanto ela estiver no jardim. Eu estarei esperando do lado de fora do quarto. Esconda-se lá dentro e fique observando. Me avise quando ela adormecer.

Dessa maneira se deu. Assim que Bate-Seba caiu no sono, Mical entrou, pegou a criança dormindo, escondeu-a sob as vestes e dirigiu-se para a saída do palácio. Pouco depois Laís foi ao quarto da filha, notou a ausência da criança e tentou acordar Bate-Seba, que estava inerte.

Neste momento Allat estava sendo interrogada por Aitofel, que foi designado por Davi para julgá-la pela acusação de feitiçaria. Laís interrompeu o interrogatório.

— Senhor Aitofel! Senhor Aitofel! É a Bate-Seba. Ela está desacordada e o bebê desapareceu!

Aitofel saiu apressado e deixou Allat sozinha. Ela aproveitou e fugiu para salvar a criança. Allat já imaginava que Salomão havia sido sequestrado por Mical e onde estariam: um local escondido onde fora obrigada por Mical a fazer oferendas aos deuses em outras ocasiões. Antes de sair do palácio deparou-se com Josias.

— Por favor, me deixe ir.

—Você está sendo julgada por idolatria. Não vou ajudá-la a fugir.

— Eu lhe imploro! Estou indo atrás de Mical. Por favor, eu preciso ir atrás dela para evitar uma tragédia!

—Tragédia? Do que você está falando?

— O bebê de Bate-Seba sumiu e eu tenho quase certeza de que foi Mical que o pegou.

— Mas que mente fértil! Inventar uma história dessas para tentar escapar.

— Está vendo? Se eu contar isso a alguém será a palavra da mulher do rei contra a de uma feiticeira. Mas você tem que acreditar em mim. Pelo bem do rei! Se acontecer alguma coisa ao bebê, a culpa será sua!

Josias tremeu frente à ameaça.

— Está bem. Vou fazer de conta que não a vi. Vai!

O efeito do sonífero tinha passado, e Bate-Seba estava procurando pelo filho. Encontrou Josias e, quando ele contou o que ouvira de Allat, colocou o manto e foi na direção da saída do palácio. Josias e Laís a seguiram.

Mical tinha pressa. Acabara de chegar ao local onde faria o sacrifício. Improvisou um altar com uma estátua da deusa Ishtar e levantou a criança em direção a ela.

— Deusa Ishtar! Trouxe uma oferenda especial a você!

Salomão chorava muito. Ela deitou o bebê na pedra, sacou uma faca que trazia entre as vestes e levantou a arma na altura do peito do menino, com um sorriso maligno.

— Deusa Ishtar! Ofereço-lhe esta criança e em troca quero que me dê um filho!

Estava prestes a atravessar o menino com a faca quando sentiu alguém segurando seu braço. Era Allat. As duas lutaram e rolaram pelo chão. A serva conseguiu desvencilhar-se, pegou a criança e tentou fugir, mas foi segurada por Mical. Conseguiu escapar ainda mais uma vez, mas a filha de Saul cravou a faca em suas costas. Antes que o bebê caísse, Mical pegou-o das mãos de Allat, que caiu no chão, agonizando. Itai, que estava na rua e estranhara o movimento das duas mulheres, chegou com os guardas do palácio. Ele se assustou ao ver Allat caída no chão e Mical com a faca ensanguentada na mão e com o bebê Salomão no colo.

— Graças a Deus vocês chegaram! Essa feiticeira quase matou Salomão! Ela ia sacrificar o menino numa oferenda! Que horror! Um bebezinho tão indefeso. Não queria ter feito isso, mas, quando vi que ela estava com a faca levantada para machucar a criança, não pensei em nada! — disse Mical, fingindo estar em choque.

Mical simulava sofrimento, chorando muito. Mas, quando olhou novamente para o local onde Allat caíra, deu-se conta de que ela havia desaparecido. Parou de chorar imediatamente e ficou alerta.

— Ela sumiu! Essa feiticeira assassina fugiu!

Mical saiu do local tensa, procurando por Allat. A cidade estava agitada, pois os soldados haviam acabado de retornar da guerra. Bate-Seba chegou e arrancou o bebê dos braços de Mical.

— Meu filho! Graças a Deus! Sua louca! Você roubou meu bebê!

— Pelo contrário, salvei a vida de Salomão.

A conversa foi interrompida por vozes do povo gritando o nome de Davi, que de longe viu a movimentação estranha e se aproximou. Bate-Seba correu para ele.

— Davi, graças a Deus, você voltou!

— Mas o que é que está acontecendo aqui?

— Salomão quase foi morto, Davi!

— Allat tentou matar o seu filho! — adiantou-se Mical.

— Deixa de ser cínica, Mical! Foi você que roubou meu bebê e agora está acusando aquela coitada! Allat contou a Josias o que você queria fazer!

— Meu Deus, quanta ingratidão! Arrisquei minha vida para salvar o menino! Você deveria me agradecer de joelhos! — disse, chorando, fingida.

— Foi horrível, Davi! Allat lutou comigo para ficar com a criança. Ela tinha uma faca na mão. Certamente ia estripar o bebê. Eu nem pensei. Quando vi, ela já estava no chão.

— Você matou Allat? — perguntou Bate-Seba.

— O que eu podia fazer? Só queria salvar Salomão!

— Na verdade, Allat sumiu — disse Itai.

— Só não entendo como é que pode ter sido Allat se ela estava sendo interrogada pelo senhor Aitofel quando Salomão foi levado — disse Laís, desconfiada.

— Ah, façam-me o favor! É claro que a feiticeira tinha cúmplices! Servas! Servos!

— Foi a Mical, Davi! Tenho certeza! E se tentou uma vez, pode tentar de novo! Ela precisa ser punida!

— Bate-Seba, por favor. Não seria justo. Vou continuar investigando, mas por enquanto não posso fazer nada. Agora, Mical, preste bem atenção no que digo, porque não vou repetir! Se alguma outra coisa acontecer a Salomão ou a Bate-Seba, qualquer coisa, a culpa será sua! Você será responsabilizada e banida para sempre do reino de Israel! Entendeu bem?

VINTE E QUATRO

Paixão proibida

Aitofel agora morava sozinho na casa onde um dia vivera toda a família. Havia terminado de jantar quando Paltiel bateu à porta.

— Preciso muito falar com o senhor. É até melhor que não estejamos no palácio.

— Claro, entre.

—Vou direto ao assunto. O senhor sabe o que aconteceu com Urias e Eliã na guerra?

— Por que você está me perguntando isso? Morreram lutando, como todos os grandes guerreiros.

—Sim. Mas eles não morreram por acaso! Morreram porque Joabe mandou Urias para a frente da batalha sozinho! De propósito! E se recusou a socorrê-lo! Eliã foi o único a tentar defender Urias, mas já era tarde demais!

— O que você está querendo dizer com isso? — perguntou, fazendo-se de desentendido.

— O senhor não vê? É claro que foi Davi que mandou matar Urias para ficar com a mulher dele. Eu tentei ajudá-lo, mas Joabe me impediu! O general estava seguindo ordens! Davi é o responsável pelas mortes de Urias e de Eliã!

— Eu sei — disse Aitofel, sereno.

— Sabe? E mesmo assim continua servindo ao assassino de sua família?

— Sim, Paltiel. Não pense que não vou cobrar o sangue de meu filho e o de Urias. Pode demorar um, dois, dez anos, mas o momento certo vai chegar. E aí então, pode ter certeza, que eu vou saborear a minha vingança com tudo o que tenho direito!

★★★

Paixão proibida

Dez anos se passaram. Eram tempos de paz e a nação de Israel era cada dia mais próspera. Salomão já era um rapazinho e Amnon, Absalão e Tamar eram todos adultos, mas o relacionamento entre os rapazes só piorara com o passar dos anos. Amnon, o herdeiro natural ao trono, era irresponsável, beberrão, arrogante e debochado. Absalão era mais compenetrado e dedicado, e guardava no peito uma profunda mágoa por Davi não reconhecer seu valor e sempre relevar as atitudes condenáveis e os vexames de Amnon. Para piorar, Davi sempre fazia questão de repetir que seu primogênito herdaria o trono, sem conseguir disfarçar sua predileção pelo filho mais velho. Amnon também possuía maior habilidade para as atividades físicas e mais facilidade para manejar as armas e montar a cavalo. E por isso vencia Absalão com facilidade nas competições.

O jovem Jonadabe, sobrinho de Davi, sempre estava com os primos e era companheiro inseparável de bebedeiras de Amnon. Tamar, um pouco mais nova que os irmãos, era uma jovem encantadora e exímia cozinheira. Herdara de Davi o talento para a música, que aprendia com o levita Husai, por quem era secretamente apaixonada. Ela era muito amiga de Raquel, filha de Joabe, uma linda jovem de personalidade forte e espírito guerreiro, que sempre incentivava Tamar a declarar seu amor pelo levita.

Bate-Seba estabelecera-se definitivamente como a esposa favorita de Davi e o amor entre os dois aumentava cada dia. Nesses anos Aitofel alimentara com paciência seu plano de vingança, disfarçando de todos o ódio que sentia por Davi e permanecendo como seu principal conselheiro.

Era noite de festa no palácio, em comemoração ao aniversário de Bate-Seba. Todos estavam reunidos após o jantar.

— Esta foi a melhor colheita dos últimos tempos. Jerusalém nunca viveu tempos de tanta fartura — disse Joabe.

— Que Deus nos abençoe a todos e que o reino continue assim — anelou Davi.

— O reinado de Davi é a glória de Israel! – saudou Aitofel, falsamente.

— Não, Aitofel. Deus é que é a glória de Israel. O rei passa, Deus permanece! Deus me prometeu que meu filho herdaria o trono em tempos de paz. Espero que Amnon mantenha a paz e faça Jerusalém florescer ainda mais!

Terminou a frase e ouviram um barulho. Era seu primogênito que caíra da cadeira, bêbado, rindo com Jonadabe.

— Se depender de Amnon, a única colheita farta será a das uvas para o vinho! — ironizou Absalão, indignado.

— Não implique com seu irmão, Absalão. Hoje é dia de festa!

***

Davi andava nostálgico. Com frequência lembrava-se do que vivera com Saul e principalmente com Jônatas, seu saudoso amigo que tantas provas dera de sua lealdade e confiança. Sentia um profundo desejo de retribuir de alguma forma tudo que recebera do amigo. Ouviu falar sobre o passado do servo Ziba e pediu para que ele fosse até a sala do trono.

— Ziba, eu soube que você foi servo do rei Saul por muito tempo.

— Sim, senhor.

— E você sabe se ainda existe alguém da família de Saul precisando de ajuda?

— Eu acho que não.

— Que pena. Eu daria tudo para encontrar um descendente de Saul e Jônatas.

— Tudo, é? Espere! Tem sim um descendente do rei Saul que ainda vive! É o neto dele, filho de Jônatas. Seu nome é Mefibosete. Ele sofreu um acidente quando ainda era criança fugindo dos filisteus e ficou aleijado das duas pernas. Virou mendigo.

— Meu Deus! Encontre Mefibosete, Ziba! Traga-o para mim.

Ziba foi então até Giloh. Encontrou o neto de Saul mendigando em um estado deplorável, agora já um homem-feito. Quando o rapaz viu Ziba, tentou fugir, arrastando-se.

— Espera aí, Mefibosete! Eu não vou fazer nada contra você.

— O que você quer? — perguntou, assustado, quando foi alcançado.

— O rei Davi mandou buscá-lo.

— Lá vem você com suas zombarias.

— É verdade, o rei quer conversar com você. Talvez ele lhe arrume um emprego de servo no palácio.

— Como poderei ser servo? Minha situação não permite determinados trabalhos.

— Talvez você possa ficar abanando os pés do rei — debochou, gargalhando — é um trabalho à sua altura.

Mefibosete se encolheu, envergonhado. Tirsa viu Ziba de longe e correu até onde estavam, apreensiva.

— Ziba! O que você está fazendo aqui?

—Tirsa? Quanto mais o tempo passa, mais linda você fica.

—Vá embora! Nos deixe em paz!

— Eu vim a pedido do rei.

— O rei? O que você está aprontando dessa vez, Ziba?

— Não estou aprontando nada. Eu trabalho para o rei, e ele me perguntou se havia alguém da descendência de Saul precisando de ajuda. Eu disse que tinha esse imprestável do Mefibosete!

— Olha como fala!

— E por que o rei mandaria me chamar? Não entendo!

— Mefibosete, você é filho de Jônatas, herdeiro do rei Saul, portanto é um príncipe. Tem direito ao trono. Davi pode querer matá-lo — alertou Tirsa.

—Você só vai saber o que o rei quer se for comigo para Jerusalém. Serão alguns dias de viagem.

—Vamos, então — disse Mefibosete, decidido.

★★★

Raquel tinha fixação por armas e queria a todo custo se tornar uma guerreira. A ideia de ver sua filha manejando uma espada e treinando entre os soldados do exército deixava Joabe fora de si. Mas a moça tinha um temperamento forte e não desistia da ideia.

— Qual é o problema de uma mulher aprender a se defender, pai? De representar seu povo em uma guerra?

— Qual o problema? Filha, eu não vou discutir isso com você pela vigésima vez. Mulheres devem ficar em casa, criando os filhos. A guerra é para os homens!

— E é só isso que o destino me reserva? Casar, ter filhos e cuidar deles até que vão embora e eu já esteja velha e sem forças?

— Não. Você também pode bordar, cozinhar, cuidar da casa.

— Pois eu acho tudo isso muito chato.

— Ah, se sua mãe estivesse viva, o que ela diria! — disse Joabe, rindo.

— Me entenderia, tenho certeza.

— Filha, imagine uma mulher que sabe usar a espada e o escudo? Que homem iria querer se casar com uma mulher assim?

— Pois o homem que quiser ficar ao meu lado terá que respeitar as minhas escolhas! Deixe, pai! Me ensine a lutar! Quem poderia ser melhor professor que você?

— Raquel, eu já disse que não. Este assunto não está em discussão!

Mas ela não desistiu. Aproveitou o fato de Jonadabe gostar dela para conseguir aulas particulares com ele, que era um guerreiro exemplar. Passou a treinar secretamente.

★★★

Tamar sempre esperava ansiosa pelas aulas semanais com Husai. A moça tinha uma habilidade natural para a música, e se esforçava ainda mais nos ensaios para impressionar o professor.

Raquel passava pelo corredor quando viu Tamar e Husai durante uma aula. Divertiu-se ao flagrar a amiga totalmente embevecida. A aula acabou logo, e elas se encontraram fora da sala.

— O que foi aquela cena que eu vi, Tamar? Você estava no mundo da lua, provavelmente sonhando com o sacerdote envolvendo-a em seus braços! — disse Raquel, divertindo-se.

— Não, não estava!

— É claro que estava! Só Husai ainda não percebeu como você é completamente apaixonada por ele.

— Ai, Raquel! Está dando para notar desse jeito, é?

— É claro que está!

— O que eu faço? Ele me vê apenas como uma criança, mais uma aluna dedicada. E eu não consigo parar de pensar nele.

— Tenha fé, amiga. Você é linda, talentosa. Uma hora o Husai vai perceber que a criança virou mulher.

★★★

Mais tarde, Tamar cozinhava com a ajuda de duas servas quando Amnon se aproximou. Ele ia entrar na cozinha, mas, ao vê-la, ficou observando sem ser visto, com os olhos brilhantes, atento a cada movimento da meia-irmã. Depois de algum tempo se aproximou, pegando-a pela cintura.

— Deixe-me ver se está bom mesmo.

— Que susto, Amnon! Você sempre querendo beliscar na cozinha — disse sorrindo, carinhosa.

— Principalmente quando é você que está no comando! Adoro seu tempero!

— Toma, experimenta.

Tamar deu uma prova do cozido na boca de Amnon, com carinho inocente de irmã. Absalão e Jonadabe chegaram por ali.

— Que é isso? Virou criancinha de novo?

— O que eu posso fazer se Tamar me trata tão bem?

— Pois não deveria! Tamar, você está deixando Amnon muito mal--acostumado!

— Ah, Absalão! Você quer uma prova também? Toma...

— Hum. Está uma delícia.

— E eu, não vou ganhar? — reivindicou Jonadabe.

— Nem pensar, Jonadabe! Você não é irmão! — disse Amnon.

— Imagina se vamos deixar nossa irmãzinha dar de comer a um homem barbado feito você!

Tamar, sempre sorridente, colocou uma prova do cozido num prato. Amnon continuou de olhos fixos nela.

— Toma, pode provar também, Jonadabe!

Jonadabe notou que Amnon não tirava os olhos de Tamar.

— Agora chega de provas! Vamos, Jonadabe! Vamos nos divertir um pouco! Você também, Absalão!

— Não, Amnon! Esqueceu que amanhã temos que participar do conselho do rei? Se sair para beber hoje, ninguém acorda!

— Fale por você, meu irmão! Eu sou capaz de beber a noite inteira e ainda dar ótimos conselhos a meu pai!

Amnon e Jonadabe saíram.

— Husai também vai estar no conselho amanhã cedo? — perguntou a jovem.

— Claro, ele é um dos principais conselheiros do rei. Mas por que está interessada em Husai?

— Nada...

— Vai me dizer que você está gostando do levita?

— Seria ruim se estivesse? — perguntou, encabulada.

— Claro que não. Pelo contrário, acho que nosso pai faria muito gosto. Mas ele não ousou encostar em você, ousou?

— Claro que não, Absalão! Nem sei se ele gosta de mim também.

—Ah, bom! Mas muito cuidado com esses amores, Tamar. Se um dia você for mulher de Husai, que seja tudo dentro das leis!

— Pode ficar tranquilo, irmão. Quer provar o manjar agora?

— Claro que sim!

★★★

Mais tarde, Amnon e Jonadabe caminhavam pelas ruas embriagados. Amnon perseguia todas as mulheres que passavam.

— Quer ser minha concubina? Eu te farei muito feliz! Hei, eu sou o filho do rei, futuro herdeiro do trono!

A moça correu assustada. Os dois riram.

— Mulheres! Todas iguais! — disse Jonadabe.

—Todas? Não! Tem uma que é diferente! Mas eu não posso tê-la! A única mulher que me interessa de verdade não pode ser minha!

— De quem você está falando?

— Como ela é linda, doce, perfeita... Tamar! Ah, Tamar!

Jonadabe tomou um susto.

— Que é isso, Amnon? Ficou louco de vez?

— Fiquei, Jonadabe! Fiquei louco. Louco de amores pela minha irmã. Estou apaixonado por Tamar!

—Você não pode estar falando sério! Você está bêbado, não sabe o que diz!

— Não, Jonadabe! Eu amo Tamar!

— Isso é contra as leis de Deus! Ela é sua irmã, Amnon!

— Meia-irmã!

— Mesmo assim! Esqueça isso!

— E você acha que eu já não tentei? Mas cada dia esse sentimento fica mais forte. Estou ficando doente, Jonadabe! Doente de tanta paixão!

— Meu amigo, Tamar é irmã de Absalão! Se ele desconfia que você tem desejo por ela, lhe corta a cabeça!

— Nada mais me importa.

— Não diga bobagens! Você pode ter a virgem que quiser!

— Mas ela é a virgem que eu quero. A pureza de Tamar me excita.

Paixão proibida

— Isso é uma loucura! Por favor, pelo seu próprio bem, tire a Tamar dos seus pensamentos!

— Eu não consigo, Jonadabe! Não consigo e não quero! Só vou sossegar quando Tamar for minha! Como vou viver sem o amor daquela mulher?

— Aquela mulher é sua irmã! Pare com isso! Espero que essa loucura seja apenas efeito do vinho!

— Não é, meu primo. Eu juro! Você tem que me ajudar!

— Não conte comigo!

— Eu vou conquistar a Tamar! É isso que eu vou fazer!

— Amnon, isso não tem mais graça! Você já está passando dos limites! Se levar essa história adiante, vai acabar morto. Incesto é crime pelas leis de Deus!

— Vou ser o rei, Jonadabe! Eu posso tudo o que quiser!

VINTE E CINCO
Mefibosete, o príncipe

Os olhos de Mefibosete e de Tirsa brilharam quando atravessaram os muros de Jerusalém. Os templos suntuosos, a riqueza, a variedade de produtos na rua do comércio, tudo era novidade para eles. Quando chegaram ao palácio, foram levados diretamente à sala do trono, conforme ordens de Davi, que estava ansioso para encontrar o filho de Jônatas e ficou consternado quando Mefibosete entrou sujo, maltrapilho, arrastando-se e olhando para o chão. Levantou-se e foi até o rapaz, comovido.

— Mefibosete?

— Às suas ordens, senhor!

— Por favor, levante o rosto. Não precisa se curvar diante de mim. Curve-se apenas diante de Deus.

Mefibosete ergueu os olhos com receio.

— Não tenha medo, não vou lhe fazer nenhum mal. Obrigado por trazê-los, Ziba. E quem é a mulher que o acompanha?

— Esta é Tirsa, antiga serva de Selima, mulher de Jônatas e mãe de Mefibosete.

— Tirsa cuidou de mim estes anos todos, meu senhor, como se fosse minha própria mãe. Devo minha vida a essa mulher.

Os dois trocaram um olhar de imenso carinho.

— Obrigado, Tirsa, por tudo o que tem feito pelo filho de Jônatas.

— Prometi ao pai de Mefibosete que tomaria conta dele. Mas tudo o que fiz foi por amor, meu rei. Sem esperar agradecimentos nem recompensas.

— Pois sua bondade não tem preço e você será muito bem tratada aqui no palácio por isso. Vocês ficarão em Jerusalém e morarão no palácio do rei. E quanto a você, Mefibosete, eu lhe devolverei todas as terras que pertenciam a seu avô Saul e que são suas por direito. A partir de hoje, você sempre comerá à minha mesa, como se fosse um de meus filhos.

Tirsa chorava muito, emocionada.

— Meu senhor, quem sou eu, senão apenas um cão morto, para ter olhado para mim?

— Não, Mefibosete. Você não é um cão morto. Você é um príncipe, filho de meu melhor amigo, do homem mais honrado que já conheci. Era você que deveria estar sentado neste trono, não eu. Mas, como Deus me colocou neste lugar, é o desejo do meu coração olhar por você e zelar para que viva como o homem digno que é!

— E quanto a você, Ziba, será servo de Mefibosete. Cuidará de suas terras, fará a colheita para ele e o servirá em tudo o que ele lhe pedir. Trate o seu senhor com respeito e honra.

— Sim, senhor. Farei tudo conforme a vontade do meu rei — afirmou, fazendo uma mesura e forçando um sorriso tentando disfarçar sua decepção.

★★★

Tamar cozinhava quando Husai chegou, fazendo seu coração bater descompassado.

— Bom dia, Tamar!

— Bom dia, sacerdote. Veio para o conselho de meu pai?

— Sim, o rei me chamou. Vim lhe avisar que hoje não teremos nossa aula de música.

— Claro, eu entendo.

Tamar pegou uma travessa pesada cheia de legumes e Husai ofereceu-se para ajudar. Ela ficou nervosa com a proximidade entre eles e acabou deixando tudo se esparramar pelo chão. Os dois abaixaram-se juntos para recolher os vegetais, e suas mãos tocaram-se sem querer. Seus rostos estavam muito próximos e a moça olhou para Husai, apaixonada, nervosa.

— Você está tremendo — disse Husai.

— Eu? Imagina!

Foi a primeira vez que Husai olhou Tamar como uma mulher. Percebeu também, pela primeira vez, o interesse da jovem por ele.

★★★

Na reunião do conselho, todos esperavam pela chegada de Amnon. Absalão reclamava dos seus atrasos recorrentes quando ele entrou.

Davi deu início à reunião, na qual, durante toda a manhã, foram debatidas e encaminhadas questões importantes relacionadas aos povos e às tribos sobre os quais Davi reinava. Mais de uma vez Amnon cochilou durante as discussões.

— Antes de encerrarmos, quero nomear Amnon como chefe de uma de minhas tropas. Joabe cuidará pessoalmente do seu treinamento a partir de agora.

— Quero ver o meu irmão liderando uma tropa bêbado e dormindo sobre o cavalo — alfinetou Absalão.

— Sou capaz de fazer isso de olhos fechados, meu irmão.

— A reunião está encerrada, mas quero que você fique aqui, Amnon. Precisamos ter uma conversa em particular — disse Davi.

Depois que todos se foram, Davi falou mais uma vez para o filho sobre a importância de uma mudança de postura de sua parte.

— Já perdi a conta de quantas vezes você chegou atrasado! Você é meu primogênito, o futuro rei de Israel. Um jovem cheio de talentos, bom soldado. Mas só isso não basta, filho! Suas ações têm que ser dignas de um futuro líder. Porque o respeito de um povo não vem só por causa de uma coroa. Nós conquistamos isso com atitudes.

— Eu entendo, meu pai. E peço perdão mais uma vez — Amnon fingia constrangimento e arrependimento.

— Só lhe digo tudo isso porque o amo, meu filho. E quero que Israel tenha muito orgulho de você, quando se tornar rei.

★★★

Depois da reunião, Amnon foi até a rua do comércio com Jonadabe comprar um colar para Tamar.

— O que você acha desse aqui, Jonadabe? Deixaria Tamar contente?

— Amnon, não acho prudente você dar um colar à sua irmã.

— E por que eu não posso presentear minha própria irmã? Acaso ela não merece?

— Você sabe muito bem do que eu estou falando! A nossa conversa de ontem ainda está martelando na minha cabeça. Esqueça isso!

— Se eu lhe pedisse para esquecer Raquel, você conseguiria? Está mais do que na cara que ela não se interessa por você, e, mesmo assim, você não desiste. Estou mentindo?

— Raquel é minha prima, não minha irmã!

— Meia-irmã, Jonadabe! Somos apenas filhos do mesmo pai!

— Ainda assim são irmãos! Você não percebe como isso tudo é perigoso?

— Perigoso é tentar matar esse sentimento, Jonadabe. Ele toma conta de mim e me domina. Se não tiver Tamar, nada mais me importa!

—Você está louco.

★★★

No pátio do palácio, Bate-Seba encontrou-se com Laís.

— Mãe, preciso falar com a senhora.

Mical aproximou-se sem ser vista e escondeu-se atrás de um arbusto para ouvir a conversa.

— Ontem Josias veio me chamar dizendo que haviam encontrado Allat! Mical tremeu.

—Allat? Meu Deus! Tanto tempo depois?

— Pois é! Mas infelizmente não era ela. Fui até lá, mas era apenas uma pobre mulher com uma cicatriz horrível no rosto.

Bate-Seba viu Mical escondida.

— Escutando escondida, Mical?

— Estava passando — disse, altiva, sem perder a pose. — Também moro no palácio. Mas eu não acredito que até hoje você está procurando por aquela feiticeira!

— Não vou descansar enquanto não souber para onde ela foi!

— Ela já deve estar morta há muito tempo! Esqueça isso!

— Nunca vou esquecer! E, quando encontrar Allat, vamos saber exatamente o que aconteceu no dia em que Salomão foi roubado!

★★★

Mefibosete era o convidado de honra de Davi para o jantar daquela noite, mas quase ninguém sabia ainda da sua presença no palácio. Toda a família estava reunida na sala de jantar quando o rapaz chegou ao lado de Tirsa, se arrastando. Sua figura peculiar chamou a atenção de todos e Amnon e Jonadabe começaram a cochichar e a dar risada. Mefibosete se sentia muito mal por ser o centro das atenções.

— Mas o que esse aleijado está fazendo aqui? — perguntou Mical, agressiva.

— Não reconhece seu próprio sobrinho? Este é Mefibosete, filho de Jônatas, seu irmão — disse Davi, que acabara de entrar na sala.

— Meu Deus! Aquele bebê lindo que eu peguei no colo virou essa aberração? Era melhor que tivesse morrido!

— Basta, Mical! — repreendeu Bate-Seba.

— De hoje em diante, Mefibosete se sentará todos os dias à minha mesa e comerá conosco como se fosse meu próprio filho. Ele é tão digno deste palácio como todos aqui. Mefibosete é filho do Jônatas, neto do rei Saul. Deve ser tratado com o maior respeito — disse Davi, acomodando o rapaz na cabeceira da mesa.

Todos se calaram diante das palavras firmes de Davi. Joabe tomou a palavra.

— Seu pai foi um grande homem, Mefibosete. Lutamos muitas guerras juntos. Eu conheci você quando ainda era criança. É um prazer revê-lo.

— O prazer é meu — disse Mefibosete, tímido. — Será que Tirsa poderia se sentar comigo também?

— Mas é claro que sim! Me perdoe! Tirsa, por favor, acomode-se. Essa mulher era serva de Jônatas e dedicou sua vida para cuidar de Mefibosete. Ela também é muito bem-vinda.

Raquel estava encantada com Mefibosete, e sorriu para ele, delicada. Todos começaram a comer.

— Está gostando da comida, Mefibosete? — perguntou Davi após algum tempo.

— Muito!

— Qualquer coisa serve para quem estava acostumado com pão embolorado — alfinetou Mical.

— Mical, por favor!

— Ela tem razão, senhor — disse Mefibosete. — Nunca tive uma refeição como esta antes. Para mim é um banquete.

Raquel não conseguia tirar os olhos do rapaz. Joabe estava impressionado com a beleza de Tirsa.

Mefibosete, o príncipe

— Mãe, por que esse rapaz não pode andar como os outros? — perguntou Salomão, inocente.

— Ele sofreu um acidente quando era muito pequeno, menor do que você é hoje.

— Que tipo de acidente?

Bate-Seba olhou para Tirsa, esperando uma resposta. Ela contou, inibida, o que ocorrera quando da invasão dos filisteus ao acampamento de Saul. Emocionou-se. Bate-Seba segurou na mão de Tirsa, solidária, também emocionada. Mical a olhou com desprezo.

— Tirsa, me diga uma coisa. Durante este tempo todo, vivendo pelas ruas e com um menino coxo, como vocês conseguiram se sustentar? — perguntou, maldosa — Você é uma mulher interessante e não se casou. Imagino que deve ter se valido também de outros meios para sobreviver.

Mefibosete e Tirsa se olharam, angustiados.

— Ziba falou para a senhora?

— Falou o quê? O que há para falar?

Mical percebeu a aflição de Tirsa e sorriu, maligna.

— Foi o que eu desconfiei. Não pensou duas vezes antes de vender o próprio corpo.

— Tirsa sempre foi uma mulher digna — disse Mefibosete, chorando. — Ela abriu mão de tudo para cuidar de alguém que nem era seu parente de sangue.

— Era o mínimo que ela podia fazer. Afinal de contas foi por causa dela que você ficou aleijado, não é?

— Mical, já basta! — interveio Davi.

— Espera um pouco. Então quer dizer que eu vou ter que comer na mesma mesa que uma prostituta? Vou ter que morar no palácio com uma prostituta, é isso?

Mefibosete chorava. Tirsa se levantou, muito abalada, com lágrimas nos olhos.

— Tudo o que fiz foi por amor a Mefibosete!

— Não, não. Isso tem outro nome: isso se chama remorso — disse Mical.

— Eu morro de remorso até hoje, sim. Sou consumida pela culpa todos os dias. Por minha causa, Mefibosete foi cuspido no rosto tantas vezes, passou fome, frio, não tinha onde morar, sempre maltratado, humilhado.

Tirsa começou a perder o controle e a gritar.

— O que mais eu podia fazer? Acha que gostava de me deitar com os homens para conseguir um pedaço de pão velho? Eu não queria essa vida! Tinha nojo de mim mesma! Mas faria tudo de novo para não ver o meu menino implorando por comida!

—Tirsa, isso agora acabou! — disse Bate-Seba.

Tirsa pegou uma navalha que estava na mesa e começou a raspar a cabeça.

— Eu não quero mais! Nunca mais passar por isso! Não sou uma mulher digna! Não sou! Minha vida não vale nada!

Ela começou a raspar o seu cabelo com a navalha, ferindo seu couro cabeludo. Ela gritava e repetia que não era digna, enquanto tufos de cabelo caiam pelo chão e sua cabeça começava a sangrar. Todos ficaram chocados. Mefibosete estava em pânico, desolado.

—Tirsa, não faça isso! Pare, por favor!

Ela jogou a navalha e saiu correndo, seguida por Mefibosete.

— Você quis fazer um mal para Tirsa, mas acabou fazendo um grande bem, Mical. Agora ela tem a chance de recomeçar sua vida — afirmou Davi, consternado.

— Pois que recomece bem longe daqui! — disse Mical, deixando a mesa.

Raquel aproveitou e também saiu, sem alarde.

— Cortando os cabelos ela deixa de ser prostituta, é isso? — perguntou Tamar, chocada e também com lágrimas nos olhos.

— Isso mesmo, Tamar. É o costume. A maior beleza de uma mulher é o cabelo. O gesto de Tirsa demonstra que ela está deixando de lado sua vaidade e abandonando os erros do passado — explicou Bate-Seba.

★★★

Mefibosete encontrou Tirsa escondida atrás de uma pilastra, com a cabeça sangrando, com apenas partes do cabelo raspadas num pranto convulsivo. Raquel chegou por ali e ficou ouvindo sem ser notada.

—Tirsa, me perdoe por ter feito você passar por isso. Você poderia ter me abandonado, mas sempre me tratou com amor como a minha mãe teria feito. Eu é que fui um peso para você durante todos estes anos.

— Claro que não! Você é como um filho para mim, Mefibosete. Que mãe não abre mão de tudo pelo próprio filho?

Mefibosete, o príncipe

— Se você quiser, nós vamos embora deste palácio. Aprendi a viver com tão pouco. A única coisa que desejo é ver você bem, sorrindo. Você não tem que passar por essas humilhações!

— Não, Mefibosete. Você tem que ficar. Eu é que devo partir. Você agora é um homem rico, tem a proteção do rei. Não precisa mais de mim. Ficando aqui, eu só vou envergonhá-lo.

— Não repita mais isso! Você nunca teve vergonha de andar com um aleijado! Por que eu teria vergonha de você?

— Meu querido, você sempre teve um bom coração. Mas vai ser melhor, Mefibosete! Me deixe ir embora.

— Nunca! Você é a única família que eu tenho, Tirsa. Não me abandone ou serei infeliz para sempre!

Eles se abraçaram emocionados. Raquel chorava baixinho para não ser notada.

★★★

A casa de Aitofel era agora um local de conspiração contra Davi, principalmente depois que Paltiel tinha se mudado para lá. Os dois conversavam.

— Tenho falado com muita gente do povo. Já existem algumas pessoas insatisfeitas com Davi — relatou Paltiel.

— Isso não é suficiente. Precisamos ainda de um líder — disse Aitofel.

—Você não poderia ser essa pessoa?

— Claro que não, Paltiel. Esse líder tem que ter legitimidade junto ao povo, alguém com poder e nome para desafiar a autoridade do próprio rei.

— E quem pode ser esse líder?

—Ainda estou à procura da pessoa certa. Mas já tenho alguém em mente. Alguém cuja legitimidade o povo não irá questionar. Você saberá quem é no momento certo.

Aitofel secretamente considerava a possibilidade de usar Absalão para realizar seu intento. Foi procurá-lo após o encontro com Paltiel.

— Amnon sempre me surpreende. Cochilar durante a reunião na frente de todo conselho! É inacreditável!

— Seu irmão é um bom rapaz, Absalão. Mas seu talento e suas habilidades naturais com as armas o deixaram confiante demais. É como se nada pudesse atingi-lo.

— Ele é um irresponsável, um inconsequente! E meu pai, em parte, é o culpado disso. O rei é muito brando com Amnon.

—Você daria um rei muito melhor do que seu irmão, Absalão. Se seu pai prestasse mais atenção em você, perceberia.

— Acha mesmo, senhor Aitofel?

Aitofel provocava assim a vaidade de Absalão, e já preparava seus próximos passos.

VINTE E SEIS

Uma tragédia

Jonadabe foi até o quarto de Amnon, que estava deitado na cama, convidá-lo para mais uma noitada.

— Não vou. Você sabe que só uma mulher me interessa agora.

— Essa conversa de novo, Amnon?

— E será sempre assim, enquanto eu não tiver Tamar em meus braços. Só quero ficar um pouco a sós com ela, nada mais. Não paro um instante de pensar nela. E não poder estar com ela está me destruindo por dentro.

— Você está mesmo doente.

— Doente de amor.

— Está até mais magro. Isso me deu uma ideia. Se não há outro jeito de curar essa paixão, acho que posso ajudá-lo. Vou falar para seu pai que você está doente. Quando ele vier aqui, peça que mande Tamar para cuidar de você. Você terá então uma oportunidade a sós com ela para se declarar.

E assim se deu. Davi chegou ao quarto do filho preocupado.

— Mas você tem que se alimentar, Amnon. Não pode ficar assim. Como vai conseguir se recuperar?

— Então peça que Tamar venha até aqui e traga algo para eu comer, meu pai. Ela sabe do que eu gosto. Tamar pode preparar a minha comida aqui no meu quarto e me servir. Só assim vou me sentir melhor.

★★★

Bate-Seba estranhou o pedido de Amnon quando Davi voltou relatando-o.

— Não pode mandar uma das servas até lá, Davi?

— Ele insiste que quer ver Tamar.

— Amnon é muito mimado. Só gosta da minha comida. Vou lá agora mesmo. Logo ele estará bom de novo.

Tamar chegou ao quarto do irmão com pães, bolo e mel.

— Trouxe aqueles bolos que você tanto gosta. Vão lhe fazer bem.

— Só de olhar você, já me sinto melhor, Tamar.

Enquanto ela cortava os pães e bolos e passava mel neles, seu irmão colocou no seu pescoço o colar que comprara.

— Que lindo colar, Amnon! E por que o presente?

— E preciso de uma ocasião especial para presentear minha irmã?

— Obrigada. Adorei!

Ingênua, ela não percebia suas intenções. Aproximou-se da cama e colocou um pedaço de bolo com mel na boca dele. Ele, então, a abraçou com força, trazendo seu corpo para junto do seu com certa violência. Ela estranhou.

— Ai, Amnon. Me solta. Está me apertando.

— Eu amo você, Tamar.

— Também o amo, meu irmão.

— Amo você como um homem ama uma mulher.

— Mas que conversa é essa?

— Venha se deitar comigo.

— Eu sou sua irmã! Pare com isso!

— Não percebe que estou ficando doente por sua causa?

— Me largue, Amnon! Não estou gostando nem um pouco desta brincadeira. Não tem graça!

— Não é brincadeira! Eu quero você para mim!

Amnon ficou violento. Deitou a irmã à força, beijando e mordendo seu pescoço. Ela se apavorou e se debateu, mas não conseguia se soltar.

— Me solte, Amnon! Não faça isso! Pare, por favor! Não, meu irmão! Não me obrigue a fazer isso! Não faça essa loucura!

— Eu quero você, Tamar! Hoje você vai ser minha!

— O que vão pensar de você? E eu? Como vou viver com esta vergonha?

— Não me importa mais nada, Tamar. Só ter você!

★★★

No Tabernáculo, Natã estava em oração diante da Arca de Aliança, quando algo pareceu abalar a paz do lugar. Os véus que a envolviam começaram a

Uma tragédia 199

voar de maneira estranha. O profeta ficou preocupado e se afastou da arca. Foi concedido a ele ver o que se passava no palácio.

— Uma tragédia. E está apenas começando. O pior ainda está por vir — disse, consternado.

★★★

Amnon voltou a segurar Tamar, que desta vez não conseguiu mais se soltar. Totalmente dominada, com a boca tapada para que não gritasse, chorando em desespero, ela foi violada pelo irmão.

Após o ato consumado, chorava, arrasada, sentada no chão ao lado da cama.

— Por que fez isso comigo, Amnon? Por quê?

— Levanta e sai daqui — disse, irritado.

— Quer que eu vá embora assim? Neste estado?

— Não ouviu? Some da minha frente!

Amnon agarrou a irmã violentamente pelo braço e a arrastou em direção à porta do quarto.

— Por que me expulsa desta maneira? Já não basta o mal que me fez?

— Saia daqui, sua prostituta! Eu tenho nojo de você! — gritou.

— Não me trate deste jeito, por favor. Só aumenta ainda mais a minha dor!

— Saia da minha frente! Não quero mais você perto de mim!

Ele abriu a porta do quarto e a empurrou com força para fora, derrubando-a no chão. Fechou a porta com violência.

A jovem ficou perdida. Caminhava sem direção pelo corredor, chorando e dando gritos de pavor, apoiando-se nas paredes e colunas. Arrancou o colar que Amnon lhe dera e rasgou sua túnica, cobrindo o rosto com as mãos.

— Ah, meu Deus! Tem piedade de mim!

Ela acabou caindo no chão, tremendo e chorando. Absalão passava por ali e se aproximou, preocupado.

— Minha irmã! O que aconteceu?

— Uma desgraça! O que vai ser de mim, agora? Não sou mais pura, Absalão.

— Quem foi o maldito que fez isso com você?

— Amnon. Ele me forçou a deitar com ele.

Absalão ficou transtornado. Tomado de ódio, foi até o quarto do irmão, mas Amnon não estava mais lá. Voltou então até onde a irmã estava e a ajudou a chegar aos aposentos de Davi. Contou ao pai o que acontecera aos berros, tomado de ódio. Tamar, muito abalada, foi acolhida por Bate-Seba. Davi desesperou-se.

— Por que ele fez isso? Por que, meu Deus?

— É esse criminoso que o senhor quer como futuro rei de Israel? Amnon tem que pagar pelo que fez! Eu exijo que ele morra!

Davi e Absalão saíram, e Bate-Seba permaneceu ali cuidando de Tamar.

— Estou com tanta vergonha, Bate-Seba. Me sinto suja, impura. O que vai ser da minha vida agora? Quem vai querer se casar com uma mulher desonrada? Husai nunca mais vai olhar nos meus olhos. Eu perdi o amor do sacerdote para sempre.

— Não diga isso, minha querida. Você foi uma vítima, não teve culpa de nada. E Husai é um homem sábio. Ele há de entender as circunstâncias.

— Por que Amnon fez isso comigo? Meu próprio irmão! Será que dei a entender em algum momento que...

— Claro que não! Nada justifica o ato de Amnon. Não se culpe desta maneira. Eu também já perdi minha honra, Tamar. Cometi adultério, me senti muito envergonhada. Quando meu primeiro filho morreu, cheguei a achar que minha vida tinha acabado. Mas Deus curou todas as minhas feridas. As marcas ficam, é verdade, mas esta dor que você está sentindo vai passar.

★★★

Davi enviou toda guarda do palácio para capturar Amnon. Na rua, este encontrou-se com Jonadabe, que soube o que acontecera e estava muito assustado.

—Você ficou louco? Por que você fez isso?

— Não resisti.

—Vão matá-lo. Eu achei que você fosse se declarar para Tamar. Não tomá-la à força.

— Não tive culpa, o desejo foi mais forte.

— E agora? O que será dessa pobre moça? Por que fui lhe dar essa ideia? O rei Davi, apesar de ser seu pai, não vai perdoá-lo nunca!

Jonadabe estava se consumindo de culpa. Um grande número de soldados surgiu. Um deles viu Amnon e deu um grito.

— Já estão atrás de mim, Jonadabe.

— Eu avisei! Você está perdido!

Amnon foi preso e levado para a sala do trono. Davi estava junto com Absalão quando foram avisados da captura.

Uma tragédia

— Meu pai, por favor, eu reivindico o direito de vingar a desonra de Tamar! Quero matar Amnon com minhas próprias mãos! — disse Absalão enquanto caminhavam em direção à sala do trono.

— Fique calmo, Absalão. Eu entendo a sua revolta. Mas deixe que eu resolvo isso.

— Amnon tem que pagar com a própria vida, pai! É a lei! Não há outra punição para aquele desgraçado a não ser a morte!

Absalão já estava com a espada desembainhada.

— Controle-se, filho, por favor! Guardas, segurem Absalão!

Dois guardas dominaram o rapaz.

—Volte pro seu quarto! Eu vou falar com seu irmão! Guardas, não deixem que Absalão se aproxime da sala do trono! Levem-no daqui!

Absalão se debatia enquanto era arrastado pelos guardas.

— Soltem-me! Tirem as mãos de mim! Amnon tem que morrer! Faça justiça, meu pai! Honre sua filha! — urrava enquanto Davi se afastava.

★★★

Amnon esperava escoltado por soldados. Davi deu um violento tapa no rosto dele assim que entrou na sala.

— Onde você estava com a cabeça?

—Tamar já foi correndo lhe contar? Ela por acaso disse como me seduziu?

Davi agarrou as vestes de Amnon, furioso.

— Não ouse acusar sua irmã, seu covarde! Seu irresponsável! Não vim aqui para ouvir mais uma de suas desculpas! Como pôde fazer isso? Sua própria irmã? Como pôde me enganar, fingindo que estava doente para cometer um ato tão baixo, tão sujo?

— Perdão, meu pai! É verdade, eu estava doente! Doente de desejo, de paixão! Quando vi Tamar perto de mim, perdi a cabeça.

— Cale a boca! Não quero ouvir mais nada. Já basta ver o estado em que você deixou Tamar!

— Eu sei que meu pecado foi terrível, mas agora estou arrependido.

— Seu arrependimento não trará de volta a honra que você roubou de sua irmã! Você desgraçou a sua família, Amnon. E pelas leis de Moisés, tenho que ordenar a sua morte!

—Vai me matar, pai? Sabe muito bem julgar o seu filho, mas não consegue julgar a si próprio. Eu cresci ouvindo os servos falando que o senhor roubou a mulher de um soldado que era seu amigo e que mandou matá-lo para ficar com ela. Vai negar? Isso foi um gesto muito nobre, não? O que a lei de Moisés diz para adultério e assassinato? A morte! Não é isso, meu pai? E como Bate-Seba, a sua esposa preferida, aquela adúltera, ainda vive? Como o rei de Israel ainda vive?

Davi deu mais um tapa no rosto de Amnon.

— Não ouse falar assim de Bate-Seba! Respeite o seu pai!

— Como, se o senhor não se dá o respeito?

— Deus já me puniu pelo meu pecado, Amnon. Está me punindo até agora. Mas o meu erro não justifica o seu! Guardas!

Amnon tentou então outra abordagem, agora mais humilde.

— Por favor, pai. Mostre um pouco de misericórdia. Se o senhor teve a chance de recomeçar sua vida, faça isso também por mim. Me perdoe, como o senhor foi perdoado.

Davi olhou mortificado para o filho. Refletiu por algum tempo.

—Você não é digno de ser rei, nem de viver mais com esta família, Amnon. A partir de hoje, você será banido deste palácio, do meu exército e da minha vida e não terá mais nenhum privilégio. Será levado para o campo e cuidará de ovelhas para sobreviver. Agora levem esse homem daqui!

Depois que Amnon já tinha deixado a cidade, Davi autorizou que deixassem Absalão sair do quarto. Ele entrou furioso.

— Onde está Amnon? Onde está o corpo daquele traste?

— Seu irmão não mora mais neste palácio, Absalão. Eu o expulsei daqui.

— O que está dizendo? Amnon ainda vive?

— Eu lhe tirei todos os privilégios. Ele viverá como um servo a partir de agora.

Absalão ficou fora de si.

— E acha isso suficiente para compensar o que ele fez à sua filha? Pela lei ele deve morrer!

— Eu sou o rei! Eu decido como aplicar as leis! — disse Davi, enfurecido.

— Mais uma vez o senhor está protegendo Amnon! Como sempre fez! É por isso que toda essa desgraça aconteceu! Por sua culpa!

Absalão saiu, transtornado.

★★★

Uma tragédia

Pouco depois Aitofel foi até onde estava Absalão, aproveitando-se do momento delicado.

— Imagino o quanto está sofrendo, Absalão. Tamar sempre foi muito estimada por você.

— Não me conformo, senhor Aitofel. Amnon comete uma barbaridade como essa e meu pai deixa que ele saia praticamente ileso!

— Entendo a sua revolta. E fico muito triste por tudo isso.

— É inacreditável que Amnon vá escapar mais uma vez, sem punição! É sempre assim! Nem mesmo a desonra de Tamar fez meu pai agir diferente!

— No fundo, talvez tenha sido a falta de pulso do rei que permitiu que tudo isso acontecesse.

— É exatamente o que eu penso! Amnon nunca foi punido como deveria!

— E por isso essa desgraça se abate sobre sua família.

— Eu sei! E eu não posso fazer nada!

— Talvez você possa, Absalão.

— Eu? Mas como?

— O rei foi fraco. E, se ele não tem pulso para governar a própria casa, que dirá Israel. Talvez os hebreus precisem de um novo rei no comando.

— O que o conselheiro está insinuando?

— Pense, Absalão. Você é jovem, inteligente, tem o sangue de Davi. E Amnon não poderá mais ser o rei. Você deve governar no lugar de seu pai.

— Se eu fosse rei, Amnon pagaria com a vida pelo que fez!

— Mas é claro! Essa é a lei! Ninguém questiona tudo o que Davi já conquistou para Israel. Mas seu pai tem fraquejado. E não podemos ter um rei assim à frente das decisões de toda uma nação. Um rei que não aplica a lei como deveria.

— Eu concordo. Meu pai não sabe mais o que faz.

— Já você é um jovem brilhante, dedicado, justo. Como seu pai já foi um dia. Você pode se tornar o novo rei de Israel muito antes do que pensa, Absalão.

— E o que eu devo fazer?

— Em primeiro lugar, faça o que seu pai deveria ter feito. Cumpra a lei! Amnon deve morrer!

★★★

Tirsa raspara toda a cabeça e isso chamava muito a atenção das pessoas. Ela, porém, andava de cabeça erguida e estava feliz com a oportunidade que recebera de Deus de começar uma nova vida. Certa tarde, estava na rua fazendo compras quando Joabe a viu de longe e passou a segui-la. Ela já havia percebido os recorrentes olhares do general de Davi, mas não acreditava que ele pudesse ter algum interesse sério nela. Quando viu que ele a estava seguindo, acelerou o passo. Ele correu e a segurou pelo braço.

— Por que você está fugindo de mim?

— Por favor, me solte! Eu preciso voltar para o palácio.

— Posso ajudá-la a carregar o cesto?

— Não precisa. Não está pesado.

— Por favor, eu insisto.

— Eu agradeço a sua gentileza, mas não precisa se incomodar.

— Mas não será nenhum incômodo!

— O cesto está leve, eu garanto.

—Tem certeza?

—Tenho.

— Então, tudo bem. Mas antes de você voltar para o palácio, queria lhe dizer uma coisa: eu admiro muito a sua coragem.

— Por ter raspado a cabeça?

— Também. Mas admiro muito o que você fez por amor ao filho de Jônatas.

— Pelo Mefibosete, eu faria tudo de novo.

— Eu sei, eu sei. E é por isso que eu precisava falar com você. Não é qualquer mulher que deixa a sua própria vida para se dedicar a uma criança, que nem é seu filho legítimo. Você tem todo o meu respeito.

★★★

Davi estava triste e depressivo em seu trono, lembrando-se das palavras proferidas por Natã muitos anos antes, quando o profeta adentrou sua sala. Ele correu até Natã, atordoado.

— Está se cumprindo, profeta!

— Lamento muito pelo que houve. Soube o que Amnon fez.

—A desgraça na minha família já começou. Amnon desonrou Tamar e foi expulso do reino. Absalão está inconformado! Quer matar o irmão! Minha família está destruída!

—Você precisa ser firme, Davi. Tem que agir com justiça. Tem que ser um bom líder para a sua família como é para Israel.

— Acha que errei em não ter ordenado a morte de Amnon?

— Errou por não fazer cumprir a lei. Como espera que os outros a cumpram?

— É meu filho! Meu primogênito! Meu filho mais amado!

— Você ainda tem muitos filhos, Davi. Tem Absalão, que, assim como Amnon, sempre foi muito próximo a você. Ele está muito revoltado. Cuide bem dele. Demonstre o seu amor. Faça Absalão saber o quanto também é amado. E não se esqueça de olhar por Tamar.

— Veja como é a vida. Sempre fui um guerreiro destemido, nunca tive medo de nada e sabia exatamente o que tinha que fazer. Mas agora me sinto como um menino perdido, tomado de pavor.

— Você precisa reencontrar aquele menino a quem Deus escolheu, Davi.

— Onde está aquele menino? Eu já não sei mais, profeta...

VINTE E SETE

A festa da tosquia

Mais de um ano se passara desde o banimento de Amnon. Tamar ainda sofria as consequências da violência de que fora vítima. Não sorria e vivia triste e depressiva. Chegara a tentar suicídio uma vez, mas fora salva por Husai, que tirou uma faca de suas mãos quando ela estava prestes a cortar a própria garganta. O sacerdote tentara muitas vezes aproximar-se de Tamar de forma delicada, tentando levar a ela alguma alegria, mas ela sempre rechaçava sua companhia, envergonhada. Sabia que sua condição de impura impedia qualquer possibilidade de realizar seu sonho de casar-se com um sacerdote.

Davi ainda não tinha conseguido se recuperar totalmente da tragédia, mas já vinha transparecendo que sentia saudades de Amnon. Aitofel e Absalão eram sempre vistos juntos e o conselheiro do rei continuava habilmente alimentando a vaidade e o desejo de poder no jovem. Eles sabiam que não demoraria para que o rei fraquejasse e permitisse o retorno de Amnon ao palácio.

Decidiram então adiantar-se a Davi. Absalão assumiu a frente da preparação da tradicional Festa da Tosquia daquele ano e pediu ao pai permissão para convidar Amnon para a celebração, dizendo que queria perdoá-lo e que aquela seria uma oportunidade para fazerem as pazes. Davi ficara muito feliz com o declarado desejo de perdão de Absalão, mas desconhecia seus planos secretos.

***

Havia muitos anos que Jerusalém não assistia a uma Festa da Tosquia como aquela. Diferentes grupos com músicos alegravam a festa, a comida e a bebida eram fartas, e o povo dançava e brincava alegremente. Davi tinha permanecido nos seus aposentos com Bate-Seba, pois estava indisposto e porque preferiu deixar aos irmãos uma oportunidade de se entenderem sem sua interferência.

A festa da tosquia

Amnon chegou a Jerusalém acompanhado por Jonadabe. Logo encontraram Absalão, que controlou seu ódio e sorriu de forma amigável.

— Como vai, meu irmão? Estava aqui falando com Jonadabe que a festa está ótima! — disse Amnon, ainda inseguro quanto à reação de Absalão.

—Você vai se divertir muito, pode ter certeza.

— Sem ressentimentos, então?

— Sem ressentimentos. O que passou, passou.

— Então este é mais um motivo para comemorar! Vamos, Jonadabe!

Amnon e Jonadabe saíram e logo já pegavam bebidas e atormentavam as mulheres. Absalão estava observando os dois, sério, quando Tamar aproximou-se.

—Você sabe muito bem que eu não queria ver Amnon na minha frente! Por que o convidou?

— Pode ficar tranquila que esta será a última vez que você o verá, Tamar.

— O que você vai fazer, Absalão? Pelo amor de Deus! Você não está pensando em...

—Vou cumprir a promessa que fiz a você, minha irmã. Amnon vai pagar muito caro por lhe ter desonrado.

★★★

Como sempre, Amnon passou dos limites, bebendo demais e causando muita confusão, assediando as mulheres e abusando da prerrogativa de ser filho do rei para se safar dos problemas. Joabe aproveitou a festa para aproximar-se de Tirsa, mas ela sempre escapava, tímida e sem entender suas verdadeiras intenções. Tamar estava desde o começo da festa sentada num canto, com o rosto pálido e com a expressão amedrontada e triste. Husai aproximou-se.

— Está tudo bem, Tamar?

— Deixe-me, Husai! Já pedi tantas vezes, não me procure mais!

—Tamar, espere!

Husai segurou a mão da jovem para que ela não fosse embora.

— Por que você não me deixa em paz? Não quero falar com ninguém, muito menos com você!

— Por que você às vezes parece me odiar, Tamar? O que foi que eu lhe fiz? Por que me trata assim?

— Porque eu o amo! O amo, entendeu? —Tamar explodiu em lágrimas.

— Mas preciso esquecê-lo! Porque não tenho mais o direito de amar ninguém! E nem de ser amada por um homem como você!

Tamar correu chorando. Husai sofria. Também estava apaixonado por ela.

★★★

Davi e Bate-Seba já dormiam quando ela acordou assustada por um pesadelo no qual Absalão assassinava Amnon. O rei ficou apreensivo com aquele sinal e foi até a festa.

Amnon acabara de decidir que ia embora. Absalão sorriu falsamente ao despedir-se do irmão, mas o sorriso se desfez assim que Amnon virou as costas acompanhado por Jonadabe. Chamou Ziba, que estava escondido ali perto.

— Chegou a hora, Ziba. Vá atrás dele, mas não deixe ninguém perceber!

— Pode deixar, senhor. E o pagamento?

— Depois que você fizer o que mandei. Agora vá!

Ziba seguiu os amigos e ficou observando a despedida deles perto dos portões da cidade.

★★★

Davi chegou à festa procurando pelos filhos, angustiado. Encontrou Joabe.

— Onde está Amnon?

— Acho que já foi embora!

— E Absalão?

— Não vi. Acho que também já foi. Não se preocupe, Davi, eles pareciam estar em paz.

— Me ajude a encontrar os dois! Rápido!

Joabe deu ordens aos soldados para vasculharem a cidade e saiu junto com Davi. Depois de algum tempo encontraram Jonadabe, que disse que tinha acabado de se despedir de Amnon. No entanto, já não havia mais tempo para evitar que o sonho se concretizasse.

Amnon tentava, muito bêbado, montar no seu cavalo quando Ziba aproximou-se por trás e fez um profundo corte no seu pescoço com uma faca. Em seguida, desferiu diversas punhaladas no jovem, afastando-se depois, furtivo. Absalão, que assistiu ao assassinato sem ser visto por Ziba, aproximou-se do corpo do irmão para confirmar que ele estava realmente morto antes de montar no seu cavalo e partir de Jerusalém para não mais voltar.

Logo depois Davi chegou, acompanhado por Joabe, Jonadabe e alguns soldados. O rei caiu de joelhos ao lado do corpo do filho amado e abraçou-o em pranto dolorido. Gritando e chorando, Davi rasgou uma vez mais suas vetes em sinal de luto.

★★★

Davi estava na sala do trono em estado de choque quando Tamar entrou.

— Pai!

— Amnon está morto, filha! Morto! Seu irmão foi assassinado!

— Eu sei!

— Sabe?

Tamar também estava chorando muito e abraçou-se ao pai.

— Me perdoa, pai! É tudo culpa minha. Toda essa tragédia na nossa família. Eu não queria que Amnon morresse.

— Como você soube, Tamar? Foi o Absalão, não foi?

— Ele só queria me vingar, pai. Meu irmão via o quanto eu estava sofrendo.

— Onde ele está?

— Não sei. Ele fugiu. Por favor, pai. Não o mate também. Não iria suportar perder o meu irmão. Ele acabou com a vida dele para salvar a minha honra!

Davi abraçou a filha com carinho.

— Oh, filha, minha filha! Sinto muito por todo esse sofrimento. Você não tem culpa de nada, Tamar.

★★★

Enquanto Davi padecia, Aitofel e Paltiel brindavam à sua desgraça na casa do velho conselheiro.

— Viu só, Paltiel? Eu não precisei fazer nada, ou quase nada. Davi fez por mim. O rei sempre foi um excelente guerreiro, um estrategista brilhante. Mas um pai omisso, que não soube dar limites a Amnon nem a atenção que Absalão precisava.

— Davi sempre esteve ocupado demais para os filhos — disse Paltiel.

— Ocupado e culpado. Depois do que fez com Urias, o rei ficou vulnerável. Mas agora ele está finalmente pagando por todo o sofrimento que me causou. Eu sabia que seria só uma questão de tempo. O terreno está pronto para o próximo passo. Não vou descansar enquanto não tirar o trono de Davi. A minha vingança está apenas começando.

★★★

Passaram-se alguns dias. Raquel vinha insistindo com Mefibosete para que ele tentasse usar as pernas, que não se acomodasse naquela situação e que se esforçasse. Chegou na cozinha trazendo um par de muletas.

— É um presente para você! Experimente andar com elas.

— Obrigado, Raquel. Mas eu já tentei uma vez e não deu certo.

— Pois tente de novo.

— Eu não tenho força nas pernas.

— Então use a força dos braços, do corpo. Faça um esforço!

— Não é assim tão fácil.

— Ninguém disse que é fácil, Mefibosete. Mas o que você prefere? Continuar se arrastando pelo chão ou criar coragem de pelo menos tentar?

— Ela tem razão! Isso já faz muito tempo. Não custa nada tentar novamente — estimulou Tirsa.

—Vocês estão se iludindo. Esta é a minha condição e já estou conformado em ser assim.

— Não, Mefibosete. Você está conformado em sentir pena de si mesmo. É bem diferente. Raquel saiu irritada e deixou as muletas ali.

★★★

No Tabernáculo, Husai aproveitou uma oportunidade a sós com Natã para uma conversa que já vinha adiando havia algum tempo.

— Profeta Natã?

— Diga, Husai.

— Não sei se deveria...

— Por favor, fale o que o aflige.

— É sobre Tamar. Conheço Tamar desde criança. Ela é uma garota adorável, doce, talentosa e não tinha me dado conta de que ela havia se transformado numa bela mulher.

— Sei. E agora se dá conta disso?

— Estou gostando de Tamar, profeta. Muito mais do que deveria e não paro de pensar nela um só minuto. Será que Davi me daria a mão de sua filha em casamento?

— Não só o rei não permitiria, como esse casamento fere as leis de Deus. E você sabe muito bem quais são as leis, Husai.

—Tamar não teve culpa do que aconteceu! Foi violentada pelo irmão!

A festa da tosquia

— Mesmo assim, Husai, você é um sacerdote. Precisa se casar com uma moça pura, que nunca foi tocada por homem algum!

— Mas eu amo Tamar!

— Esqueça Tamar! Procure outra moça para se casar. Fique longe da filha de Davi!

★★★

Alguns meses se passaram. Davi enviou soldados para capturar Absalão logo após o crime, mas acabou desistindo de puni-lo, considerando que bani-lo de Jerusalém era uma punição forte o bastante. Absalão vivia desde então no reino de Gesur, onde morava sua mãe, Maaca, e toda sua família pelo lado materno. Mas ele não se conformava com o exílio e conseguiu aproximar-se de Joabe, pedindo que ele intercedesse a seu favor junto ao pai.

Joabe sabia das saudades que Davi sentia do filho e resolveu ajudar o príncipe. Insistiu muito com o rei para que permitisse a volta de Absalão para a capital, mas a dor pelo assassinato de Amnon não abria espaço para o perdão no seu coração.

Joabe traçou então um plano para amolecer o coração do amigo. Ofereceu algumas moedas para uma velha carpideira de Jerusalém. Pediu para que ela comparecesse a uma audiência com o rei vestindo luto e orientou-a detalhadamente sobre o que deveria dizer a Davi.

★★★

E assim se deu. Em poucos dias a velha senhora estava prostrada com o rosto em terra em frente ao rei de Israel.

— Qual é o seu problema, senhora?

— Sou uma pobre viúva, meu marido morreu faz muito tempo. Esta sua serva tinha dois filhos, mas eles brigaram no campo e um acabou matando o outro. Agora toda a família se levantou contra mim, pedindo que eu entregue o irmão que ainda está vivo para ser morto também. Mas, se fizer isso, não terei mais nenhum filho. Que os vingadores de sangue não prossigam com essa destruição!

— Pode ficar tranquila. Tão certo como vive o Senhor, nem um fio de cabelo de seu filho será tocado.

— Obrigada, senhor, muito obrigada!

— Pode ir em paz, senhora. Mandem entrar o próximo.

Mas a mulher permaneceu ainda por ali, e, ao invés de se dirigir para a porta, foi até Davi.

— Por que não julga da mesma maneira o seu próprio filho? Com essa sentença, o senhor rei condenou a si mesmo.

— O que está dizendo, mulher? Como ousa enfrentar o rei? — interferiu Husai.

— Deixa a senhora falar, Husai.

— Mesmo Deus não traz os mortos de volta à vida, mas o rei, que é como um anjo de Deus, pode trazer um homem de volta do estrangeiro. Por que o senhor perdoa meu filho, mas não traz de volta o seu?

Davi ficou irritado, mas controlou-se.

— Eu vou lhe fazer uma pergunta e não quero que minta para mim!

— Sim, senhor rei.

— Foi Joabe quem a mandou aqui, não foi?

— Sim, senhor.

★★★

Mais tarde Davi encontrou-se com Joabe. Estava indignado.

— Não acredito que você precisou se valer de um artifício como esse para me dizer o que pensa sobre Absalão!

— Eu tentei falar de todas as formas, mas você não me ouve, Davi! Sabia que, se ouvisse de uma pessoa neutra, ia perceber a besteira que está fazendo com seu próprio filho!

— Ele matou o irmão!

— Sim. Para vingar o estupro de Tamar! Amnon violou a irmã e mesmo assim você o perdoou! Por que não pode perdoar Absalão também? É seu filho, tanto quanto o outro!

Davi respirou fundo. Refletiu por alguns minutos.

— Está bem. Você está certo. Pode trazer Absalão de volta a Jerusalém. Mas tem uma coisa: ele volta para Jerusalém, mas não para o palácio. Não quero ver Absalão nunca mais!

★★★

Bate-Seba ficou indignada quando soube.

A festa da tosquia

— Absalão é vingativo, Davi. Matou o próprio irmão! Do que mais ele será capaz?

— Eu sei que ele errou! Fez justiça com as próprias mãos, mas ele está pagando pelo seu erro! Só permiti que ele voltasse para Jerusalém. Não vou deixar que more de novo no palácio. Absalão perdeu todas as regalias como filho do rei.

— Me perdoe dizer isso, mas você está se enganando. Você agiu errado com Amnon e agora está agindo errado de novo! Absalão ainda vai lhe causar problemas!

— Bate-Seba, pare, por favor! Já está decidido!

—Tomara que eu esteja errada, Davi. Só espero que você não se arrependa disso.

★★★

Mais tarde, Bate-Seba tecia com Tamar quando percebeu seu semblante triste.

— O que foi, Tamar? Você está tão calada.

— Concentrada, só isso.

— Como se eu não a conhecesse.

— Husai não veio mais me ver.

— Não consigo entender você! Passou tanto tempo rejeitando o rapaz e agora sente falta dele?

— Eu sei. Mas o que eu podia fazer, Bate-Seba? Queria que ele ficasse longe de mim para não sofrer.

—Agora está sofrendo muito mais.

— Eu preciso esquecer o Husai! Sou uma mulher impura, não posso nem sonhar em ficar com ele!

— Claro que pode. Se você ama mesmo Husai, não desista desse amor! Eu, se fosse você, iria procurá-lo!

— E se ele me mandar embora?

— Isso não vai acontecer, sua bobinha. Ande, vá atrás da sua felicidade!

—Você tem razão! Vou procurar Husai!

Tamar sabia que no dia seguinte haveria uma reunião do conselho do rei. Ela esperou estrategicamente em um local onde saberia que Husai passaria a caminho da sala do trono.

— Husai!

— Tamar...

— Queria falar com você.

— Agora? Desculpe, eu estou atrasado para o conselho do rei.

— É que, bem, eu tenho sentido sua falta. Você nunca mais me procurou.

— Ando muito ocupado.

— Você está diferente. É porque declarei meu amor, não é? Você está fugindo de mim! Claro! Eu devia saber!

Tamar estava saindo arrasada e envergonhada, mas Husai a impediu, segurando-a pelo braço. Ambos ficaram arrepiados quando se tocaram.

— Não! Não é de você que estou fugindo, Tamar! É de mim! Dos meus sentimentos!

— Por quê?

— Porque eu também a amo muito!

Tamar sorriu encantada.

— Mesmo? Mas então por que...

— Mas nós não podemos ficar juntos, Tamar. Eu sinto muito, mas sou um sacerdote. Só posso me casar com uma moça...

Ele interrompeu a frase, sem coragem de concluí-la.

— Uma moça pura. É isso, não é?

Husai baixou a cabeça, arrasado. Tamar saiu correndo, em pratos. Mas Husai não teve forças para ir atrás dela.

VINTE E OITO

O golpe

Absalão voltou para Jerusalém, mas não para o palácio. Passou a viver em uma casa na cidade e reatou seu relacionamento com Aitofel, que habilmente seguia instilando ódio no rapaz.

— Meu pai me trata como se eu tivesse feito alguma coisa errada! Só fiz justiça! É uma humilhação ter que morar em Jerusalém e não ser recebido pelo rei. Ele recebe todo mundo, qualquer mendigo, mas não recebe o próprio filho!

— Imagino que os homens e as mulheres do povo também ficariam muito magoados se Davi deixasse de recebê-los — comentou Aitofel.

— Meu pai ama o povo. Ele nunca faria uma coisa dessas.

— Realmente. Mas nós podemos fazer com que o povo pense que Davi não tem mais tempo para eles.

— E como isso seria possível?

— Não temos como impedir que os moradores de Jerusalém cheguem até o rei, mas, se você for para a entrada da cidade, podemos barrar as pessoas que chegam diariamente de outras tribos para consultar Davi.

— Por que, senhor Aitofel? Ainda não entendi.

— O povo precisa de consolo, de palavras boas, de encorajamento, de promessas. Se o seu pai não puder dar o que eles querem, certamente vão desejar outro rei. Um rei mais jovem, mais solícito, mais amável. Como você, Absalão.

Absalão sorriu vaidoso. Começava a entender a ideia de Aitofel.

***

Alguns meses se passaram, e a insistência de Absalão acabou amolecendo o coração de Davi, que aceitou recebê-lo em audiência no palácio. O rei não conseguiu ficar indiferente ao pedido de perdão falsamente humilde de Absalão, um teatro previamente ensaiado em detalhes por Aitofel e que deu resultado. Davi perdoou o filho e Absalão voltou a viver no palácio.

★★★

Mefibosete tomou coragem e começou a praticar com as muletas que Raquel lhe dera. Ele estava inseguro e já havia tentado muitas vezes sem nenhum avanço aparente. Continuava se esforçando. Certo dia Raquel passava pelo pátio e ficou observando sua prática sem ser notada, muito feliz ao ver o esforço do rapaz. Ele caiu algumas vezes, até que tomou um tombo mais forte e começou a chorar.

— Eu não consigo!

Ela então se aproximou.

— Consegue, sim! Vamos, eu o ajudo.

— Sou muito pesado para você!

— Eu sou mais forte do que você pensa — disse, ajudando-o a se levantar.

— Vamos, tente mais uma vez.

— Já perdi a conta de quantas vezes tentei e acabei do mesmo jeito, no chão.

— A diferença é que agora eu estou aqui, do seu lado.

Eles estavam bem próximos e trocaram um sorriso doce. Mefibosete conseguiu finalmente dar um passo. Raquel entusiasmou-se.

— Vê? Você está conseguindo!

Ele ficou eufórico, tentou dar outro passo, mas perdeu o equilíbrio e estava caindo. Raquel fez o possível para segurá-lo, mas os dois acabaram caindo juntos, ela por cima dele. Ficaram com os rostos bem próximos.

— Machucou-se? — perguntou Mefibosete.

— Estou bem. Seu corpo amorteceu a queda.

Os dois trocaram mais um sorriso. Sentiam a respiração um do outro bem próxima.

— Ao menos isso. Ficaria arrasado se você tivesse se machucado tentando me ajudar.

— Não sou mulher de se machucar fácil. Nem de desistir fácil.

— Eu já notei isso.

Os dois continuaram se olhando, sem sair da posição em que estavam. Mefibosete teve vontade de beijá-la, mas conteve-se, com receio da rejeição.

O golpe

Ela sorriu e aproximou sua boca da dele, que não conseguiu mais resistir e lhe deu um beijo apaixonado. Foi um longo beijo, cheio de paixão.

— Desculpe-me, eu não devia... — disse Mefibosete quando as bocas deixaram de se tocar.

—Você não teve culpa de nada — disse Raquel, sorrindo feliz.

Joabe chegou e flagrou os dois naquela estranha situação. Ficou irado.

— Mas o que você pensa que está fazendo, menina?

— Pai! — disse, levantando-se rapidamente. — Não é isso que o senhor está pensando, eu só estava tentando ajudar e...

— Saia já daí! Você parece que está sempre querendo me envergonhar.

— Ela está dizendo a verdade, general. Raquel só estava...

— Por todo o respeito que tenho ao seu falecido pai, Mefibosete, não diga mais uma palavra! Agora, vamos embora daqui, Raquel!

Joabe saiu puxando a filha pelo braço.

★★★

Aitofel, Paltiel e Absalão começaram a colocar em prática o plano para conquistar o apoio do povo. Ficavam do lado de fora dos portões da cidade interceptando pessoas que vinham de outras partes do reino fazer algum pedido ao rei. Diziam que Davi não estava recebendo ninguém e que havia designado seu filho para resolver as questões em seu lugar.

Com paciência, perseverança e a sábia orientação de Aitofel, Absalão passou dias inteiros no local resolvendo os mais diversos problemas: enviava soldados para vigiar o pasto de um sitiante que reclamava de roubo de ovelhas, conseguia moradia para uma família desamparada, distribuía pequenas quantidades de metais preciosos, roupas de inverno, sementes para plantio e ferramentas. Doava alimentos e resolvia pequenas questões de justiça.

Tudo a partir de desvios dos recursos do palácio e com o apoio de soldados insatisfeitos, mercadores e fazendeiros falidos, a maioria deles fiel ao rei Saul. Nada disso seria possível sem a credibilidade que o povo depositava em Aitofel e o acesso irrestrito que o principal conselheiro do rei tinha a todas as pessoas e locais do palácio.

Muitas semanas se passaram e os conspiradores foram angariando mais e mais apoiadores. Tudo sem que Davi tomasse conhecimento, muito bem feito, a partir do conhecimento da arte política de Aitofel. Quando perceberam que já dispunham de apoio suficiente para iniciar o processo de derrubada, Absalão foi até seu pai e pediu autorização para ir até Hebrom, onde supostamente pagaria um voto que havia feito a Deus. Davi ficou orgulhoso da fé do filho e concordou. Pelas ruas de Jerusalém, porém, eles espalharam a notícia de que Absalão ofereceria uma grande festa em Hebrom, com comida e bebida farta.

★★★

Aitofel e Paltiel comemoravam os bons resultados quando Mical aproximou-se da casa do conspirador e parou para ouvir a conversa pela janela.

— Está tudo correndo como eu esperava, Paltiel! Já conseguimos reunir duzentos homens só em Jerusalém!

— Também temos muitos aliados de outras cidades, senhor Aitofel. O povo está encantado com o carisma do filho do rei.

— Mandei mensageiros para todas as tribos de Israel. Todos estarão em Hebrom hoje à noite para ouvir Absalão. E muito em breve Israel conhecerá seu novo rei!

— Que interessante! O principal conselheiro do rei conspirando contra Davi! – disse Mical, entrando de surpresa.

— Mical! Como você entra assim? Nem pense em contar nada para ele, Mical! — afirmou Paltiel, com medo.

— Ela não vai contar, Paltiel, não se preocupe. Afinal de contas, eu sei muito bem por que ela entra nessa casa sem bater na porta e o que ela costuma fazer aqui nas noites em que eu estou ausente. Certa vez cancelei um compromisso e quando cheguei vi coisas muito interessantes, coisas que o rei Davi ficaria muito interessado em saber.

— Suas ameaças não me assustam, senhor Aitofel. Não vou contar porque não me convém. Cansei de Davi! Quero ajudar Absalão a tomar o trono do pai!

★★★

Em Hebrom, uma multidão assistiu Aitofel discursar contra Davi e enaltecer Absalão, que também falou ao povo conforme orientado pelo conselheiro. A força da figura de Aitofel, que para muitos era a voz do próprio Deus, dava legitimidade ao golpe. A maioria da população presente foi pega de surpresa, mas o vinho distribuído fartamente colaborou no processo de persuasão. Josias

O golpe

e Itai, que estavam no meio do povo, voltaram o mais rápido que puderam para Jerusalém para avisar Davi, que foi acordado no meio da noite.

— Seu filho foi aclamado rei em Hebrom, senhor. Absalão está traindo o senhor, meu rei. Uma multidão apoia o seu filho e deseja que ele seja o novo rei de Israel em seu lugar. Não foi ninguém que nos contou, Davi. Eu e o Josias presenciamos tudo — disse Itai.

— Somos testemunhas de que o seu filho, infelizmente, está traindo o senhor — disse Josias.

— São testemunhas do quê? O que vocês viram, afinal? Como podem afirmar que Absalão é um traidor?

— Homens de Absalão convidaram gente do povo para ir a uma festa em Hebrom, que seria dada por ele. Eu e o Josias fomos para lá de boa-fé. Não tínhamos ideia do que estava sendo armado.

— Assim como nós, muitos foram pegos de surpresa quando o senhor Aitofel começou a falar que o rei não tinha mais tempo para o povo e...

—Você disse Aitofel?

— Sim, o seu conselheiro estava em Hebrom apoiando Absalão. Por isso a rebelião ficou ainda mais forte e ganhou tantos adeptos.

Naquele momento Davi finalmente entendeu que Aitofel nunca o perdoara e que aguardara todos aqueles anos para vingar-se. O rei decidiu então deixar Jerusalém para evitar um confronto com o filho. O dia começava a amanhecer e o movimento no palácio era intenso, com todos arrumando suas coisas para partir. Joabe estava indignado com a decisão de Davi.

—Vai simplesmente entregar Jerusalém?

— Se eu ficar, Absalão vai atacar a cidade, e o povo vai sofrer! Não quero derramamento de sangue de gente inocente! Já reuniu os soldados como eu pedi?

— Os que restaram. Boa parte do nosso exército se aliou a Absalão, liderados por Paltiel. Eu sabia que ele ainda ia me dar problema! Cretino! Desgraçado! Covarde! Vou acabar com esse traidor!

— Calma, Joabe! Estamos aqui perdendo tempo. Prepare todo mundo para partir! Se Absalão se proclamou rei em Hebrom, o próximo passo é vir para cá! E eu quero sair da cidade antes que ele chegue!

— Eu soube o que Absalão fez — disse Mical, entrando na sala. Conte comigo, Davi. Sou sua primeira esposa. Jamais o abandonaria num momento como esse — disse, falsamente.

— Obrigado, Mical. Então, por favor, reúna-se com as outras esposas. Elas estão se preparando para partir.

★★★

A comitiva de Davi preparava-se para deixar a cidade. Todas as servas e servos do palácio, os guardas, as esposas de Davi estavam reunidos. Muita gente do povo, que resolveu abandonar tudo, também escolheu acompanhar Davi, apesar de nem mesmo o rei saber ao certo seu destino e nem como sobreviveria. Muitos dos que ficariam em Jerusalém choravam a saída do rei que amavam.

Tamar decidira ficar. Explicou para o pai que achava melhor estar perto de Absalão para tentar fazê-lo mudar de ideia e desistir daquela loucura. Mical acabou não aparecendo. Itai angariou uma grande quantidade de homens do povo e uniu-se também a Davi. Husai quis acompanhar o rei, mas este pediu que ele permanecesse na cidade.

— Husai, você não vai me ajudar em nada me acompanhando. Se quer mesmo fazer algo pelo seu rei, fique em Jerusalém e receba Absalão com alegria. Diga a ele que você vai servi-lo assim como me serviu.

— Mas meu senhor, eu não entendo. Qual seria o propósito disso?

— Quero que você faça com que os conselhos de Aitofel percam o sentido.

— Como? O senhor Aitofel é um conselheiro sábio, experiente. E eu não passo de um aprendiz.

— Não pense nisso agora, Husai. Deus colocará as palavras certas na sua boca. Apenas atenda o meu pedido.

— Sim, claro, se é essa a sua vontade, farei isso. Serei seus olhos e ouvidos dentro do palácio.

— Eu o agradeço muito, meu amigo! E, por favor, cuide de Tamar, mas não diga nada a ela sobre o nosso acordo.

Abiatar e Natã também pretendiam juntar-se à comitiva e levar com eles a Arca da Aliança, mas Davi pediu para que ficassem.

— A Arca deve permanecer em Jerusalém, assim como os sacerdotes para protegê-la. Se Deus estiver satisfeito comigo, ele me fará voltar e eu poderei ver a arca novamente. Mas, se não estiver, que faça comigo o que quiser.

Quase todos já haviam atravessado os portões de Jerusalém. Tirsa já estava na comitiva, mas Mefibosete ficara com Ziba na cozinha embalando mantimentos para a viagem. Ela tinha sido orientado a colocar Mefibosete sobre um dos jumentos que carregariam os suprimentos, mas traiu seu senhor. Quando estava tudo pronto, golpeou a cabeça de Mefibosete, deixando-o desacordado. Amarrou-o, amordaçou-o, carregou os jumentos com mantimentos e foi se unir à comitiva, que a esta altura já estava fora da cidade. Aproximou-se de Davi. Tirsa e Raquel estavam muito preocupadas com a demora de Mefibosete e também se aproximaram para ouvir a conversa.

— Senhor, meu rei. Consegui reunir estes mantimentos para a jornada.

— Ótimo, Ziba, obrigado. Tudo isso será muito útil. Onde está Mefibosete?

— Infelizmente, ele resolveu ficar na cidade.

Tirsa e Raquel se olharam, preocupadas.

— E por que o filho de Jônatas não veio se juntar a mim?

— Sinto muito, meu rei. O senhor Mefibosete está convencido de que agora os israelitas vão lhe devolver o reino do seu avô Saul.

— Isso é mentira! Mefibosete jamais faria isso! — interferiu Tirsa, revoltada.

— Também fiquei espantado, mas foi o que ele me disse. Está iludido, o pobre homem!

— Muito bem, Ziba! Como o seu senhor não demonstra fidelidade ao rei, a partir de agora as terras de Mefibosete serão suas! — disse Davi, irado.

Davi se afastou, e Ziba sorriu triunfante. Tirsa fez menção de aproximar-se do rei, mas Raquel a conteve.

— Deixa, Tirsa! O rei está chateado, nervoso e nada do que você falar agora vai adiantar alguma coisa.

— O rei Davi sempre foi um homem justo! Será que não percebe que Ziba está mentindo? Ah, meu Deus, o que será que ele fez com o Mefibosete? Raquel, eu preciso voltar!

— Eu vou com você!

As duas começaram a andar na direção contrária da comitiva, mas foram interceptadas por Joabe.

— Vocês não vão voltar! É muito perigoso. Soube que os homens de Absalão já estão chegando a Jerusalém!

— Pois que me matem, mas eu preciso voltar para encontrar o meu menino.

Joabe pegou Tirsa pela cintura e começou a carregá-la no ombro.

— Eu já disse que é perigoso! Você não vai voltar!

— Solte-me!

Ela se debatia desesperada, socando Joabe e esperneando, mas ele seguiu inabalável.

— Eu preciso voltar! Me largue!

Todos já tinham saído. Os portões da cidade se fecharam.

★★★

Tamar encontrou Mefibosete amarrado a amordaçado no chão da cozinha, já acordado.

— Obrigado, Tamar. Agora eu preciso ir encontrar o rei!

— Mas eles já devem ter saído da cidade.

— E a Tirsa?

— No palácio, ela não está. Deve ter ido embora também.

— Meu Deus! E agora?

—Você pode continuar a viver aqui no palácio, sem problemas. Eu cuido de você, sei como meu pai o ama.

—Agradeço sua preocupação, mas não posso fazer isso! Seria uma traição ao seu pai!

— Que opção você tem? Todos já partiram. Você não tem condições de ir atrás da comitiva. Fique aqui comigo. Tenho certeza de que Absalão não se importará.

— Ainda existe sim uma opção, Tamar. Já vivi muito nas ruas de cidades mais pobres, conseguirei sobreviver bem nas ruas de Jerusalém.

Arrastou-se para fora da cozinha, e, por fim, para fora do palácio.

VINTE E NOVE
Rei Absalão

Logo chegaram a Hebrom as notícias do abandono de Jerusalém por Davi.

— Aconteceu tudo exatamente como o senhor previu, senhor Aitofel! — comemorou Absalão.

— Eu sabia que Davi faria qualquer coisa para impedir um confronto com o próprio filho.

— É impressionante como o senhor conhece o meu pai!

— São anos de convivência, Absalão. Davi ama o povo e a cidade. Para poupar Jerusalém da destruição de uma batalha e não ser pego de surpresa, era natural que ele optasse por sair.

★★★

Cornetas anunciaram a entrada de Absalão em Jerusalém, ao lado de Aitofel. Atrás deles vinham os soldados, liderados por Paltiel, e atrás da tropa uma multidão de homens e mulheres de outras cidades e tribos. Poucos moradores de Jerusalém celebravam, muitos estavam deixando a rua e iam para suas casas em sinal de protesto.

Aitofel posicionou-se para discursar. Todos se reuniram em volta dele para ouvir as palavras do velho conselheiro.

— Povo de Jerusalém! A partir de hoje, Israel vive uma nova era! Deus escolheu um novo homem para reinar sobre seu povo! Ele é jovem e vigoroso, como foi seu próprio pai um dia! Mas Davi fraquejou e virou as costas para aqueles que o admiravam. E sua fraqueza foi tamanha que fugiu covardemente de Jerusalém. Davi sabia que não poderia ir contra o inevitável! Pela vontade de Deus e do povo de Israel, eu proclamo Absalão o novo rei de Israel!

—Viva Absalão! Viva o rei! — saudou Paltiel.

A multidão de forasteiros respondeu às saudações e gritou em coro o nome de Absalão. Tamar atravessava a massa que tomava as ruas, caminhando apressada em direção ao local onde estava seu irmão, quando se esbarrou em Husai.

— O que você está fazendo aqui? Você não deveria ter ido com meu pai? — espantou-se.

— Resolvi ficar para dar apoio ao seu irmão — respondeu Husai, embaraçado, impedido de revelar seu segredo.

— E ainda se dizia amigo do rei! — indignou-se.

—Você também não seguiu seu pai.

— Eu tenho minhas razões. Não abandonei o meu pai como você.

Ela virou as costas e ia saindo, mas Husai a segurou pelo braço.

—Tamar, espere!

—Afasta-se de mim! Não quero vê-lo nunca mais.

Tamar desvencilhou-se. Foi até onde estava o irmão.

— Minha irmã, que bom vê-la aqui!

— Gostaria que fosse em outras circunstâncias, Absalão!

— Conversamos melhor no palácio. O povo de Israel agora precisa da atenção de seu novo rei.

★★★

A comitiva de Davi já estava distante de Jerusalém. A falta de perspectivas e a longa caminhada já estavam deixando todos tensos e exaustos. Salomão ardia em febre. Quando passaram pelo povoado de Baurim, um homem chamado Simei, da tribo de Benjamin e da linhagem de Saul, aproximou-se do grupo e começou a maldizer Davi e a atirar pedras.

— Fora daqui, assassino! Sanguinário! Você tomou o reino de Saul!

Davi ficou surpreso, mas abaixou a cabeça e seguiu sem reagir. Joabe enfureceu-se e sacou a espada.

— Mas o que esse homem está pensando?

— Não, Joabe! Guarde essa espada!

— Mas Davi. Ele o está afrontando!

— Não faça nada!

Simei continuou amaldiçoando o rei e jogando pedras.

Rei Absalão

— Sua vida caiu em desgraça! Deus o está castigando por todo o sangue derramado da família de Saul e entregou seu reino nas mãos de Absalão!

— Cale a boca! — gritou Joabe.

Simei também jogava pedras nos servos de Davi, que se protegiam. Uma pedra atingiu Joabe.

— Por que você permite que esse cachorro morto o amaldiçoe desse jeito? Deixe que eu vá lá arrancar a cabeça desse infeliz!

— Deixe-o em paz! Quem sabe um dia o Senhor olhe para a minha aflição e me dê algumas bênçãos no lugar dessas maldições.

A caravana seguiu viagem. Simei continuou jogando pedras em Davi e proferindo impropérios.

★★★

Absalão estava extasiado, sentado no trono de Davi. Na sala, além dele, estavam Aitofel e outros conselheiros.

— Eu nasci para este trono, senhor Aitofel.

— E tenho certeza que o honrará muito mais que o seu pai. As tribos estão satisfeitas com você, Absalão. É só uma questão de tempo para você conquistar também os moradores de Jerusalém.

— E então? Quem vou atender primeiro como novo rei de Israel?

— O sacerdote Husai está aqui para vê-lo.

— Ele não seguiu com meu pai? Que estranho! Mande-o entrar.

Husai entrou e parou em frente ao trono e o cumprimentou com uma mesura.

— Viva o rei!

— Onde está a sua fidelidade para com o seu amigo Davi? Por que não foi com ele?

— Como eu poderia fazer isso? Estou do lado daquele que foi escolhido pelo Deus Eterno, por este povo e por todos os israelitas. Eu ficarei com o senhor. Assim como servi a seu pai, eu agora o servirei com a mesma devoção.

— Está certo! É muito bom receber o apoio de um sacerdote. Seja bem-vindo, levita. Fique e participe do nosso conselho. Diga, senhor Aitofel, qual é o conselho que tem para mim? O que devo fazer agora para firmar o meu reinado?

— Tenha relações com as concubinas que Davi deixou para cuidar do palácio.

— Com todas elas? — perguntou, com um sorriso malicioso e surpreso.

— Sim, claro. Dormir com uma mulher do rei é uma demonstração de poder, de tomada do trono. Os seus aliados saberão que, ao fazer isso, você se tornou de uma vez por todas inimigo do seu pai.

Absalão gostara da ideia e sorria satisfeito quando Mical entrou na sala.

— Com licença, Absalão. Me perdoe por entrar sem ser anunciada.

— Mical? Achei que você tivesse partido com o seu marido.

— É sobre isso mesmo que preciso falar. Quero me aliar a você, Absalão. Seu pai não merece mais o trono de Israel. Conte comigo para o que precisar para consolidar de vez o seu reinado.

Absalão e Aitofel trocaram um sorriso malicioso. Naquela mesma tarde Absalão deitou-se com Mical.

★★★

Davi e seus seguidores haviam acampado à beira do rio Jordão, cuja penosa travessia seria realizada no dia seguinte, com todos descansados. Davi e Bate-Seba estavam preocupados com a reduzida quantidade de alimentos disponível, mas seguiam confiantes de que Deus os proveria de alguma forma.

Já era tarde e a maior parte dos viajantes já havia se recolhido, mas Davi e Joabe ainda conversavam junto à fogueira. Joabe repassou para o rei informações que obtivera durante o dia com o povo sobre como o golpe havia sido arquitetado.

— Aitofel só conseguiu instigar Absalão porque encontrou um terreno fértil para semear, Joabe. Isso é o que mais me dói. Mas agora o que precisamos é pedir a Deus para que Absalão não nos ataque esta noite.

— Se ele fizer isso, não temos a menor chance, Davi. Os soldados estão desanimados, exaustos, famintos. Saímos com pressa e a provisão que trouxemos já está no fim.

— Essas pessoas largaram tudo pra me seguir. Não posso permitir que algo de mau lhes aconteça.

Os amigos conversaram mais um pouco, até que Joabe decidiu recolher-se. Ia para sua tenda quando passou por Tirsa, que estava com os olhos inchados de tanto chorar. Ela foi correndo até ele, revoltada.

— Você não podia ter feito isso comigo! Eu quero voltar para buscar Mefibosete!

— Eu já disse, mulher. Você não vai voltar. É perigoso demais.

— Mas então mande seus homens buscá-lo!

— Você acha mesmo que vou abrir mão de meus homens para buscar Mefibosete? Nós estamos numa guerra! E, pelo que eu saiba, Mefibosete não veio porque preferiu apoiar Absalão!

— Isso não é verdade! Ziba inventou essa história! Quer saber? Não tem problema. Se você não quer me ajudar, eu volto sozinha!

Tirsa saiu, decidida, mas Joabe a segurou com força e a puxou pelo braço. Seus rostos ficaram muito próximos.

— Eu já disse que não!

— E quem é você para me dar ordens?

— Como é teimosa!

— Pois me mate, se quiser!

Joabe não respondeu. Permaneceu olhando nos olhos de Tirsa. A irritação deu lugar ao desejo. Ela também permaneceu olhando profundamente nos olhos de Joabe, que não resistiu e a beijou com paixão. Ela entregou-se.

— Isso não podia ter acontecido! Você pensa que eu ainda sou uma...

— Penso que você é minha mulher.

— O quê?

— Quero me casar com você, Tirsa — disse, puxando-a para perto de si, carinhoso.

Ela começou a chorar, emocionada.

— Eu... eu não esperava por isso. Não depois de ter feito tanta coisa errada...

Joabe beijou-a novamente, carinhoso.

— Você já consertou seus erros do passado, Tirsa. Não deve nada a ninguém. E nós sabemos que você só os cometeu por amor a Mefibosete! E o que você me diz? Aceita se casar comigo?

— Então isso é sério?

— Nunca falei tão sério em toda a minha vida!

***

Depois da conversa com Joabe, Davi saiu para caminhar pelo deserto. Ajoelhou-se e olhou para o céu estrelado.

— Senhor Deus dos exércitos, sabe quão poderosa é a influência de Aitofel sobre Absalão. Sei que seus conselhos têm guiado cada passo de meu filho contra mim. Seu coração cheio de ódio e rancor, que esperou pacientemente por vingança, não permitirá que eu viva até amanhã. Por isso, eu te peço, Senhor, faz com que as palavras de Aitofel pareçam loucura para Absalão. Ajuda Husai a influenciar o novo rei e salva aqueles que deixaram Israel sob minha proteção.

***

Aitofel já cuidara de espalhar pela cidade a notícia de que Absalão estava se deitando com Mical e com as concubinas do rei. À noite o conselho voltou a reunir-se para decidir os passos seguintes. Aitofel tomou a palavra.

— Peço sua permissão para escolher doze mil homens e eu mesmo comandarei uma tropa para perseguir Davi ainda esta noite. Atacarei enquanto ele estiver cansado e sem ânimo. Isso deixará o seu pai com medo e todos os seus homens fugirão. Matarei somente o rei Davi e trarei de volta o povo e todos os homens que o servem passarão a lhe servir, Absalão. Enquanto Davi estiver vivo, você continuará apenas sendo seu filho. Davi tem que morrer para que você seja o único rei sobre Israel!

Absalão levantou-se do trono e caminhou um pouco pela sala, pensativo. Aitofel esperava ansioso por seu parecer.

— Senhor Aitofel, brilhante como sempre!

Aitofel sorriu, triunfante.

— E você, Husai? Por que está tão sério? Não concorda com o plano de Aitofel?

Husai sentiu um calafrio. Não seria fácil contrapor-se ao principal conselheiro frente a todo o conselho. Tomou coragem e falou.

— Desculpe, senhor, mas desta vez o conselho do senhor Aitofel não é bom.

Aitofel fechou o sorriso, contrariado. Absalão e os demais conselheiros se espantaram.

— Pois muito bem, se não concorda, nos diga o que devemos fazer.

Como que tomado por uma força superior, Husai começou a falar com segurança e paixão. Seu tom de voz era contagiante.

— O senhor conhece muito bem o seu pai. Sabe que Davi e seus homens são guerreiros valentes e com certeza devem estar furiosos como uma ursa na floresta, de quem roubaram os filhotes. Seu pai é um homem de guerra, experiente. É certo que não passará a noite com o povo. Agora mesmo ele deve estar escondido em alguma caverna ou em qualquer outro lugar seguro. Não podemos correr o risco de irmos até ele com um exército menor e sermos atacados pelos soldados de Davi. Não queremos que o povo diga que os homens de Absalão foram derrotados.

Absalão mudou a expressão de desconfiança e passou a se interessar mais, prestando muita atenção às palavras do levita.

— O meu conselho é que o senhor reúna o mais rápido possível homens de todas as tribos de Israel, desde Dã até Berseba, para formar um exército tão numeroso como os grãos da areia do mar. E é o senhor quem deve comandar os soldados pessoalmente na batalha. E, aí sim, nós iremos até o seu pai onde ele estiver e cairemos sobre ele facilmente como o orvalho cai sobre a terra. Acabaremos não só com Davi, mas nenhum de seus homens sobreviverá.

— Isso é um absurdo! — revoltou-se Aitofel. — O momento de atacar é agora! Não podemos esperar nem um só instante. Vamos pegar Davi e seus homens cansados e de surpresa. Eles não terão como reagir! Se esperarmos até amanhã, daremos tempo a Davi e seu exército de se restabelecerem e prepararem uma estratégia!

— Senhor Aitofel — prosseguiu Husai, confiante —, se tivermos tempo de reunir um grande exército, atacaremos Davi onde quer que ele esteja, sem dar-lhe a menor chance de escapar. E, se Absalão comandar pessoalmente seu exército, mostrará ser um guerreiro destemido e obterá o respeito de toda Israel e o temor de nossos inimigos.

Husai tocava sabiamente na vaidade de Absalão. Um burburinho entre os conselheiros indicava que as palavras de Husai tinham sido bem aceitas.

— Não é prudente o rei se expor dessa maneira! Por favor, Absalão, deixe que eu mesmo o faça, em seu nome! — disse Aitofel.

Absalão refletiu por alguns instantes e observou a reação dos demais conselheiros antes de dar afinal seu parecer.

— Senhor Aitofel, o conselho de Husai é melhor do que o seu. Ainda hoje vou convocar homens valentes em todas as tribos. Amanhã partiremos logo cedo e eu mesmo comandarei o meu exército!

★★★

Como previamente combinado, Abiatar deixou o acampamento e foi em segredo a Jerusalém para colher com Husai informações sobre os planos de Absalão. Retornou ao acampamento de Davi com as novidades. Davi ouviu o relato e mostrou-se apavorado com a ideia de ter que enfrentar o próprio filho no campo de batalha. Ele sabia também que a única chance que teriam de sobreviver a um ataque na manhã seguinte seria atravessar o rio Jordão durante a noite. Do outro lado do rio o povo estaria mais protegido a era maior a chance de encontrarem comida.

Acordaram a multidão que já dormia e levantaram acampamento. A correnteza era forte, e a travessia durou toda a noite. A dificuldade era ainda maior para crianças e idosos. Já era alta madrugada quando as últimas pessoas chegaram à margem oposta. A alguns quilômetros dali ficava o povoado de Maanaim, onde vivia Barzilai, um rico comerciante que era grande admirador de Davi. Ele ficou feliz pela oportunidade de ajudar e ofereceu aos seus seguidores uma grande quantidade de suprimentos, como comida e tecidos quentes. Josias caminhava pelo povoado quando deparou-se com Allat na rua. Pediu ajuda a dois servos para capturá-la e levá-la até Bate-Seba. Allat chegou assustada à tenda.

— Por favor, me deixe ir embora! Eu não fiz nada, juro!

— Fique calma, Allat. Ninguém aqui vai lhe fazer mal. Josias, pode soltar a moça. E busque algo para ela comer e beber — pediu Bate-Seba.

— Faz anos que a procuro, Allat! Para agradecê-la! Olhe como Salomão cresceu um menino forte e saudável. Graças a você ele está vivo. Você salvou meu filho das mãos da Mical, não foi, Allat?

Lágrimas escorriam pelo rosto sujo e deformado da mulher, que ficou muito emocionada com as palavras de Bate-Seba.

— Ele era só um bebezinho! Como alguém pode pensar em fazer mal a uma criança tão pura? Então a senhora sabe que sou inocente?

— Claro que sei, minha querida. Eu conheço Mical e sempre tive certeza de que ela estava mentindo! Mas você sumiu, desapareceu!

— Eu tive que fugir! Achei que todos pensariam que tivesse sido eu que roubara sua criança! Mas foi ela!

— Foi Deus quem colocou você novamente em meu caminho, para que eu possa lhe agradecer e fazer justiça!

TRINTA

A paz, enfim

O sol já brilhava e os homens de Davi estavam preparados para a luta. O exército foi dividido em três tropas. A primeira ficou sob o comando do general Joabe, a segunda foi comandada por Itai e a terceira por Abisai, irmão de Joabe e sobrinho de Davi, que dera prova de sua valentia e fidelidade desde a perseguição promovida por Saul. A estratégia era adiantarem-se a Absalão e permanecerem escondidos na floresta de Efraim para pegar as tropas de Absalão de surpresa. Davi preparava-se para ir junto com os soldados, mas Joabe e Itai pediram que ficasse.

— Não, Davi! Você não pode ir conosco! Tem que ficar a salvo! — disse Joabe.

— Não seria justo. Quero lutar com o meu povo!

— Joabe tem razão! Se formos obrigados a fugir ou se nossos inimigos matarem metade do nosso exército, isso não fará diferença para eles. Mas você, Davi, vale por dez mil de nós — disse Itai.

— É melhor você ficar e mandar socorro, se precisarmos — afirmou Joabe.

— Está certo. Farei o que estão me pedindo. Agora, me prometam uma coisa: se vocês têm amor por mim, não façam mal a Absalão. Quero que passem esta ordem a todos os oficiais do nosso exército.

Itai e Abisai concordaram, mas Joabe apenas se retirou dali, convocando todos para o início da marcha. Entre os homens perfilados estava Jonadabe. Ele foi cutucado por outro soldado, que tinha a cabeça coberta por um capacete. Quando olhou, o soldado levantou o capacete o bastante para que pudesse ver que era Raquel.

— Ficou louca? O que você está fazendo aqui? — sussurrou.

— Quero ajudar o rei a recuperar o reino!

— Isso não é brincadeira, Raquel! Se seu pai pega você!

A paz, enfim

— Ele não vai me pegar. E sou um soldado muito bom, e você sabe disso!

★★★

O exército de Absalão marchava pela floresta quando foi pego de surpresa por milhares de soldados de Davi que surgiram repentinamente. Eles estavam imóveis, escondidos sob as folhas secas, em cima das árvores e atrás das pedras.

Com o ataque inesperado, vários soldados de Absalão foram executados de imediato. Mas a quantidade de homens ao lado de Absalão era muito superior, e seu exército oferecia resistência. Raquel era um dos soldados mais destacados da tropa de Davi, matando diversos oponentes.

Joabe matou Paltiel e foi cercado por dois soldados, que o desarmaram e seguraram seus braços para que um terceiro cravasse a espada em seu ventre. Quando pensou que seu destino estava selado, três flechadas certeiras derrubaram os três inimigos, salvando-o. Assustado, virou-se para agradecer àquele que salvara sua vida, quando se deu conta de que o soldado era Raquel.

— Raquel? O que você está fazendo aqui?

— O mesmo que você, pai! Honrando o rei Davi! Abaixa!

Joabe abaixou-se e Raquel desferiu mais uma flechada, matando um inimigo que estava prestes a cravar uma lança nas costas do general.

—Vai ficar aí parado, pai?

Em estado de choque, Joabe sorriu estupefato e seguiu lutando. A batalha estava sendo vencida pelos homens de Davi e a maior parte dos mortos e feridos era do exército inimigo.

Percebendo a derrota iminente, Absalão fugiu para dentro da floresta, seguido por Itai. Olhava para trás apavorado quando seu cavalo passou por uma árvore de galhos baixos. Ficou preso pela cabeça em um dos troncos, perdendo o animal. Pendurado, gritava e gemia de dor. Itai aproximou-se lentamente e estava em dúvida sobre a atitude que deveria tomar quando Joabe chegou.

— Por que você está aí parado e ainda não o matou? Eu teria lhe dado dez barras de prata por ter matado esse miserável!

— Mas o rei Davi pediu para não fazermos nada contra ele.

— Alguém me ajuda! Me tirem daqui! — gritava.

Joabe caminhou até Absalão e cravou sem piedade sua lança no peito do príncipe.

— Desgraçado!

Absalão foi enterrado ao lado da árvore, e sua cova foi coberta por uma pilha de pedras. Joabe tocou então o *shofar*, indicando que a batalha estava encerrada.

— Jonadabe, vá dar as boas-novas a Davi! — ordenou Joabe.

★★★

No acampamento, Davi já havia ouvido o som do *shofar* e esperava por notícias, quando viu Jonadabe ao longe, correndo.

— Paz, senhor! Está tudo bem! — gritou.

— Como está Absalão? — perguntou Davi quando o soldado ajoelhou-se a seus pés, ofegante.

— Gostaria que o que aconteceu com ele acontecesse com todos os seus inimigos e com todos os que desejam o seu mal!

A alegria pela vitória no rosto de Davi deu lugar ao amargor, sinalizando um sofrimento profundo. Saiu caminhando em choque, desolado, desnorteado, e começou a chorar, gritando em dor e desespero, rasgando suas vestes em sinal de luto.

— Ó, meu filho! Meu filho Absalão! Preferiria ter morrido em seu lugar!

Os soldados que estavam retornando exultantes com a vitória ficaram chocados com a cena.

★★★

Alguns minutos depois, Joabe foi até Davi, que estava em sua tenda deprimido.

— Hoje você humilhou os seus soldados, Davi! Envergonhou os homens que salvaram a sua vida, a vida de seus filhos, de suas esposas, de sua família. Eles estão lá fora se sentindo culpados, como se tivessem fugido, derrotados de uma batalha, porque sabem que o rei está chorando a morte do filho! Você odeia aqueles que o amam. E ama quem o odeia! A sua atitude só mostrou que os seus guerreiros não valem nada pra você. A alegria da vitória se transformou em tristeza! O que era para ser celebrado com festa agora é motivo para luto!

Davi ouvia tudo olhando para o chão, sem reagir, com lágrimas correndo de seu rosto.

A paz, enfim

— Aposto que você ficaria muito feliz se Absalão, que o traiu e o desonrou, estivesse vivo e todos nós estivéssemos mortos!

Davi ainda permaneceu inerte por alguns minutos. Então se levantou e olhou profundamente nos olhos do seu general. Caminhou para fora da tenda, decidido e parou em frente a todos os soldados que ali estavam.

— Vocês fizeram o que tinha que ser feito. Livraram Israel das mãos de quem tramava o meu mal. Defenderam sua terra, sua gente, seu rei! Essa foi a vontade de Deus! Vamos voltar para Jerusalém. O Senhor nos deu a vitória e agora vai nos dar o descanso de todos os nossos inimigos!

Viva o rei Davi! — gritou Joabe, satisfeito, secundado por gritos de toda a tropa.

★★★

O retorno de Davi a Jerusalém foi glorioso, com o povo alegre nas ruas para receber seu rei. Davi era o único que não sorria, ainda sofrendo a dor da morte do filho. Mefibosete, que desde a saída da comitiva voltara a viver na rua, apressou-se para saudar Davi. Ziba estava por perto.

— Que alegria vê-lo de volta, meu rei! Eu sabia que essa guerra só teria um vencedor! Davi, o rei ungido por Deus!

— Se estava ao meu lado, por que não foi comigo, Mefibosete? — perguntou Davi, frio.

— Fui enganado, senhor! O meu servo Ziba me amarrou na cozinha e não consegui sair de lá a tempo de acompanhá-lo!

— Não foi essa a história que Ziba me contou. Ele me disse que você queria ser rei de Israel, por isso ficou para apoiar Absalão.

— Isso é mentira! Toda a família de meu pai merecia ser morta, mas o senhor me colocou entre os que comem à sua mesa. Como poderia me virar contra o rei?

— Não acredite nele, senhor! — disse Ziba, aproximando-se — É claro que, quando viu que Absalão perdeu a guerra, o coitado resolveu mudar de lado novamente! Mas é tarde para isso! Suas terras agora são minhas, traidor!

— O senhor é como um anjo de Deus. Julgue como achar melhor — disse Mefibosete.

— Como não sei quem está falando a verdade, vou dividir novamente as terras. Metade fica para Mefibosete e a outra metade para Ziba.

— Que Ziba fique com tudo, senhor.

— Está recusando as terras?

— Pra mim, só importa que o rei tenha voltado para casa em paz.

Mefibosete virou as costas, já saindo.

— Espere! — disse o rei, abaixando-se e o abraçando carinhosamente. — Eu sabia que você era um homem honrado, como foi seu pai. E, como você não se importou com as terras de seu avô, elas voltarão para as suas mãos, como deve ser. E você, Ziba, terá o castigo que merece! Guardas! Segurem este homem!

— Não, espere aí! Ele é o traidor e eu é que sou castigado?

—Você será expulso de Jerusalém e banido para sempre deste reino! Mandarei ordem a todas as tribos! A todos será proibido lhe dar trabalho ou abrigo.

— Mas, meu rei! Como vou sobreviver?

—Terá que mendigar o seu pão e implorar por comida, como fazia o seu senhor a quem enganou. Podem levá-lo!

★★★

No palácio, Tamar corria pelos corredores em direção à rua para abraçar seu pai quando cruzou com Husai, exultante.

— Davi voltou, Tamar! Seu pai voltou pra cidade! A guerra acabou!

— Por que está assim tão feliz? Não foi você mesmo que aconselhou Absalão a matar meu pai?

— Foi tudo um plano. O seu pai mesmo pediu que eu retornasse a Jerusalém e fingisse lealdade a Absalão para ajudá-lo a ganhar tempo.

— Então você era um espião do rei?

— Isso mesmo. Mas eu não podia lhe contar nada, pelo bem do seu pai e daqueles que estavam com ele.

— Mas e Absalão? O que aconteceu com meu irmão?

— Infelizmente, Absalão está morto. Seu pai não queria que ele morresse. Ele pediu aos soldados que Absalão fosse poupado, mas seu irmão acabou morrendo na guerra.

Tamar começou a chorar.

— É tudo culpa minha! Meus dois irmãos mortos!

Husai amparou a moça.

— Para de acreditar nessa mentira! Você não tem culpa de nada! Cada um de seus irmãos escolheu o próprio caminho!

Ela foi acalmando-se e só então se deu conta de que Husai estava sem turbante. Na véspera, ele havia entregado sua estola e seu turbante a Natã, desistindo de ser sacerdote.

—Você não está usando turbante. Desde criança, o vejo com aquelas roupas de levita. Por que não está vestido como sacerdote?

— Eu não sou mais um sacerdote, Tamar. Abandonei tudo pra ficar com você. Você é a mulher que eu amo. E quero que seja minha esposa.

O choro de dor de Tamar se transformou num pranto de alegria. Abraçaram-se e beijaram-se apaixonados.

— Eu a amo, Tamar!

—Também o amo! O amo muito!

★★★

Mais tarde, na sala do trono, Davi recebeu de um mensageiro a notícia de que Aitofel fora encontrado morto em sua casa. Havia se enforcado quando soubera da vitória de Davi sobre Absalão. Depois que o mensageiro se foi, Mical foi autorizada a entrar. Ela chegou sorrindo com falsidade.

— Davi, meu rei! Que bom que retornou são e salvo! Eu estava tão preocupada com…

— Chega de falsidade, Mical! Eu já sei de tudo!

— Aposto que já foram lhe encher a cabeça com mentiras a meu respeito.

— Não são mentiras! Todo o povo sabe! Você nem fez questão de disfarçar a sua traição! Aliou-se a Absalão e se deitou com o meu próprio filho!

— Ele me forçou! Eu não queria! Eu juro! — chorava.

— Cale-se! Não adianta mais fingir, Mical! Mas você não terá de pagar apenas por sua traição com Absalão.

Bate-Seba entrou na sala acompanhada por Allat.

— Allat? O que essa mulher está fazendo aqui? Achei que essa feiticeira maldita estivesse morta!

— Nem sei como eu sobrevivi depois do que você fez comigo — afirmou Allat.

— Essa mulher quase matou Salomão, vocês se esqueceram? Que bom que ela foi encontrada! Precisa ser punida!

— Chega, Mical! Chega das suas mentiras, eu passei muito tempo tendo que me submeter a você e às suas loucuras — disse Allat, firme.

— Que é isso, como se atreve a falar assim comigo? Meu rei, o senhor não pode permitir.

— Continue, Allat — disse Davi.

—Tive que passar estes anos todos me escondendo de vilarejo em vilarejo, feito uma criminosa, acusada de ter tentado matar o filho do rei, quando na verdade eu salvei aquela criança das suas mãos!

— Jamais! Eu jamais faria uma coisa dessas! Sempre quis ter um filho! Não teria coragem de fazer nenhum mal a um bebê! Vocês preferem acreditar nessa bruxa? Na feiticeira de En-Dor? Eu sou Mical, filha de Saul e primeira esposa do rei e...

— Cale-se! — disse Davi, enérgico. — Eu ouvi tudo que tinha que ouvir e já tenho a minha sentença! Primeiro você, Allat. Por ter se arriscado para salvar a vida de Salomão, meu filho, e ter sido grandemente injustiçada, você receberá ouro suficiente para viver confortavelmente onde desejar pelo resto de seus dias. Se for o seu desejo viver em Israel conforme as leis de Moisés, você será muito bem-vinda e tratada como uma de nós se abandonar os seus ídolos e somente a Deus adorar como o seu único senhor!

— Há muito tempo já não adoro outros deuses; apenas o seu Deus! Obrigada! Viverei em Israel enquanto esta terra tiver como rei um homem bom e justo como o senhor — disse Allat. Lágrimas escorriam do seu rosto deformado pelas cicatrizes.

— Isso é um absurdo! Allat é uma falsa!

— Silêncio, Mical! Quanto a você...

— Davi, meu amor! Você é meu marido. Por favor, acredite em mim!

— Assim como as outras concubinas que me desonraram e tiveram relações com o meu filho Absalão, você ficará confinada neste palácio até a sua morte e nunca mais verá a minha face, nem a face de mais ninguém. Guardas, levem essa mulher daqui!

— Não, Davi, por favor! Eu o amo! Tudo o que fiz foi por amor! Não faça isso! Por amor de Saul, meu pai!

Mical saiu arrastada pelos guardas do palácio, e seus gritos ainda puderam ser ouvidos durante algum tempo ecoando pelos corredores.

★★★

Davi consultou a Arca da Aliança e dela teve a confirmação de que Salomão deveria ser ungido para reinar quando ele morresse. A unção realizada por Natã deu-se em meio a grande festa e muita alegria em Jerusalém.

Muitos casamentos aconteceram no palácio nos meses que se sucederam à unção de Salomão. Raquel casou-se com Mefibosete, que se esforçava muito e já conseguia apoiar-se sobre as pernas e se movimentar com a ajuda de muletas, sem se arrastar. Joabe casou-se com Tirsa e Tamar casou-se com Husai.

Davi colhia finalmente os frutos de tanto esforço e sofrimento. Vivia dias felizes após tantas provações. Natã foi até a sala do trono conversar com ele no dia seguinte à celebração do casamento de Tamar.

— Deus é como um oleiro, Davi. E nós somos como o barro em suas mãos, sendo moldados por ele. Imagine o trabalho que não dá para se moldar um rei! Deus lhe deu família, filhos, esta cidade, ele o cobriu de riquezas, lhe deu fama e vitórias sobre todos os seus inimigos. Quanto mais é dado, mais é cobrado.

— Parece que eu passei por uma fornalha ardente. Mas é estranho, porque, apesar de toda a dor, é como se eu não me lembrasse mais dela. Me sinto em paz.

— Já viu um ourives refinando a prata, Davi? Ele a coloca num fogo ardente para retirar todas as impurezas, mas não sai de perto dela nem um só segundo. Porque, se sair, ela queima e é destruída.

— E quando o ourives sabe que a prata está pronta para ser trabalhada?

— Quando ele consegue ver sua imagem refletida nela. Foi isso o que Deus fez com você.

Rei e profeta abraçaram-se emocionados.

★★★

Foram quarenta anos de reinado glorioso de Davi, o unificador do reino de Israel. Ele morreu aos setenta anos em paz, cheio de riquezas e de glórias. Salomão reinou em seu lugar e construiu um templo para o Senhor como era o desejo de seu pai. Salomão foi ainda mais próspero do que Davi e até os dias de hoje é conhecido como o homem mais sábio que já viveu sobre a Terra.

Este livro foi impresso em 2016, pela Edigráfica,
para a Thomas Nelson Brasil.
A fonte usada no miolo é Bembo corpo 12.
O papel do miolo é Avena 80g/m², e o da capa é cartão 250g/m².